Seeoase

Anfang und Ende im Bed & Breakfast

Seeoase

Anfang und Ende im Bed & Breakfast

Miriam und Tobi

Impressum

Bibliografische Information der Deutschen Nationalbibliothek:
Die Deutsche Nationalbibliothek verzeichnet diese Publikation in
der Deutschen Nationalbibliografie; detaillierte bibliografische Daten
sind im Internet über http://dnb.dnb.de abrufbar.

1. Auflage Copyright © 2024 Esther Leder, Schweiz
Lektorat: Alexandra Garelli-Leo
https://leoktorat.jimdosite.com/
Korrektorat: Sara Ölschläger
https://saras-korrektorat.jimdosite.com/
Coverdesign und Umschlaggestaltung: Florin Sayer-Gabor
www.100covers4you.com Unter Verwendung von Grafiken von
Adobe Stock: krsprs,Tee11,Bowonpat; Shutterstock: MNStudio
Buchsatz: Esther Leder www.enyaleander.com
Kapitelzierde: Canvapro
Verlag: BoD • Books on Demand GmbH, In de Tarpen 42, 22848
Norderstedt
Druck: Libri Plureos GmbH, Friedensallee 273, 22763 Hamburg
ISBN Taschenbuchausgabe: 978-3-7583-2695-0

Für meine Jungs
Jonas, Aaron und Elias

Triggerwarnung am Ende des Buches – nach der Danksagung.

1

Tobi

»Nein, nein! Bitte nicht! Nein!«

Tobi riss die Augen auf. Hatte Miriam eben geschrien? Oder hatte er das nur geträumt? Er hob den Kopf und lauschte. Leises Wimmern drang an sein Ohr.

»Bitte! Nein!«, schrie sie.

Er hatte nicht geträumt. Stirnrunzelnd drehte er sich auf die andere Seite. »Miriam? Miriam!«

Ein Schluchzen entglitt ihr. Sanft berührte er sie. Sie wimmerte inzwischen wie ein verwundetes Tier und wiegte sich hin und her.

»Miriam, ich bin hier. Das ist nur ein Traum.« Langsam setzte er sich auf, ohne den Körperkontakt zu ihr zu unterbrechen. Tobi war ratlos, fühlte sich wie gelähmt. Sein Blick fiel auf das Smartphone, das neben ihrem Kopfkissen lag. Das Display leuchtete. Hatte sie eine beunruhigende Nachricht erhalten?

»Miriam, bitte sprich mit mir. Bitte …« Kälte kroch ihm über den Rücken zum Nacken hinauf. Eine dunkle Vorahnung, die er nicht einzuordnen vermochte, erfasste ihn.

War etwas passiert? Oder lag das Smartphone zufällig im Bett? Sie wimmerte nach wie vor. Sanft streichelte er ihr über den Rücken. Zwischen dem Wimmern und den Schluchzern meinte Tobi, Wörter wahrzunehmen. War es ein Name? Sie sprach irgendetwas wie ein Mantra ständig vor sich hin. Drehte sie hier vor seinen Augen durch? Scheiße, und wieso übermannte ihn eine Hilflosigkeit? Miriam und ihn verband eine Freundschaft mit gewissen Vorzügen. Mehr nicht. Wieso machte er sich solche Gedanken? Wenn sie sich beruhigt hatte, würde er gehen. So wie immer. Keine Verpflichtungen, nur Spaß. So hatten sie es gemeinsam definiert. Doch diese Vorstellung fraß sich wie Pech und Schwefel durch seinen Körper, brannte und zerriss ihn fast. Tobi stöhnte und fuhr sich mit der Hand fahrig durch seine Haare.

Miriam fing erneut an, sich hin und her zu wiegen. Nun verstand er auch ihre Worte. Den Namen *Matthias* murmelte sie unaufhörlich vor sich hin. Eine eisige Kälte erfasste ihn. Es war doch nicht …? Nein, das konnte nicht sein. Inzwischen zitterte sie am ganzen Leib. War sie in ihrer eigenen, frostigen Welt gefangen? Er deckte sie zu und legte sich zu ihr. Froh, nicht von ihr weggestoßen zu werden, zog er sie in seine Arme. Er fühlte mit jeder Minute, die verstrich, dass die Kraft aus ihr wich. Und er empfand Angst, sie zu verlieren. Denn in diesem Moment musste er sich eingestehen, dass es für ihn schon lange mehr war als ein Arrangement. Wann war das geschehen? Und wieso hatte er es nicht gecheckt? Es angesprochen? Zur Kälte schlich sich ein Druck auf seine

Brust, der ihm fast die Luft zum Atmen nahm. Würde er eine Chance auf mehr bekommen?

Miriam drehte sich zu ihm, schaute ihn an und war doch meilenweit von ihm entfernt. Noch nie zuvor in seinem Leben hatte er bei einem Menschen den Schmerz so deutlich in den Augen ablesen können. Ihre Pupillen waren ohne Regung. Es machte den Anschein, als wäre jegliche Lebensfreude aus ihnen verschwunden. Hoffnungslos blickte sie ihn an oder eher durch ihn hindurch. Als würde sie die Umgebung nicht wahrnehmen.

Instinktiv wusste er, dass nach dieser Nacht nichts mehr so sein würde, wie es gewesen war.

2

Miriam

Die Nachricht heute Morgen hatte sie aus ihrem geregelten Leben gerissen. Eine Mitteilung ihres Vaters, kurz, prägnant und mit der knappen Aufforderung, sofort bei ihnen zu erscheinen.

Miriam saß stocksteif auf dem Sofa und ließ den Blick durch das Wohnzimmer ihrer Eltern schweifen. Ein Ort, der ihr keine Wärme spendete. Von der Vitrine über den Clubtisch bis zum Esstisch war alles aus Glas. Stühle, Sofa und die zwei Sessel waren aus weißem Leder und der Marmorboden rundete das kalte Bild ab. Da konnten weder der riesige Orientteppich noch die teuren Bilder an der Wand ein Wohlgefühl herbeizaubern. Der Raum blieb groß, kühl und unpersönlich. Der Gedanke an die Nachricht ihres Vaters, die er ihr in der Früh auf den Anrufbeantworter gesprochen hatte, ließ sie zusätzlich frösteln. Schmerzlich sehnte sie Tobis tröstende, beschützende Arme herbei.

Durch das Rauschen in ihren Ohren drang die Stimme ihres Vaters nur gedämpft zu ihr. In ihrem Kopf herrschten Chaos und unendliche Trauer. Ein Schmerz, der sie zu zerreißen drohte, der nicht aufhören wollte. Ihre Mutter war ein Schatten ihrer selbst, wie sie da ihr gegenüber im Sessel kauerte. Durch die hohe Rückenlehne verschwand sie fast komplett darin. Vollgepumpt mit Beruhigungsmedikamenten und nicht ansprechbar. Bruchstückhaft, wie durch einen zähen Nebel, nahm sie die Sätze ihres Vaters wahr.

»… wichtig, dass wir unter allen Umständen …«

Was zum Henker erzählte er da? Miriam konnte seinen Worten kaum folgen.

»… gegen außen als Familie … es war ein medizinisches Problem und …«

Halt! Versuchte er ihnen zu befehlen, was sie zu kommunizieren hatten? Leben kehrte in ihren Körper zurück, und damit eine unsägliche Wut. »Was läuft bei dir falsch?!«, schrie sie ihn an. »Matthias hat sich das Leben genommen! Und du denkst an nichts anderes, als daran, nach außen den Schein zu wahren? Stehst da hinter dem Sessel wie an einem Rednerpult, als würde es um einen deiner Fälle gehen, den du zu gewinnen hast. Er ist dein …«, Miriam schluchzte auf, »… war dein Sohn, gottverdammt!«

Kurz versteifte er sich und sie sah eine Sekunde lang Schmerz in seinen Augen aufflackern. Er ging zur Vitrine, die als Hausbar diente, und öffnete sie. »Verstehe doch, wenn herauskommt, dass Matthias psychische Probleme hatte, springen die Mandanten ab und –«

»Bullshit!« Bei ihren Worten zuckte sogar ihre Mutter zusammen, bevor sie wieder teilnahmslos in sich zusammensackte. »Ich denke, er war nicht psychisch krank. Da steckt etwas anderes dahinter. Vor ein paar Wochen wollte er mir etwas mitteilen.«

»Er hat was?« Ruckartig drehte er den Kopf. In seinem Gesicht zeichnete sich Panik ab. Er schloss die Vitrine unverrichteter Dinge und kam zur Sitzgruppe zurück.

Miriam konnte sich daraus keinen Reim machen. Aber auf die Gefühle ihres Erzeugers wollte sie ohnehin keine Rücksicht nehmen. »Leider kam es nicht dazu, denn auf mein Nachfragen meinte er: ›Je weniger du weißt, je sicherer bist du‹.«

Er legte seine Hände auf die Rückenlehne des Sessels, als bräuchte er Halt, und atmete geräuschvoll aus.

Bildete sie sich das nur ein oder sah er erleichtert aus? Damit hatte er ihren Zorn erneut in Wallung gebracht. »Sag mal, hast du auch Gefühle? Was für ein Monster bist du? Bei uns ist schon lange nichts mehr so, wie es sein sollte. Familie? Das ist lächerlich. Alles dreht sich immer nur um dich und deine dämliche Kanzlei!«

»Ich verbiete dir solche Worte! Dank meiner Kanzlei hattet ihr bisher ein schönes Leben. Ich habe euch alles ermöglicht.«

Schwang in seiner Stimme Enttäuschung mit? War das seine Art, ihnen seine Liebe zu zeigen? Mit Reichtum? Oder definierte er alles über den Luxus? Wohl eher.

»Pah! Ich pfeife auf dein Geld. Sieh dir Mami an.« Miriam deutete auf ihre Mutter, die in ihrer eigenen Welt war. »Das ist nicht erst so, seit … seit Matthias'

Tod. O Gott, Matthias.« Der Schmerz erdrückte sie fast. Am liebsten hätte sie sich etwas von dem Wunderzeugs, das ihre Mutter erhielt, eingeworfen. Aber sie musste bei klarem Verstand bleiben. Das war sie ihrem Bruder schuldig.

»Jetzt beruhige dich. In ein paar Minuten werden Hubers hier sein, um die Kommunikation gegen außen zu besprechen. Matthias war ein Mitglied der Kanzlei Hartmeier und Huber, die du so hasst. Und es wäre übrigens gut, wenn du dich in nächster Zeit mit Robert Junior zeigen würdest.«

Sie schnappte nach Luft, stand auf und griff nach ihrer Handtasche. »Jetzt gehst du zu weit. Ich zeige mich garantiert nicht mit –«

»Du würdest gut daran tun, dich mit Robert zu treffen und dich auf ihn einzulassen«, fiel er ihr ins Wort. »Er ist eine fabelhafte Partie und könnte für dich sorgen. Du hättest mit ihm ein gutes Leben.«

Miriam traute ihren Ohren nicht. Das hatte ihr Vater nicht gesagt, oder? Der unnachgiebige Blick machte ihre Hoffnung, sich verhört zu haben, zunichte. »Das meinst du nicht ernst.«

»Doch, das tue ich. Es wird Zeit, dass du deinen Teil zur Familie und zur Kanzlei beiträgst. Und da du dich für dieses lächerliche Studium zur Lehrerin ent-schieden hast, wird es wohl nicht zu viel verlangt sein, dich anderweitig für die Familie zu engagieren. An Robis Seite hättest du keine Sorgen. Es wäre eine Win-win-Situation für alle Beteiligten.«

Miriam war bewusst, dass ihr Vater manchmal die Realität etwas aus den Augen verlor. Aber das war der

Gipfel der Unverschämtheit. In welchem Jahrhundert lebten sie? Zweckheirat war das, was ihr Vater ansprach. Und das mit Schleimer-Robi. Ein Würgereiz erfasste sie und sie hatte Mühe, diesen unter Kontrolle zu bringen. »Du, du … Nein, das höre ich mir nicht länger an. Nicht in dieser Situation und auch nicht in Zukunft.« Schluchzend drehte sie sich um und stapfte aus dem Wohnzimmer, schritt blind vor Tränen den Flur hinunter. Mit einer Stinkwut im Bauch riss sie die Haustür auf und fand sich vor der Familie Huber wieder. Ihr blieb heute auch gar nichts erspart.

»Mein herzliches Beileid«, flötete Robert übertrieben enthusiastisch daher. *Was für ein Schleimer.*

»Von mir auch mein Beileid«, sagte Robert Senior ohne jegliche Emotion in seiner Stimme. Immerhin nickte Doris Huber ihr mitfühlend zu. Wie es Matthias mit den Hubers in der Kanzlei ausgehalten hatte, war ihr von Anfang an schleierhaft gewesen. Wenn sie nur wüsste, was in den letzten Monaten mit ihm los gewesen war. Hätte sie doch beharrlicher nachgefragt und sich nicht abspeisen lassen.

»Danke«, murmelte sie verspätet und wollte sich an ihnen vorbeidrängen.

»Willst du schon gehen?«, fragte Schleimer-Robi und legte ihr die Hand auf die Schulter.

Ein Zittern durchfuhr sie. Er konnte seine Pfoten nicht bei sich behalten. Konnte er noch nie. Sie musste hier weg. Aber ihr Anstand ließ nicht zu, dass sie den Hubers ohne ein weiteres Wort den Rücken zuwandte.

3

Tobi

Dass der Parkettboden seines Wohnzimmers noch keine Rillen aufwies, grenzte an ein Wunder, so oft wie er bereits hin und her getigert war. Er blieb kurz stehen und schaute zur offenen Küche, unfähig zu entscheiden, was er tun sollte.

»Kacke, verdammte!« Sein Fluch-Level hatte einen Höchststand erreicht. Gut lebte er allein in seiner Altbau-Wohnung, die klein war, aber mit den Holzbalken an den Wänden und an der Decke eine heimelige Atmosphäre bot. In aller Herrgottsfrühe war er von Miriam nach Hause gekommen. Normalerweise frühstückten Miriam und er am Sonntagmorgen gemeinsam, bevor er sich verabschiedete. Aber heute war er schon um sieben Uhr wieder zu Hause gewesen. Was hatte er sich zwingen müssen, sie zurückzulassen. Jede Faser in ihm hatte geschrien, bei ihr bleiben zu wollen. Doch hatte er das Recht dazu? Sein Innerstes sehnte sich danach, ihr eine Stütze zu sein, denn er hatte das Gefühl, dass sie jemanden brauchen könnte, der für sie da war.

»So 'ne Scheiße!«, fluchte er zum trillionsten Mal. Er kannte Miriam in- und auswendig, aber nur auf ihren Körper bezogen. Sein Fehler, er hatte sich die letzten Monate nie darum bemüht, ihre Vorlieben und Interessen herauszufinden. Seine körperlichen Bedürfnisse waren im Vordergrund gestanden. Machte ihn das zu einem miserablen Menschen? Wahrscheinlich, auch wenn es auf Gegenseitigkeit beruhte.

Er blieb am Wohnzimmerfenster stehen und schaute auf den verwaisten Spielplatz, der zur Überbauung gehörte und seine innere Leere widerspiegelte. Schnell wandte er sich von diesem tristen Bild ab und blickte sich verloren um. Seine gemütliche Wohnung kam ihm plötzlich kalt und leer vor. Oder waren das seine Gefühle, die er wahrnahm?

Seufzend fuhr er sich durch seine blonden Haare, die dringend nach einem Friseur verlangten. Tobi spürte das unbändige Verlangen seinen besten Freund Andy anzurufen, also nahm er das Smartphone aus der Gesäßtasche und wählte dessen Nummer.

»Gott, wie früh ist es eigentlich?«, murmelte Andy.

»Notfälle halten sich nicht an Uhrzeiten«, erwiderte Tobi trocken.

»Was?«

Nun war ihm die Aufmerksamkeit seines Freundes gewiss.

Es raschelte. »Warte, ich gehe aus dem Schlafzimmer. Elvira schläft noch. Sie hat heute ihren freien Tag.«

»Bitte wecke sie, es geht auch sie etwas an.«

»Jetzt machst du mir Angst. Moment. Elvira? Hey, Schatz, sorry, wenn ich dich wecke, aber Tobi ist am Telefon. Anscheinend gibt es einen Notfall.«

»Was für einen Notfall?«, hörte er im Hintergrund Elvira, Andys Frau und Miriams beste Freundin, fragen.

»Keine Ahnung«, antwortete sein Freund. »Tobi, ich habe dich auf Lautsprecher.«

Tobi seufzte leise. »Miriams Bruder Matthias hat sich letzte Nacht das Leben genommen.« Stille. Dann hörte er einen erdrückten Schrei von Elvira und ein »Schscht« von Andy. Er konnte sich bildlich vorstellen, wie sein Freund sie in den Arm nahm, ihr tröstend über den Rücken streichelte, ihr Halt gab. Er sehnte sich auch nach so einer Verbundenheit. Diese Gedanken drückten wie Blei auf seine Schultern und zwangen ihn, sich auf das Sofa zu setzen.

Andy räusperte sich. »Und du weißt das bereits, weil …?«

»Weil ich bei ihr war.«

»Aha.«

»Wo ist Miriam?« Das war Elviras tränenerstickte Stimme.

»Bei ihren Eltern. Sie wurde quasi einbestellt.«

»Ja, das kann ich mir vorstellen«, nuschelte Elvira.

»Was heißt das?«

»Das Verhältnis zu ihnen, vor allem zu ihrem Vater, ist mehr als angespannt.«

»So was in der Art habe ich mir gedacht.«

»Sie hat nichts erzählt?«, fragte Elvira.

17

»Äh, nein. Wir sind kein Paar. Wir treffen uns jeweils nur, also …«, versuchte er sich aus der Affäre zu ziehen.

»Schon gut, Tobi. Ich weiß, dass Miriam auch nur *so was* gesucht hat. Aber bitte, jetzt braucht sie dich. Dich als Freund. Und egal, was ihre Eltern sagen oder eben nicht sagen, versprich mir, ihr zu helfen.«

»Das hatte ich vor. Aber was sollen ihre Eltern sagen? Du verwirrst mich.«

»Ich bin keine Hellseherin, aber es könnte schwierig mit ihnen werden. Miriam braucht unbedingt Unterstützung. Sobald ich die Vertretung in der Seeoase organisiert habe, werde ich zu ihr fahren.«

»Ja, das wäre sehr hilfreich, danke.«

»Du hast Elvira gehört«, mischte sich Andy wieder ins Gespräch ein. »Kümmere dich um Miriam, bitte. Geborener Single hin oder her.«

»Keine Sorge, ein Arschloch bin ich nicht.« Wenn Andy wüsste, dass Miriam für ihn schon seit Wochen nicht mehr nur ein Bettabenteuer war. Unter Umständen war das seine Chance, sie für sich zu gewinnen. Er scheute sich nämlich absolut nicht, Miriam in dieser schwierigen Zeit beizustehen. Das erste Mal in seinem Leben, dass ihn kein Fluchtreflex ergriff, wenn er an die emotionale Nähe zu einer Frau dachte. Bei Miriam ergriff ihn kalte Angst, wenn er sich vorstellte, sie würde ihn nicht mehr brauchen. In ihrer Gegenwart fühlte er sich wohl. Er konnte er selbst sein, sich fallen lassen. Hatte auch keine Mühe, neben ihr aufzuwachen. Warum war ihm das erst jetzt bewusstgeworden? Musste immer etwas passieren, bevor man merkte, was man zu verlieren hatte? Hatte er das Recht, auf mehr zu hoffen? Und war er dieser Situation gewachsen?

»Tobi? Hallo? Tobi? Bist du noch dran?«

»Äh, ja, bin hier.« Er fuhr sich mit Daumen und Zeigefinger über die Nasenwurzel. »Ich werde mich um Miriam kümmern. Versprochen. Wenn es sein muss, nehme ich mir ein paar Tage frei.«

»Oookay«, kam es gedehnt von Andy. Ja, so kannte ihn sein Freund nicht.

»Tobi, ich bin es nochmals«, sagte Elvira. »Ich werde Miriam nachher anrufen. Nach dem Besuch bei ihren Eltern braucht sie sicher Zuspruch. Und wie gesagt, ich fahre hier im Tessin los, sobald im Bed & Breakfast alles organisiert ist.«

Schon wieder diese versteckte Andeutung über Miriams Eltern. Das war wahrscheinlich irgendein Frauen-Übertreibungs-Ding. »Ist gut, dann sehen oder hören wir uns, wenn du hier bist. Andy? Kommst du auch mit?«

»Nein, ich werde wohl zur Vertretung für das Bed & Breakfast eingeteilt.«

»Ah, okay. Wir hören uns«, beendete Tobi das Telefongespräch.

Er senkte den Arm und starrte minutenlang aus dem Fenster. Das Wetter passte zu seiner Stimmung: Trüb, kalt und erdrückend.

4

Miriam

Seit sie Kinder waren, kannte sie diesen verwöhnten Bengel. Mit den Jahren waren seine Annäherungsflirtversuche dreister und schleimiger geworden. Was zu seinen nach hinten gegelten Haaren passte. Ein Nein akzeptierte Robi nicht, denn er hielt sich für Gottes Geschenk an die Damenwelt. Sie machte einen Schritt zurück. »Ich … Ja, ich muss gehen.«

»Ihr fehlt der Anstand«, hörte sie Robert Senior sagen. »Robert, das würde ich mir nicht gefallen lassen.«

Wie der Vater, so der Sohn. Und das lag nicht nur an der fantasievollen Namensgebung.

Sie hatte es so satt. Diese Wichtigtuerei und nun ließen sie sie nicht einmal trauern. Sogar in dieser Situation hätte sie lächeln und heucheln müssen. »Ich brauche Zeit für mich«, nuschelte sie und schob sich zwischen den beiden Herren hindurch. Zügig überbrückte sie die zwei Treppenstufen vom Eingang hinunter auf den gepflasterten Fußweg. Alles andere als damenhaft stapfte sie zu ihrem Mini, weg von den Hubers, stieg ein und brauste davon. Der Kies in der Einfahrt spritzte filmreif nach allen Seiten. Sie schaute kurz in den Rückspiegel und sah Hubers in Reih und Glied unter dem von Säulen gehaltenen Vordach stehen. In Gedanken hörte sie Robert Senior und ihren Vater über sie herziehen. Es war ihr egal, und wenn sie auf allen vieren zum Auto gekrochen wäre und dazu gefurzt hätte. Scheinbar kam mit der Trauer der bitterschwarze Humor. Sie lachte hysterisch auf und konzentrierte sich auf die Straße. So gut das eben mit verheulten Augen ging.

Kraftlos schloss sie die Wohnungstür. Ihre Hand zitterte, als sie zusperrte. Mit dem Geräusch der sich schließenden Tür breitete sich eine lähmende Angst in ihr aus wie zähflüssiger Teer. Sie fürchtete sich vor dem Alleinsein und vor ihren Gefühlen. Die Trauer nahm ihr die gesamte Luft. Sie lehnte sich an die Wand, schloss die Augen und konzentrierte sich auf ihre Atmung, die nur langsam ruhiger wurde. Als sie sich sicher war, nicht hier und jetzt in Ohnmacht zu fallen, legte sie ihre Handtasche auf die Kommode beim Eingang, zog ihre Jacke aus, hängte sie auf und schlüpfte aus den Sneakers. Sie hielt in der Bewegung inne, als sie sich im Spiegel erblickte. Ihre hellblonden, langen Haare hatten einen Out-of-Bed-Look, der nichts mit sexy zu tun hatte. Sie kam sich vor, als wäre sie letzte Nacht abgestürzt, mit zu viel Alkohol und zu wenig Schlaf.

Langsam beugte sie sich vor und strich sich mit den Fingerspitzen sachte über die Augenringe. In ihren dunkelblauen Augen sammelten sich Tränen und kullerten über ihre Hände. Ihre Arme sackten nach unten. Sie stützte sich auf der Kommode ab und ließ den Kopf sinken. Einige Zeit verharrte sie in dieser Position, richtete sich dann auf und drehte sich um, um sich in der Küche einen Tee zu machen.

Sie füllte den Wasserkocher und schaltete ihn ein. Aus dem Oberschrank nahm sie einen Ingwerteebeutel und gab ihn in die Tasse, die von gestern Abend noch auf der Ablage stand, trat ans Fenster und dachte an das Gespräch mit ihrem Vater zurück. Er kam aus ärmlichen Verhältnissen und sein Ziel war immer gewesen, dem zu entkommen. Er wurde als Kind gehänselt, weil er löchrige Kleider und abgewetzte Schuhe getragen hatte. Das hatte er ihr einmal erzählt, als er noch nicht so verbissen auf Erfolg und den Schein aus gewesen war. Aber mit dem Geld kamen andere Menschen in ihr Familienleben. Personen mit Macht und Ansehen und ihr Vater wurde immer extremer. Gab Anweisungen, was sie anzuziehen hatten, welche Bekannten genehm waren, welche Ausbildung in Frage kam und so einiges mehr. Kein Wunder hatte sie sich ihre wenigen Freunde vorsichtig ausgesucht und diese waren nicht in diesen noblen Kreisen zu finden. Dass seine Tochter sich nicht an seine Vorgaben hielt, musste ihm schwer aufstoßen. Ihr war es inzwischen egal. Sie hatte ihren Bruder …

Ein Schluchzer entwich ihr und sie schlug ihre Hände vor das Gesicht. Der Schmerz fraß sie auf, nahm ihr jegliche Energie. Es war ihr schleierhaft, wie ihr Vater die Contenance behielt. War er so gefühlskalt? Oder abgebrüht? War das sein eigener, persönlicher Schutzmechanismus? Gefühle hatte er nie gezeigt, doch diese Situation war mit nichts zu vergleichen. Und warum ließ er zu, dass ihre Mutter nicht richtig um ihren Sohn trauern konnte? Er ordnete ohne Skrupel an, sie ruhigzustellen. Gott, wie ihr diese Heuchelei zum Hals raushing.

Sie strich sich über die Wangen, drehte sich um und goss heißes Wasser ein. Mit der dampfenden Tasse ging sie ins Wohnzimmer und setzte sich auf das Sofa. Ihre Überlegungen wanderten zurück zu ihrem Bruder. Ihrem toten Bruder. Nie mehr würde sie sein Lachen hören, seine Umarmung spüren, seine aufmunternden Worte genießen oder Spaß mit ihm haben. Da war nichts mehr, nur eine dunkle und unendlich schmerzende Leere, die sie von innen auffraß. Ihr Verbündeter, ihr Ein und Alles und der einzige Mensch in ihrer verkorksten Familie, der sie immer verstanden hatte – sie wirklich gesehen hatte – war weg.

Ein Wimmern drang aus ihrer Kehle. Sie stellte die Tasse auf den Beistelltisch, zog die Beine an, schlang die Arme darum und wiegte sich vor und zurück. Das Wiegen beruhigte sie und ihr Schluchzen verlor an Stärke, was sie vom Schmerz in ihrer Brust nicht behaupten konnte. Wie ein dickes Seil spannte sich dieses Gefühl um ihren Oberkörper. Wurde das irgendwann besser? Konnte sie in ferner Zukunft wieder durchatmen? Und was blieb ihr dann? Die schönen Erinnerungen an ihren Bruder? Wie sie zum Beispiel gemeinsam zu Abend gegessen hatten, weil ihre Eltern wiederholt auf einer Veranstaltung gewesen waren, und sie es genossen hatten, allein zu sein? Denn dann hatte ihr Vater sie nicht beobachten können, hatten sie ihm über ihre erbrachten Leistungen, welche ihrem Erzeuger so oder so nie gereicht hatten, nicht Rede und Antwort stehen müssen. Dann waren sie normale Jugendliche gewesen, die über die Scharmützel in der Schule gesprochen, gelacht, Pläne geschmiedet und auch mal gelästert hatten. Sie hatten sich gegenseitig Halt gegeben.

Abrupt stoppte sie ihre wippende Bewegung und stand auf. Eine innere Unruhe erfasste sie und sie lief suchend im Wohnzimmer auf und ab. Nicht wissend, was sie brauchte oder wollte. Sie holte ihr Smartphone aus der Handtasche, starrte darauf und legte es im Wohnzimmer auf den Clubtisch. Vor dem weißen Bücherregal blieb sie stehen. Ihr Blick wanderte zum Fotoalbum, dem einzigen, das ihre Mutter erstellt hatte. Mit einem Ruck zog sie es heraus und ließ sich auf den Sessel hinter sich sinken. Bedächtig öffnete sie die Umschlagseite und lächelte, als sie auf der ersten Seite ihren Bruder und sich selbst Arm in Arm und schelmisch in die Kamera grinsend erblickte. Das waren schöne Zeiten gewesen. Nur er und sie. Irgendwann konnten sie sich nicht mehr in ihre kindlichen Träumereien flüchten. Das reale Leben hatte sie eingeholt. Sie war für ihren Bruder da gewesen, als er im Studium in eine tiefe Depression gefallen war. Sie hatte immer den Verdacht gehabt, das Jurastudium und der Druck ihres Vaters waren schuld. Dennoch zog Matthias es durch und fing bei Hartmeier und Huber in der Kanzlei an, und war geblieben. Für sie unverständlich und dies zu Recht. Das sagte ihr Gefühl. Sie atmete bewusst ein und aus und stellte sich Matthias lächelnd vor, was ihr erneut Tränen in die Augen trieb. Wann hatte sie ihren Bruder das letzte Mal lachen hören oder gelöst und frei erlebt?

Das Vibrieren ihres Smartphones holte sie aus ihrem dunklen Loch. Sie legte das Album auf den Clubtisch und angelte nach ihrem Telefon. Elvira.

»Ja?«

»Mein Gott, Miriam. Tobi hat uns über Matthias' Tod informiert. Es tut mir so leid.«

»Tobi?«

»Ich komme morgen zu dir.«

»Was?«

»Ich werde zu dir kommen.«

»Nein, also ja … ich … Ich weiß nicht«, stotterte sie, nicht sicher, was sie davon halten sollte.

»Aber ich weiß es.«

Miriam atmete tief durch, ihre Nebelschwaden im Gehirn lichteten sich. »Danke, Elvira, aber im Moment —«

»Ich möchte dir helfen, egal, in welcher Form. Ich kann auch nur neben dir sitzen und dich halten.«

Ja, das könnte ihr gefallen. Tobi war nicht für diesen Part zuständig, auch wenn sie sich das wünschte. Ihr entwich ein erleichtertes »Danke«.

»Ich werde morgen den Zug um acht Uhr nehmen. Dann bin ich gegen Mittag in Aarau. Ich nehme den Bus zu dir. Wird Montag kurz vor dem Mittag sicher nicht überfüllt sein.«

»Okay.« Ein Nein hätte ihre Freundin eh nicht akzeptiert und ihr fehlte die Kraft, zu widersprechen.

»Gut, dann sehen wir uns morgen. Und ruf Tobi an. Er macht sich Sorgen. Ich bin sicher, dass er gern an deiner Seite sein möchte. Der Gedanke, dass du nicht allein zu Hause rumsitzt, würde mich beruhigen. Bis dann.«

Typisch, immer auf Zack. Wieso sie Tobi anrufen sollte, war ihr schleierhaft. Was hatte er erzählt? Gemäß ihrer Freundin hatte er sie und Andy über Matthias informiert. War nachvollziehbar. Er war heute Morgen dabei gewesen, als sie zusammengebrochen war. Da Andy sein bester Freund und darüber hinaus auch sein erfolgreichster Autor beim Verlag, bei dem er arbeitete, war, und Elvira ihre beste Freundin, schien es naheliegend, die beiden zu informieren.

Dass er ihr fehlte und sie sich gern in seine Arme geworfen und von ihm umarmt und gedrückt werden wollte, konnte sie schon lange nicht mehr leugnen. Ihr Arrangement stand auf wackligen Beinen, denn für sie ging es seit längerem nicht mehr nur um Sex. Doch Tobi und sie hatten eine klare Abmachung und sie hatte nicht das Recht, diese zu brechen. Sie wusste um seine Liebe zur Freiheit. Sie war ja nicht anders. Hatte sich geschworen, sich nie zu binden. Zu lausig waren ihre Eltern als Vorbilder gewesen. Die Abhängigkeit ihrer Mutter von ihrem Vater war für sie ein No-Go. Nie wollte sie so enden.

Sie schnaubte, warf beim Aufstehen das Smartphone auf das Sofa und sah sich in ihrem kleinen Wohnzimmer um. Ihr persönlicher Rückzugsort, den sie mit viel Liebe eingerichtet hatte. Das Sofa war mit farbigen Kissen und einer Decke bestückt und auf dem Clubtisch standen Duftkerzen, die regelmäßig zum Einsatz kamen. Heute stand ihr der Sinn nicht nach Gemütlichkeit. Weder die Kerzen noch Decke konnten ihr die Wärme und Geborgenheit bieten, die sie gebraucht hätte.

Tobis Gesicht flackerte in ihrem Gedächtnis auf. Auf einer lockeren, ungezwungenen Ebene ohne Verpflichtungen. Und nun wurde ihre Überzeugung, als Single sei man glücklicher, plötzlich von anderen Gefühlen torpediert. Empfindungen, die sie nicht einschätzen, geschweige denn annehmen konnte. Und sicher würde sie ihm nicht mit ihrer Trauer zur Last fallen. Das beinhaltete ihr Arrangement nicht.

Das war ja das Gute an ihrer Übereinkunft: Spaß ohne Verpflichtung. Gerade in der aktuellen Situation war sie sich nicht mehr sicher, ob der Punkt *ohne Verpflichtung* erstrebenswert für ein ganzes Leben war.

5

Miriam

Sie zuckte zusammen, als es an der Tür klingelte. Stöhnend zog sie sich die Bettdecke über den Kopf, dennoch konnte sie das erneute Klingeln hören. »Was?«, rief sie und stöhnte laut. Sie wollte schlafen. Alles vergessen. Aber wer auch immer etwas von ihr wollte, gab nicht so schnell auf und klingelte Sturm. »Lass mich in Ruhe!« Widerwillig stand sie auf, tappte aus dem Schlafzimmer und ging zur Haustür. Ein Blick durch den Türspion ließ sie nach Luft schnappen. Elvira! Sie riss die Tür auf und ihre Freundin fiel ihr schluchzend um den Hals.

»Miriam, endlich! Du hast mich um Jahre altern lassen. Noch ein paar Minuten und ich hätte die Polizei gerufen.«

»Ich hab geschlafen, entschuldige.« Sie war erst in der Früh eingeschlafen. Hatte stundenlang wachgelegen. Wenn sie geahnt hätte, dass sie bis mittags schlafen würde, hätte sie sich einen Wecker gestellt. »Komm rein. Wie bist du unten reingekommen?«

»Ein anderer Mieter hat mich ins Treppenhaus gelassen, als er rausging.« Elvira zog den Koffer in die Wohnung. »Und du musst dich nicht entschuldigen.

Ich bin die, die überreagiert hat.« Sie schloss die Tür hinter sich und nahm sie in die Arme. Minutenlang standen sie im Korridor. Sie genoss Elviras tröstende Nähe. Irgendwann löste sie sich von ihrer Freundin, die sogleich das Ruder wieder in die Hand nahm. »Möchtest du unter die Dusche? Ich mache uns unterdessen einen Tee. Oder lieber Kaffee?«

»Duschen klingt gut. Tee auch. Danke.« Schwerfällig, wie eine Hundertjährige, schlurfte sie Richtung Badezimmer. Sie brauchte ihre ganze Willenskraft, um nicht ins Schlafzimmer abzubiegen und sich erneut ins Bett zu legen. Aber Elvira war hier, würde sie auffangen, wenn sie fiel. Das war tröstlich. Sie schloss die Tür vom Bad, zog sich aus, zwirbelte ihre Haare mehrmals zu einem Dutt und fixierte ihn mit einer Klammer. Dann stellte sie sich unter die Dusche. Auch wenn Elvira inzwischen im Tessin wohnte, tat das ihrer Freundschaft keinen Abbruch. Sie nahm ihr Duschgel von der Ablage, drückte sich einen Klecks auf ihre Hand und rieb damit ihren Körper ein. Der Aprikosenduft erinnerte sie an Tobi. Er roch danach, wenn er bei ihr duschte. An ihm gefiel ihr dieser Duft tausendmal besser. Sie seufzte laut. Glücklicherweise rauschte das Wasser, denn ihr Seufzen hätte Elvira sogar in der Küche hören können. *Ach, Tobi.* Sie sehnte sich so sehr danach, sich in seine Arme zu werfen. Seit Wochen schon kam sie während seiner Umarmungen zur Ruhe. Mehr als sie sollte.

Sie stellte das Wasser ab, stieg aus der Dusche, trocknete sich ab und zog wieder die Klamotten an, die sie gestern im Badezimmer hatte liegen lassen. Wen störte es? Elvira bestimmt nicht. Sie kannten sich schon so lange.

Vor wenigen Jahren war sie es gewesen, die ihre beste Freundin aus einer belastenden Situation gerettet hatte. Miriam bekam beim Gedanken an Elviras Ex-Freund eine Gänsehaut. Noch immer konnte sie nicht begreifen, wie sie sich so hatten in ihm täuschen können. Es war erschreckend, zu was Menschen fähig waren. Aber Elvira hatte nicht ahnen können, dass er nach der Trennung zum Stalker mutierte.

Sie schüttelte den Kopf, um die Erinnerungen an ihn loszuwerden. Nun war die Zeit gekommen, in der sie ihre Freundin brauchte. Nicht, dass sie ein Mensch war, der alles auf die Goldwaage legte. Aber gerade jetzt war es so verdammt tröstlich, jemanden an ihrer Seite zu wissen. Sie machte sich nichts vor. Ihre Freundin hatte ein Bed & Breakfast zu führen. Sie würde nicht rund um die Uhr bei ihr bleiben können.

Als Miriam in die Küche trat, saß Elvira am Tresen vor zwei dampfenden Teetassen und war in ihr Smartphone vertieft. Sie nahm ihr schräg gegenüber Platz.

Ihre Freundin legte das Telefon beiseite. »Magst du mir erzählen, was genau passiert ist? Nur, wenn du dich dazu imstande fühlst.«

Sie seufzte und schluckte hart, um sich zu sammeln. »Ich habe dir ja erzählt, dass Matthias schon vor Monaten merkwürdige Bemerkungen gemacht hat. Doch wenn ich nachgefragt habe, sagte er nur ›je weniger du weißt, umso sicherer bist du‹.«

Elvira nickte. Miriam konnte anhand ihrer Mimik erkennen, dass sie sich an diese Worte erinnerte. Sie hatte ihr davon erzählt.

Ein Schluchzen entwischte ihr. »Ich hätte nachbohren sollen. Ich habe gespürt, dass ihn etwas bedrückt hat. Wieso war ich nicht hartnäckiger?« Ein Weinkrampf schüttelte sie durch. Ihr war so schlecht, wie sie sich fühlte.

Elvira rutschte vom Barhocker, trat zu ihr und schloss sie fest in ihre Arme. Das sanfte Streicheln von Elviras Hand auf ihrem Rücken hatte eine beruhigende Wirkung. Die Umarmung hüllte sie ein wie eine warme Decke. Und doch wünschte sie, es wäre Matthias, der sie aus diesem Albtraum holte, der ihr ins Ohr flüsterte, dass alles nur ein Missverständnis war. Warum nur hatte er das getan? Wie konnte er sie einfach alleinlassen? Sie weinte um die Stunden, Monate und Jahre, die ihr Bruder sich selbst genommen hatte.

Eine gefühlte Ewigkeit später wurde ihr Körper nicht mehr durchgeschüttelt und die Tränen versiegten. Sie löste sich langsam von ihrer Freundin. Mit dem Ärmel ihres Pullovers wischte sie sich die Tränen weg. Dann kramte sie ein Taschentuch aus ihrer alten Sweat-Hose und schnäuzte sich. Das Papier zerknüllte sie in den Händen, unfähig, es zu entsorgen oder sich zu entscheiden, was sie als Nächstes tun sollte.

»Komm, wir wechseln aufs Sofa«, flüsterte ihre Freundin. Miriam bestätigte den Vorschlag mit einem Nicken.

Elvira trat einen Schritt zurück und ließ sie vom Barhocker steigen. Das Taschentuch ließ Miriam auf den Tresen fallen. Der prüfende Blick ihrer Freundin sagte ihr, dass sie sie auffangen würde, sollten ihre Beine versagen. Und das taten sie um ein Haar. Für einen Moment schloss sie die Augen und atmete tief durch, bevor sie sich zum Sofa schleppte. Elvira nahm die Tassen mit und stellte sie auf den Clubtisch. Dann setzten sie sich und Miriam räusperte sich.

»Matthias …« Sie schluckte die Tränen hinunter, wollte nicht schon wieder weinen. »Matthias hat mir vor einiger Zeit erzählt, dass er an einer unglaublichen Sache dran ist. Etwas, das mit der Kanzlei zu tun hat. Die Kanzlei zu erwähnen, war nicht seine Absicht gewesen. Das habe ich an seinem Zucken und dem angstvollen Blick sehen können. Auf mein Nach-fragen hin hat er sich komplett verschlossen. Das Gefühl, dass er mich damit schützen wollte, vor was auch immer, lässt mich noch immer nicht los.«

»Und du konntest nicht mehr in Erfahrung brin-gen?«

»Nein, absolut nichts. Dass ihn die Zusammen-arbeit mit unserem Vater und den Hubers nicht glücklich gemacht hat, wusste ich. Ihre ganze Art war auch ihm zuwider. Aber löse dich von unserem Vater, wenn du einmal in seinen Fängen bist. Wobei, jetzt fällt es mir wieder ein, bei einem unserer seltenen Treffen hat er erwähnt, dass er sich selbstständig machen will, sobald er einiges geregelt hat. Ich habe ihm zu seinem Entschluss gratuliert, musste aber versprechen, niemandem von seinen Plänen zu erzählen. Auch da gab er mir keine weiteren Infos. Ich habe mich für ihn gefreut und dachte, dass nun alles gut kommt. Er hatte auch wieder ein ehrliches Lächeln auf seinem Gesicht. Ich hatte schon Angst, dass er wieder in eine Depression verfiel, wie damals während seines Studiums, und war einfach nur froh, dass es ihm besser ging. Ich war ihm so eine miese Schwester.« Erneut schluchzte sie auf und die Tränen liefen ihr in Sturzbächen über ihre Wangen.

»Schscht, du bist nicht schuld. Kein Mensch ist für die Handlungen eines anderen verantwortlich.«

»Aber ich hätte ihn vielleicht abhalten können, dann würde er noch … Dann wäre er noch hier.«

Elvira nahm sie in die Arme. Sie klammerte sich an ihre Freundin, schluchzte und ließ ihrer Trauer freien Lauf.

6

Tobi

Sein Smartphone vibrierte in seinem Rucksack, wo er es soeben verstaut hatte, um gleich zur Arbeit aufzubrechen. Ein schlechtes Gewissen und Angst erfassten ihn, als er Elviras Namen erblickte. Mit zittriger Hand nahm er das Telefon aus der Seitentasche und brauchte zwei Anläufe, bis er mit dem Finger auf *Annehmen* wischen konnte. »Hallo Elvira. Ist etwas passiert?«

»Hallo Tobi. Nein, keine Angst.«

»Wie geht es Miriam?«

»Es ist wahr, du hast sie wirklich nicht mehr gesprochen.« Die Enttäuschung hörte er in ihrer Stimme.

»Ähm, nein. Du kamst am Tag nach … nach Matthias' Tod und … Scheiße. Ich war überfordert«, antwortete er ehrlich und rieb sich über die Stirn. »Ich wusste sie bei dir in guten Händen.«

»Was ist das zwischen euch?« Sie klang interessiert und nicht vorwurfsvoll.

Kurz atmete er durch, bis ihm dämmerte, dass er entweder lügen oder aufrichtig sein konnte. »Ich weiß es nicht. Nein, das ist so nicht richtig. Es ist für mich schon länger nicht mehr nur eine Bettgeschichte.« Er lehnte sich an die Wand neben der Garderobe im Eingang.

»Wie lange läuft das schon?«

»Seit wir uns bei euch in der Seeoase das erste Mal getroffen haben. Nein, genaugenommen zirka sechs Monate später. Also seit knapp eineinhalb Jahren.«

»Interessant.«

»Wieso?«

»Ihr habt seit so langer Zeit ein Techtelmechtel und euch beiden ist nie in den Sinn gekommen, es könnte etwas Ernstes sein?«

»Also, wenn du das so sagst ...« Das hatte was. Aber der Gedanke, alles sei locker zwischen ihnen war vielleicht der Grund, warum diese Nicht-Beziehung so lange funktioniert hatte.

»Bist du noch da?«

»Ja. Sorry. War in Gedanken.«

»Weißt du, wir haben schon geahnt, dass zwischen euch etwas läuft. Wie ihr euch angesehen oder berührt habt, wenn ihr dachtet, niemand sieht es, hat Bände gesprochen.« Er hörte Elviras Schmunzeln in ihren Worten.

»Und weder du noch Andy habt was gesagt?«

»Ihr seid erwachsen und es ist eure Sache. Wenn ich inzwischen auch ein schlechtes Gewissen habe, Miriam nicht über euch ausgefragt zu haben. Die Distanz Tessin-Deutschschweiz ist nicht optimal und die viele Arbeit in der Seeoase auch nicht. Aber weder das eine noch das andere sind Ausreden. Das werde ich ändern, wenn auch die Umstände dazu tragisch sind.«

»Ja, ich ebenso.«

»Aha, und was gedenkst du zu tun?«

»Ich möchte für sie da sein.«

»Dann tu das«, sagte Elvira eine Spur zu laut. »Entschuldige. Ich bin mit der Situation auch überfordert. Miriams Traurigkeit erdrückt mich. Sie ist in sich gekehrt und das Schlimmste: Sie gibt sich die Schuld am Tod von Matthias.« Sie erzählte ihm vom Gespräch, das sie am Tag ihrer Ankunft mit Miriam geführt hatte. In seinem Kopf ratterte es. Wieso hatte Matthias so ein Geheimnis aus dieser Sache gemacht?

»Und wieso gibt sie sich die Schuld?« Er stieß sich von der Wand ab und lief ins Schlafzimmer.

»Weil Matthias ihr gegenüber merkwürdige Bemerkungen gemacht hat und sie denkt nun, sie hätte mehr nachbohren sollen.«

»Verdammt! Elvira, was soll ich tun? Die vergangenen Tage waren der absolute Horror. Nicht zu wissen, wie es Miriam geht, war … unerträglich.« Er schluckte leer und es schnürte ihm die Kehle zu. Seine Augen brannten. Er blinzelte, um den Tränen Einhalt zu gebieten und setzte sich auf das Bett.

»Wieso hast du sie nicht angerufen? Oder bist vorbeigekommen?«

»Einerseits, weil du bei ihr bist, aber andererseits haben wir dieses dämliche Arrangement: Nur Sex, sonst keine Verpflichtungen. Und etwas anderes hat mir Miriam nie signalisiert. Ich ihr aber auch nicht.« Er merkte selbst, wie lahm seine Ausrede klang. »Ich weiß nicht mehr, was richtig und was falsch ist«, gab er zerknirscht zu.

»Irgendwie verstehe ich dich. Aber ich glaube nicht, dass jetzt der Moment ist, um sich an irgendwelche Abmachungen zu halten oder du dich zurückziehen sollst. Wir haben eine Ausnahmesituation. Ich weiß nicht, wie Miriam euer gemeinsames — was auch immer — inzwischen sieht, aber ich kann mir gut vorstellen, dass auch sie ihre Meinung zu eurem Arrangement geändert hat. Sie hat deinen Namen in den letzten Tagen öfters erwähnt, und als ich sie darauf angesprochen habe, hat sie wieder dichtgemacht. Aber sie braucht jemanden. Ich muss morgen Abend leider für ein paar Tage in die Seeoase zurück. Kannst du dich bitte ab Samstag um sie kümmern? Sie war in schwierigen Zeiten für mich da und es fällt mir schwer, sie alleinzulassen. Aber es geht nicht anders. Ich konnte sie in den letzten Tagen mit Spaziergängen, Zoo- und Kinobesuchen, Gesprächen und anderen Unternehmungen etwas ablenken. Vielleicht kannst du das auch.«

»Sicher, das musst du mir nicht zweimal sagen. Ehrlich gesagt, habe ich wohl einfach einen Tritt wie diesen gebraucht. Danke, Elvira.«

»Gern geschehen.« Auch wenn er es nicht sehen konnte, wusste er, dass sie lächelte. »Dann weißt du jetzt, was zu tun ist.«

»Ja. Richte Andy liebe Grüße aus. Ich melde mich bei Gelegenheit bei ihm.«

»Mach ich, tschüss.«

Tobi ließ sich mit dem Rücken auf das Bett fallen und schloss die Augen.

Die letzten zwei Tage vergingen im Zeitlupentempo und zäh wie Kaugummi. Am Samstag, kurz nach dem Mittag, ging er vom Bahnhof Aarau direkt in die Bäckerei und holte zwei Schokoladenmuffins. Mit der Papiertüte in der Hand lief er den knappen Kilometer bis zu Miriams Wohnung, die sich in einem gemütlichen Quartier mit kleineren, älteren Mehrfamilienhäusern befand. Nicht weit von Aaraus Stadtzentrum entfernt.

Ein anderer Bewohner trat gerade aus der Haustür, sodass er ins Treppenhaus und direkt zu ihrer Wohnungstür hinaufgehen konnte. Doch leider öffnete sie nicht auf sein Klopfen. War sie nicht zu Hause oder wollte sie niemanden sehen? Ziemlich laut verkündete er, draußen sitzen zu bleiben, bis sie ihm öffnete, aber nichts geschah. Sie war wohl wirklich nicht zu Hause. Er blieb trotzdem auf der Treppe sitzen und wartete. Aus der Tüte duftete es verlockend, aber er verspürte weder Hunger noch Lust, etwas davon zu essen. Es schnürte ihm die Kehle zu, nicht zu wissen, wie es Miriam ging. Als er nach einer Ewigkeit endlich die Haustür quietschen hörte, war sein plattgesessenes Hinterteil taub. Sekunden später erschien Miriam auf dem Treppenabsatz und blieb abrupt stehen, als sie ihn erblickte.

»Hallo.«

»Hallo«, erwiderte sie in einem schnippischen Ton. Okay, das hatte er sich etwas anders vorgestellt.

»Ich wollte sehen, wie es dir geht, und habe etwas Süßes mitgebracht.« Er stand auf und zur Verdeutlichung hielt er den Papiersack hoch.

Sie kräuselte skeptisch die Stirn und trat auf ihn zu. Er erschrak. Sie hatte dunkle Augenringe und die geschwollenen Lider hätten es mit jedem Boxkämpfer nach einem verlorenen Wettkampf aufnehmen können. Ein schmerzhafter Stich durchfuhr sein Herz und er wollte sie sofort in seine Arme schließen. Doch sie wich ihm aus, ging an ihm vorbei zur Haustür, schloss auf, trat hinein und ließ die Tür offenstehen. Das sollte wohl eine stumme Einladung an ihn sein, um einzutreten. Stirnrunzelnd ging er hinter ihr her und verriegelte die Wohnungstür. Das war nicht seine Miriam, das war ein Schatten ihrer selbst. Er war froh, hier zu sein. Elvira hatte recht. Sie brauchte Halt, jemanden, der ihr beistand.

Miriam zog ihre Jacke und die Schuhe aus und er tat es ihr gleich. Danach lief sie schnurstracks ins Schlafzimmer. Er machte sich auf zur Küche und legte die Tüte auf den Tresen. Bevor er die Muffins auspacken konnte, vernahm er ein Schluchzen. Im Nullkommanichts stand er im Schlafzimmer. Miriam sah ihn mit ausdruckslosem Gesicht und tränenverschleierten Augen an. Er konnte ihren Schmerz spüren und sich dennoch nur einen Bruchteil dessen vorstellen, was sie durchmachte.

Er trat auf sie zu. Wollte sie in seine Arme nehmen und trösten. Sie war schneller und streckte beide Arme nach vorn. Nicht, wie er gehofft hatte, um ihn zu umarmen, sondern um ihn zu stoppen, denn sie legte ihre Hände steif auf seine Brust. Ihre Augen strahlten unendliche Trauer aus. Tobi hob seine Arme und fuhr ihr über die Schultern. Sie zuckte zusammen und trat mit einem ungläubigen Blick einen Schritt zurück.

»Ich ...« Sie atmete tief ein und blickte auf den Boden. »Ich kann das jetzt nicht. Also, mit dir schlafen.« Langsam ließ sie sich auf das Bett sinken.

Tobi öffnete den Mund und schloss ihn wieder, um das Gehörte einzuordnen. Miriam ging davon aus, dass er mit ihr schlafen wollte. Scheiße. Er fuhr sich mit der Hand über den Nacken. Was hatte er ihr für ein Bild vermittelt? Soeben und in letzter Zeit? Sie hatten ein Arrangement. Aber dass sie nun davon ausging, er würde nur das Eine wollen, brannte wie Chili in seiner Brust. Das musste er schleunigst richtigstellen. »Miriam, ich bin nicht hier, um mit dir zu schlafen. Ich möchte für dich da sein, dir helfen. Du bist nicht allein. Du hast mich, Elvira und Andy. Ohne Verpflichtungen aus unserem Arrangement. Ich bin als Freund hier.«

7

Miriam

Sie konnte keinen klaren Gedanken fassen und Tränen liefen ihr über die Wangen. »Es … Es tut mir leid, dass ich so eine Heulsuse bin.« Sie senkte den Kopf und spürte Sekunden später Tobis Hand, die ihr Kinn anhob. Er kniete vor ihr und schaute ihr mitfühlend in die Augen. Das war nicht hilfreich und minderte ihre Gefühle für ihn nicht. Ganz im Gegenteil.

»Du hast jedes Recht zu weinen, zusammenzubrechen oder auch zu schreien. Willst du schreien?« Er verzog das Gesicht. Ein typisches Tobi-Grinsen, das ihn unwiderstehlich machte. Und sein Ziel erreichte. Denn ihre Mundwinkel zuckten.

Sie schüttelte den Kopf. »Danke, dass du hier bist. Und nicht mit mir schlafen willst.«

»He. Trotz unserer … äh, Abmachung. Das habe ich vorhin ernst gemeint. Die ist momentan außer Kraft. Ich bin als Freund hier. Daher nochmals: Du brauchst jemanden und Elvira konnte nicht hierbleiben. Ich bin für dich da. Du kannst auf mich zählen.«

Aha, daher wehte der Wind. Elvira hatte ihn dazu verdonnert, den Babysitter zu spielen. Enttäuschung breitete sich in ihr aus. Sie hätte sich so sehr gewünscht, er wäre hier, weil sie ihm etwas bedeutete. Traurig schloss sie die Augen und nahm seine Hand an ihrer Wange wahr. Sie neigte den Kopf zur Seite, um dieser Berührung zu entgehen und schaute ihn an. »Du musst dich nicht verpflichtet fühlen, Babysitter zu spielen.« Die Worte kamen bissiger aus ihrem Mund als beabsichtigt.

»Das ist keine Verpflichtung für mich. Ich mag dich sehr und hoffe, dass wir auch Freunde sind, nicht nur … du weißt schon.« Kurz flackerte so etwas wie Hoffnung in seinen Augen auf. Aber auf was? Bevor sie diesem Gedanken nachgehen konnte, sprach Tobi weiter. »Wollen wir die Muffins essen und einen Kaffee trinken?«

Sie atmete tief ein und nickte. Hunger verspürte sie keinen, aber sie musste stark bleiben – irgendwie. Um die erneut aufkeimenden Tränen zu verdrängen, schluckte sie heftig und stand auf. Im Wohnzimmer setzte sie sich an den kleinen Esstisch. Tobi machte ihnen zwei Kaffees, servierte diese mit dem süßen Gebäck und setzte sich zu ihr.

»Danke, das hättest du nicht tun müssen.«

»Ich hab's gern gemacht. Greif zu.« Er deutete auf die Schokoladenmuffins. »Weißt du schon, wann die Beerdigung ist? Und kann ich dich bei irgendetwas unterstützen?«

Miriam schnaubte. »Entschuldige«, sagte sie, als sie Tobis Stirnrunzeln sah, »war nicht gegen dich gerichtet. Ich bin wütend auf meinen Vater. Er lässt die Beerdigung organisieren, als wäre es ein Image-Fest.«

»Das verstehe ich nicht.«

»Wir müssen adrett erscheinen, ja keinen Heulkrampf kriegen und alle anlügen.«

»Wieso anlügen?«

»Todesursache war ein plötzlich auftretendes medizinisches Problem. Das Wort *Selbstmord* darf unter keinen Umständen genannt werden.«

»Und was bezweckt dein Vater damit?«

»Den guten Ruf wahren? Die perfekte Familie vorspielen? Was weiß ich!« Sie wurde immer lauter und Tobi legte sanft seine Hand auf ihre, was sie sofort beruhigte.

»Klingt befremdlich. Aber vielleicht in diesen Kreisen üblich?«, sagte Tobi.

»Wohl eher in dieser Kanzlei.«

»Wer arbeitet denn alles für und mit deinem Vater?«

»Robert Huber Senior und Junior und einige Kanzleimitarbeiter.« Miriam schüttelte sich.

»Das scheinen nicht deine Freunde zu sein.«

»Gott bewahre. Ach, lassen wir das. Um auf deine Frage zurückzukommen: Nein, wie du siehst, kannst du nicht helfen, es wird alles organisiert.«

»Aber ich werde mit dir und Elvira zur Beerdigung gehen.«

»Sie ist erst auf nächsten Freitag angesetzt, da Matthias noch …«, sie atmete tief ein und aus, »… bei Matthias wird noch eine Autopsie gemacht.« Die Vorstellung von ihrem Bruder, wie er auf dem kalten Chromstahltisch lag, ließ sie erzittern.

»Wie gesagt, ich werde dich am nächsten Freitag begleiten.« Sanft streichelte er ihr über den Handrücken, um sie zu beruhigen.

»Danke. Und bitte wundere dich nicht über meine Familie.«

Er krauste die Stirn, fragte aber nicht nach.

In diesem Moment vibrierte ihr Smartphone. Sie schielte darauf und stöhnte. »Mein Vater. Wenn man vom Teufel spricht.«

Tobi nickte, um ihr zu zeigen, dass sie rangehen soll.

»Ja, hallo?«

Er beobachtete Miriam, deren Gesichtszüge immer mehr in sich zusammenfielen. Ihre Augen weiteten sich und sie atmete abgehackt.

»Muss das sein?«, presste sie zwischen den Lippen hervor.

Er hörte ein lautes, schnippisches Ja. Die restlichen Worte waren so leise, dass er sie nicht verstehen konnte.

»Lass Mama aus dem Spiel«, fauchte Miriam ins Telefon.

Er streichelte ihr über den Oberarm, was sie kurz durchatmen ließ.

»Der soll nur nach Aarau kommen. Nein, ich fahre nicht nach Zürich.«

Zu gern würde er wissen, von wem sie sprach.

»Okay. Dienstagabend. Wenn es sein muss.«

Ohne sich zu verabschieden, beendete sie den Anruf, warf das Smartphone auf den Tisch und fuhr sich über das Gesicht.

»Entschuldige, mein Vater hätte wieder und wieder angerufen, bis ich ans Telefon gegangen wäre. Deshalb wollte ich es sofort hinter mich bringen.«

»Kein Ding. Der Grund seines Anrufes scheint aber nicht erfreulich zu sein.«

»Überhaupt nicht. Ich muss mich mit Robert Junior treffen. Angeblich wünscht sich das sogar meine Mutter.«

»Wieso?«

»Das ist die Jackpot-Frage. Keine Ahnung.«

Ihr war anzusehen, dass sie log. So gut kannte er sie inzwischen. Aber er hakte nicht nach. »Wohin geht ihr?«

»Ich weiß es nicht. Robert gibt mir noch Bescheid. Irgendein Restaurant.«

»Möchtest du, dass ich in der Nähe bin?« Miriam blickte ihn aus großen Augen an. »Ich habe das Gefühl, dieser Robert ist ein unangenehmer Kerl. Deshalb mein Angebot.«

»Danke, aber nein, ich glaube, das wird nicht nötig sein.«

Tobi war sich da nicht so sicher, schwieg aber. Miriam stand auf und schnappte sich ihre Tasse. So konnte man unerfreulichen Themen auch aus dem Weg gehen. Er ließ ihr das durchgehen, nahm sich jedoch vor, diesen Robert unter die Lupe zu nehmen. In Rechercheangelegenheiten war er zwar etwas ein-gerostet, aber durch seine frühere journalistische

Tätigkeit war er dennoch kein Greenhorn. »Isst du nichts?«

»Ich habe keine Lust mehr. Tut mir leid.«

»Kein Problem. Wir essen sie später. Die sind am Abend oder auch morgen noch frisch. Wollen wir dafür an die Aare gehen, um frische Luft zu schnappen und danach einen Film schauen?«, fragte er, um sie auf andere Gedanken zu bringen.

»Du musst nicht nonstop an meiner Seite sein.«

»Ich weiß, aber ich möchte.«

Miriam neigte den Kopf und sah ihn durchdringend an. Sah er Hoffnung in ihren Augen? Sehnsucht? Nein, das musste er sich eingebildet haben. Wäre zu schön.

»Ja, dann gern«, kam ihre zögerliche Antwort.

8

Miriam

Eine lange Zeit gingen sie schweigend nebeneinan-
derher Richtung Aare, bis Tobi die Stille durchbrach.
»Elvira hat mir erzählt, dass Matthias etwas bedrückt
hat.«

Sie hielt kurz inne. Natürlich hatte Elvira ihn
informiert und sie konnte ihrer Freundin nicht einmal
böse sein. Irgendwie war es tröstlich, dass ihr kleiner
Freundeskreis zusammenhielt und sich umeinander
sorgte. »Ja, Matthias hatte ein Geheimnis. Eines, das
ihn sehr belastet hat, und ich blöde Kuh habe es ihm
durchgehen lassen, mir nichts zu erzählen.«

»Hast du eine Vermutung?«

Miriam schaute zu ihm hoch. »Ja, es muss mit der
Kanzlei zu tun haben. Daneben hatte Matthias eigentlich kein Leben. Daher wollte er aussteigen, um frei
sein zu können. Wenn ich so darüber nachdenke,
wollte er damit vielleicht auch sich selbst schützen.«
Sie schaute nach vorn und runzelte die Stirn. *Was war
so gefährlich, dass Matthias mich, aber auch sich selbst hatte
schützen wollen?*

Das Rauschen der Aare war an anderen Tagen wie
Musik in ihren Ohren, heute hinderte sie dieses

Geräusch daran, einen klaren Gedanken zu fassen, denn irgendetwas wollte ihr Unterbewusstsein ihr mitteilen. Sie konnte es nur leider partout nicht fassen.

»Was geht in deinem Kopf vor?«

Sie blickte Tobi erneut an. Er musterte sie eindringlich. Besorgnis lag in seinen Augen.

»Mir schwirrt etwas im Kopf herum, aber ich kann es nicht greifen. Das nervt.«

»Hat es mit Matthias zu tun?«

»Bestimmt. Verdammt, wenn ich nur wüsste, was es ist. Es fühlt sich wichtig an.«

»Dann wirst du früher oder später draufkommen.«

»Das hoffe ich. In der Zwischenzeit werde ich nachforschen. Das bin ich Matthias schuldig.«

Tobi räusperte sich.

Sie sah ihn an. »Was?«

»Na ja, ich habe ja ein paar Jahre als Journalist gearbeitet und habe noch einige Kontakte und Möglichkeiten an Informationen zu kommen. Eventuell kann mir Xavier Seiler, ein ehemaliger Studienkollege, weiterhelfen. Er ist loyal und verschwiegen.«

»Wirklich?«

»Wenn es dir recht ist, helfe ich dir gern, Licht ins Dunkle zu bringen.«

»Das würdest du tun?«

»Natürlich«, sagte er und lächelte sie liebevoll von der Seite her an.

Sie blieb stehen und schaute auf ihre Schuhe, denn das Kribbeln in ihrem Bauch nahm mit jedem Lächeln von Tobi zu und ließ sie hoffen. Aber das hier war eine Ausnahmesituation und sie durfte keine Erwartungen auf mehr haben. Einen weiteren Verlust verkraftete sie nicht. »Das, das wäre … Danke.«

Sein leichter Druck auf ihrer Schulter hinterließ eine angenehme Wärme und erneut den Wunsch nach mehr. Sie blickte wieder zu ihm auf. »Ich konnte eine Vertretung für meine Klasse organisieren, muss also momentan nicht arbeiten. Am Montag werde ich zu Matthias' Wohnung gehen.«

»Ich würde gern mitkommen, aber ich muss Montag im Verlag arbeiten. Dann schaue ich, ob ich ein paar Tage freimachen kann.«

»Das brauchst du nicht.«

Tobi hinderte sie daran, weiterzugehen, indem er sie sanft am Oberarm festhielt. Dann legte er seine Hände auf ihre Schultern, drehte sie in seine Richtung und schaute ihr in die Augen.

»Ich weiß, dass ich nicht muss, aber ich möchte. Auch wenn du eine starke Frau bist, musst du nicht alles allein durchstehen. Du hast Elvira und nun hast du auch mich.« Die Zuneigung in seinem Gesicht ließ sie glauben, dass er es für sie tat und nicht auf Geheiß ihrer besten Freundin. Und wer wäre sie, wenn sie seine Hilfe ausschlagen würde? Zumal er über mehr Möglichkeiten und Wissen verfügte als sie.

Daher nickte sie und er zog sie in seine Arme. Genau das brauchte sie … Oder eben nicht, wenn sie daran dachte, bald schon wieder auf seine Wärme und Geborgenheit verzichten zu müssen.

»Freinehmen musst du nicht. Aber wenn du nachforschen könntest, wäre ich sehr dankbar«, murmelte
sie an seine Brust. Dann löste sie sich von ihm.

Sie spazierten weiter und hingen beide ihren
Gedanken nach. Es waren viele Spaziergänger unterwegs. Das Aare-Ufer war beliebt bei Familien, Pärchen und Hundehaltern. Die Bäume, die den Weg
säumten, hatten angefangen zu grünen, was den
Frühling erahnen ließ. Alle diese Details halfen ihr,
die Gefühle für Tobi und die Trauer über Matthias'
Tod ein klein wenig zu dämpfen. Bewusst atmete sie
die frische Luft ein, in der Hoffnung, die drückende
Trauer auf ihrer Brust würde sich ein wenig lockern.

Einige Zeit später saßen sie in ihrem Wohnzimmer
auf dem Sofa und waren in ein Gespräch über den
Filmabend vertieft.

»Aber wenn wir jetzt schon einen Film anschauen,
wäre es kein Filmabend, sondern ein Filmnach-
mittag«, beharrte sie.

»Das spielt keine Rolle. Siehst du«, er zeigte zum
Fenster, »es ist fast dunkel, so dicht sind die Wolken
am Himmel. Daher kann ich mit gutem Gewissen
sagen: Der Filmabend kann starten.«

»Das hat doch nichts mit dem Wetter zu tun. Die
Zeit ist ausschlaggebend.« Sie zeigte mit dem Finger
zur Wanduhr, um ihren Standpunkt zu verdeutlichen.
»Drei Uhr Nachmittag, siehst du?«

»Ich kann die Uhr gern vorstellen, wenn das für
deinen inneren Frieden hilfreich ist.«

Mit übertrieben schmerzverzerrtem Gesicht jaulte er auf, als sie ihm spielerisch gegen den Oberarm boxte. »Los, du Weichei. Ich mache uns eine Schüssel Popcorn und du suchst den Film aus.«

Sie stand auf, ging in die Küche, öffnete den Schrank und war froh, dass sie noch einen Vorrat an Popcorn hatte. Aus der Kartonpackung nahm sie einen Sack, öffnete die Mikrowelle, legte ihn hinein und programmierte das Gerät auf fünf Minuten.

Ihre Gedanken wanderten zu Tobi und zugleich stellte sich ein warmes Gefühl in ihrer Brust ein. Ihr Lächeln wurde noch etwas breiter, als sie ihr Spiegelbild in der Mikrowellentür betrachtete. Mit beiden Händen fuhr sie sich über ihre warmen Wangen. Es hätte so perfekt sein können. Spürte das Tobi auch? Nur ein winziges bisschen? Für sie hatte ihre Freundschaft heute ein neues Level erreicht. Es fühlte sich gut an, mit ihm ernsthafte Gespräche zu führen. Sie genoss es aber auch sehr, wenn sie zusammen Spaß hatten, sich neckten, wie kleine Kinder rumblödelten. Und er lenkte sie prima von ihren negativen Gedanken ab. Hoffnung breitete sich in ihr aus wie ein sanftes grünes Seidentuch, die durch das Piepen der Mikrowelle sofort wieder verdrängt wurde.

Zurück im Wohnzimmer fiel ihr Blick auf den Fernseher. Tobi hatte einen Marvel-Film ausgesucht, der im Pausenmodus war und darauf wartete, abgespielt zu werden. Sie runzelte die Stirn über die Filmwahl.

»Ich dachte mir, dass du nichts sehen möchtest, was traurig ist oder zum Weinen anregt. Da fielen

Liebesfilme, Dramen und Thriller weg. Thor mit Chris Hemsworth«, er wackelte anzüglich mit den Augenbrauen, »ist sicher passender, was hoffentlich dazu beiträgt, dass du abschalten kannst.«

Wow, er hatte sich Gedanken gemacht und den Nagel auf den Kopf getroffen. Ihr selbst wäre das gar nicht in den Sinn gekommen. Aber ja, recht hatte er, und wie. Sie stellte die Popcornschüssel auf den Clubtisch, bückte sich zu ihm hinunter, drückte ihm einen Kuss auf die Wange und erstarrte. Tobi schaute ihr in die Augen und streichelte mit der Hand liebevoll über ihr Gesicht. Die Zeit schien stillzustehen. Irgendwann löste er den Blick, griff zur Fernbedienung und drückte auf *Abspielen.*

9

Miriam

»Mist«, fluchte Miriam vor sich hin und versuchte energisch den Schlüssel ins Schloss zu drücken.

»Entschuldigen Sie, was tun Sie da?«

Erschrocken drehte sie sich um. Matthias' Nachbarin stand vor ihr.

»Ah, Frau Hartmeier«, sagte die ältere Dame und stützte sich auf ihren Rollator.

»Guten Tag, Frau Ziegler.«

»Mein herzliches Beileid. Mir fehlen die Worte. Ihr Bruder war so ein herzensguter Mann. Wieso muss das immer den netten Menschen geschehen?«

War klar, dass Frau Ziegler keine Ahnung über die wahre Todesursache hatte. »Vielen Dank. Sie sagen es. Er fehlt mir wahnsinnig. Und nun wollte ich in seine Wohnung, aber die Tür geht nicht auf.«

»Wurden Sie nicht informiert?«

»Worüber informiert?«

»Ihr Vater war mit einem Handwerker hier und ließ das Schloss austauschen.«

»Was?«, sagte sie viel zu laut. »Entschuldigung. Nein, das wusste ich nicht. Dann werde ich mich bei meinem Vater melden. Er hat wohl vergessen, mich darüber zu informieren.« Miriam war sich sehr sicher, dass er es ihr absichtlich nicht gesagt hatte.

»Ja, machen Sie das. Und wenn etwas ist, melden Sie sich. Ich bin zwar nicht mehr so mobil«, sie klopfte auf ihren Rollator, »aber ich helfe gern.«

»Vielen Dank, Frau Ziegler, das bedeutet mir sehr viel.« Sie ergriff die Hand, die die alte Dame ihr hinhielt, schüttelte sie und stieg dann die Treppe hinab. Als sie auf den Gehweg trat, atmete sie mehrmals ein und aus und lehnte sich mit dem Rücken an die Hausfassade, denn ihre Knie fühlten sich wie Pudding an. Sie hatte große Lust, ihre Wut laut hinauszuschreien. Was in Teufels Namen bezweckte ihr Vater mit dieser Aktion? Ihre Hand zitterte leicht, als sie ihr Smartphone aus der Handtasche nahm und seine Nummer wählte.

»Was gibt es?«, brummte er. »Ist es dringend?«

»Dir auch ein Hallo.« Miriam verdrehte die Augen.

»Ich stehe unter Druck.«

Wie immer. »Aber um mit einem Handwerker ein Türschloss auszuwechseln, dafür hast du Zeit.«

»Das war notwendig.«

»Notwendig?« Schnaubend stieß sich Miriam mit der freien Hand von der Wand ab.

»Ja, wir wissen nicht, wer alles einen Schlüssel zu der Wohnung hat. Da könnte sonst wer rein- und rausgehen.«

»Aha.«

»Du entschuldigst mich, ich habe keine Zeit für deine nichtssagenden Antworten.«

»Bekomme ich auch einen Schlüssel?«

»Vorerst nicht, nein.«

»Wieso nicht? Was soll das?« Mit einem unglaublichen Grummeln im Bauch stapfte sie vor dem Hauseingang hin und her.

»Wir müssen zuerst sichergehen, dass sich keine Akten aus der Kanzlei in der Wohnung befinden. Das hat mit dem Datenschutz zu tun.«

Das konnte er sonst wem erzählen. Völlig lächerlich. »Wenn du meinst«, antwortete sie. Sie hatte weder Lust noch Kraft mit ihm zu diskutieren.

»Da das geklärt ist, können wir den Anruf beenden. *Ich* muss arbeiten.« Das Ich betonte er einmal mehr so, als wäre er der Einzige, der einer Tätigkeit nachging.

Ihr Beruf als Lehrerin war in seinen Augen ein hobbymäßiger Zeitvertreib. Sie wollte noch etwas erwidern, er hatte aber die Verbindung ohne ein Abschiedswort unterbrochen. Miriam blieb stehen und schaute mit Tränen in den Augen auf das Display. Nach all den Jahren sollte es ihr nichts mehr ausmachen, so abgespeist zu werden, dennoch unterdrückte sie einen Schluchzer. Blinzelnd und räuspernd schüttelte sie die Enttäuschung ab, straffte ihre Schultern und erinnerte sich, warum sie hier war. Es wäre ihre Pflicht gewesen, in Matthias' Sachen nachzusehen. So blieb sie weiterhin im Unklaren, ob sie Antworten auf sein merkwürdiges Verhalten gefunden hätte. Das war nun hinfällig. Sie hoffte, Tobi würde mehr Erfolg haben.

Ihr Smartphone, das sie immer noch in der Hand hielt, vibrierte. Ein kalter Schauer durchfuhr sie, als sie auf die Nachricht von Robert starrte.

Robert: Morgen Abend, 19:00 Uhr, Restaurant Mürset, Aarau. Soll ich dich abholen?

Ihr entwischte ein Schnauben. War ja klar, dass es für Schleimer-Robi ein Gault-Millau-Restaurant sein musste. Als eingefleischter Zürcher war es ihm sicher zuwider, extra wegen ihr nach Aarau zu kommen. Aber sie liebte diese Stadt.

Miriam: Okay. Nein, musst du nicht. Bis dann.

Dass er mit seinem Maserati bei ihr vorfuhr, wollte sie auf keinen Fall. Zudem war das Restaurant nur einige hundert Meter von ihrer Wohnung entfernt. Sie konnte bereits Roberts angewidertes Gesicht sehen, wenn sie mit ihrem Vintage-Fahrrad beim Treffen erschien.

Seufzend blickte sie sich um. Was sollte sie mit dem angebrochenen Tag anfangen? Wenn sie schon mal in Zürich war, konnte sie eigentlich mit dem Tram in die Innenstadt fahren und ein bisschen shoppen gehen. Bevor sie zur Haltestelle ging, schickte sie Tobi eine WhatsApp-Nachricht. Vielleicht hatte er Zeit für ein kurzes Mittagessen.

Miriam lehnte sich an das Quaibrücken-Geländer und schaute auf die Limmat hinunter. Auf der anderen

Seite der Brücke floss der Fluss in den Zürichsee. Ein paar kleine Motorboote tummelten sich auf dem Wasser, aber die Autogeräusche im Hintergrund waren laut, sodass sie kein beruhigendes Plätschern wahrnehmen konnte.

»Da bin ich«, ertönte es hinter ihr.

Sie drehte sich um und lächelte. »Hallo.«

Tobi küsste sie flüchtig auf die Wange. Sofort erfasste sie ein Kribbeln, das ihren Bauch wärmte. Sie genoss das Gefühl und war überrascht, als er ihre Hand nahm.

»Hast du Hunger?«

»Ja. Etwas Kleines könnte ich vertragen. Ich habe gesehen, dass es hier in der Nähe ein Tibits gibt. Ich würde das gern ausprobieren. In Aarau gibt es inzwischen auch eines, aber ich habe es noch nicht geschafft, dort essen zu gehen.«

»Das ist eine gute Idee. Da ist auch die Chance größer, einen Tisch zu ergattern.« Er zog sie sanft mit sich und sie überquerten die Straße. Dann gingen sie quer über den Sechseläutenplatz und eine Straße weiter war bereits das Restaurant. Gentlemanlike öffnete er ihr die Tür und ließ sie zuerst eintreten. Im Innenraum kamen ihnen einige Gäste entgegen, die bereits wieder am Gehen waren.

»Hier ist immer reger Wechsel dadurch, dass man sich am Buffet bedient. Siehst du, da wird ein Tisch frei.« Tobi deutete mit dem Finger darauf und eine Mitarbeiterin nickte ihnen zur Bestätigung zu. Gemeinsam steuerten sie auf ihn zu, hängten die Jacken über die Stuhllehnen und nahmen Platz.

»Es gefällt mir hier. Die Einrichtung ist einfach, ohne viel Schnickschnack.« Sie schaute sich im Raum um. »Leben bringen die Gäste in den Raum.« Sie schaute dem regen Treiben der Menschen zu, die zum Buffet oder wieder zurück an ihre Tische gingen, bevor sie zu Tobi blickte, der sie mit leichtgeneigtem Kopf anlächelte. »Was ist?«

»Nichts.« Er räusperte sich und der intime Moment war vorbei. »Hast du etwas in Matthias' Wohnung gefunden?«, lenkte er von sich ab.

»Schön wäre es.« Sie erzählte Tobi vom ausgetauschten Schloss.

»Das ist wirklich sehr verdächtig. Entschuldige, ich kenne deinen Vater nicht. Aber …« Tobi zuckte mit den Schultern.

»Du musst kein Blatt vor den Mund nehmen. Du wirst ihn am Freitag kennenlernen und selbst sehen, wie er ist.«

»Dann liegt es an mir, etwas herauszufinden.«

»Nein, es ist nicht dein Problem. Also mach dir keinen Druck. Wollen wir uns etwas zu essen und trinken holen und danach weitersprechen?«

Tobi nickte und sie standen auf. Er erklärte ihr, wo sie was bekam, und sie umrundete das ovale Buffet, um sich zuerst ein Bild von der großen Auswahl an vegetarischen und veganen Speisen zu machen, bevor sie sich einen Teller nahm.

Sie kamen gleichzeitig zurück an den Tisch und setzten sich.

»Nun habe ich den Teller mehr gefüllt, als ich vorgehabt hatte. Aber ich wollte von allem etwas probieren. Bin ja nicht so erfahren mit vegetarischen Speisen.«

»Ging mir das erste Mal auch so. Inzwischen habe ich die Menge *fast* im Griff.« Er grinste und zeigte auf seinen, nicht minder überhäuften Teller. »En Guete.«

»Gleichfalls. Und zurück zu vorhin. Vielleicht sehe ich Gespenster und da ist wirklich nichts, nur mein ungutes Gefühl, und Matthias hatte lediglich wieder eine seiner Depressionen. Durch diese Krankheit war er während des Studiums eine andere Person«, erklärte sie ihm. »Mein Vater ist kein empathischer Mensch. Zum Glück hatte Matthias eine eigene Wohnung. So musste er sich die miesen Aussagen nicht dauernd anhören.«

»Was für miese Aussagen?«

»Du hättest hören sollen, was er vom Stapel ließ. Er nannte Matthias *Schwächling* und *unfähig*. Das waren noch die nettesten Bezeichnungen. Ständig ist er über ihn hergezogen. Egal, ob Matthias anwesend war oder nicht.«

»Das ist … Mir fehlen die Worte.« Tobi schnappte nach Luft wie ein Fisch auf dem Trockenen.

»Genug davon, sonst wird das Essen kalt.«

Tobi schaute sie durchdringend an, als wollte er noch etwas erwidern, griff dann aber nach Gabel und Messer und begann zu essen.

10

Miriam

Schnaubend tippte sie mit dem Finger auf das Smartphone-Display. Seit einer geschlagenen Viertelstunde saß sie im Restaurant *Mürset*. Dass Robert sich verspäten würde, wunderte sie nicht. Dabei wusste er, dass der Verkehr am Abend mühsam war und er genug Zeit einrechnen musste. Hätte er wenigstens eine Entschuldigung hervorgebracht, als er sie vorhin angerufen hatte, wäre sie vielleicht etwas verständnisvoller. Aber nein, es kam nur ein »Ich verspäte mich, geh doch schon mal rein«. So hätte Tobi sie nie abgespeist. Lächelnd dachte sie an das gestrige Mittagessen zurück. Sie hatten sich sehr gut unterhalten. Tobi hatte ihr von seinen letzten Konzertbesuchen erzählt und vorgeschlagen, sie das nächste Mal mitzunehmen. Natürlich hatte sie nicht abgelehnt. Sie nahm jede Möglichkeit, Tobi zu sehen, dankend an.

Ein Kellner trat neben sie, füllte ihr Glas mit Wasser und stellte die Flasche auf den Tisch. Sie bedankte sich und nippte am Glas. Wieder fiel ihr Blick auf das Smartphone. Keine weitere Nachricht von Robert, also verstaute sie es in der Handtasche und schaute sich im Raum um.

Zum Glück hatte Robert im gemütlicheren Teil reserviert. Oder er wusste es nicht besser, denn der Tisch befand sich in der Weinstube. Das viele Holz und die Steinwände verliehen dem Raum eine entspannte Atmosphäre. Das Hauptrestaurant mit seiner gehobenen klassischen Schweizer Küche war wesentlich nobler. Ihr gefiel beides, umgeben von viel Holz fühlte sie sich jedoch wohler.

Sie lehnte sich zurück. Am liebsten wäre es ihr, er würde gar nicht mehr auftauchen. Aber das war ihr nicht vergönnt, denn soeben trat Schleimer-Robi in den Raum. Mit erhobener Nase schaute er sich um, als gehörte ihm das Lokal. Als er sie erblickte, zog er sein Jackett gerade, setzte sein schmieriges Lächeln auf und kam auf sie zu.

»Hallo, meine Liebe.« Er bückte sich und schon landeten seine nassen Lippen auf ihrer Wange. Während er Platz nahm, wischte sie sich unauffällig mit dem Ärmel der Bluse über ihr Gesicht.

Robert blickte unverzüglich in die Speisekarte. Kurz darauf winkte er einem Kellner. »Wir wissen, was wir nehmen. Zweimal Eglifilet und vorab einen Salat.«

Miriam räusperte sich. »Du hast da etwas falsch verstanden. Ich nehme Rindsfiletwürfel Stroganoff. Salat als Vorspeise ist in Ordnung.« Sie klappte die Karte zu und sah aus dem Augenwinkel, wie Robert den Kiefer anspannte. Er lebte anscheinend im falschen Jahrhundert, wenn er der Meinung war, dass der Herr entschied, was die Dame zu essen hatte. Nicht mit ihr!

»Sehr wohl, Madame.« Der Kellner deutete eine Verbeugung an und entfernte sich vom Tisch.

»Du warst schon immer sehr …«, er wedelte mit der Hand in der Luft, »… eigenständig. Und der Tod von Matthias hat dich sicher etwas durcheinandergebracht.«

Das wollte er garantiert nicht sagen. Doch sogar Robert hatte ein Minimum an Anstand. Vermutlich mehr als ihr Vater. Aber selbst das war immer noch unterirdisch.

»Wir sollten öfters etwas unternehmen, uns in der Öffentlichkeit zeigen. Nächste Woche findet in Zürich ein Anlass statt, zu dem ich dich als meine Begleitung angemeldet habe.«

Mit weitaufgerissenen Augen starrte sie ihn an. »Sag mal, spinnst du?«, zischte sie. »Erstens hattest du nicht mal den Anstand, mich vorher zu fragen, zweitens hätte ich nein gesagt und drittens ist mein Bruder noch keine zwei Wochen tot.« Sie versuchte ruhig zu bleiben, um hier vor all den Leuten weder eine Szene zu machen, noch in Tränen auszubrechen.

»Und genau deswegen müssen wir uns zeigen. Unsere Familien halten und gehören zusammen.«

»Ich gehöre niemandem«, flüsterte sie, denn soeben wurde ihnen die Vorspeise gebracht.

Während sie mit der Gabel ein Salatblatt aufspießte und dann an den Mund führte, vermied sie es, ihn anzusehen. Sie war froh, dass auch er sich auf seine Vorspeise konzentrierte und ansonsten still war. Das änderte sich leider, als die Teller abgeräumt wurden.

»Sag mal, hast du viel mit Matthias über die Kanzlei und seine Arbeit gesprochen?«

Sein Ton ließ alle Alarmglocken in ihr schrillen. »Nein, wie du weißt, hat mich das nie interessiert«, gab sie zuckersüß zur Antwort.

»Aber dein Vater sagte, Matthias hätte eine Bemerkung gemacht.«

Zack – das war es, was ihr die ganze Zeit im Kopf herumschwirrte und sie nicht zu fassen bekommen hatte. Das eigenartige Benehmen ihres Vaters, als sie erwähnt hatte, dass Matthias ihr etwas hatte mitteilen wollen. Die Panik in seinen Augen und dann die Erleichterung, dass sie nichts erfahren hatte.

»Du weißt etwas.« Roberts Stimme hatte einen drohenden Unterton. Erschrocken sah sie ihn an. »Entschuldige, Liebes.« Er strich ihr über die Hand, die sie sofort wegzog und unter dem Tisch unauffällig an der Hose abwischte. »Weißt du, er hatte in letzter Zeit nicht so Erfolg mit seinen Fällen. Und natürlich wollen wir nicht, dass uns das einen schlechten Ruf einbringt.«

Narr! Verarschen konnte sie sich selbst. »Nein, leider hat er mir nichts erzählt. Ich kenne mich damit ja nicht aus und das wusste er.« Sie setzte eine unschuldige Miene auf. Dieses Spiel konnte sie ebenfalls spielen.

»Musst du auch nicht. Wenn wir verheiratet sind, musst du ohnehin nicht mehr arbeiten.«

Sie wollte erwidern, dass er eine ganze Wagenladung Schrauben locker hatte, aber die Hauptspeise wurde an den Tisch gebracht. Es roch vorzüglich, nur hatte sich ihr Appetit verabschiedet. Sie stocherte mehr im Essen herum, als dass sie sich etwas in den Mund schob.

»Schatz, es ist toll, dass du auf deine Figur achtest, aber ein wenig solltest du trotzdem essen. Das gebührt der Anstand.«

»Ich bin nicht dein Schatz«, presste sie hervor und funkelte ihn böse an.

»Ich liebe Frauen, die Feuer in sich haben.« Er wackelte mit den Augenbrauen.

Ihr reichte es. Ohne ein Wort zu sagen, knallte sie die Serviette auf den Tisch, stand auf, nahm ihre Handtasche und steuerte mit schnellen Schritten den Ausgang an. Im letzten Moment erinnerte sie sich an ihre Jacke, die der Kellner an die Garderobe gehängt hatte, und zog sie vom Kleiderbügel. Dieser schepperte zurück an die Holzablage. Ein Pärchen in der Nähe zuckte zusammen, aber darauf konnte sie keine Rücksicht nehmen.

»Madame?«, hörte sie hinter sich die Stimme des Kellners. Eine Sekunde war sie versucht, sich umzudrehen, doch dann drückte sie den Türgriff hinunter und floh ins Freie. Sollte Robert, dieser Volltrottel, dem Kellner erklären, wieso sie urplötzlich verschwand.

Sie öffnete das Sicherheitsschloss ihres Fahrrads, schmiss die Handtasche ins Körbchen, schwang sich auf den Sattel und trat wütend in die Pedale. Sie musste wie eine Furie wirken. Zum Glück war es durch das trübe Wetter im April bereits dunkel, sodass die Spaziergänger an der Aare ihren wut-verzerrten Gesichtsausdruck nicht sehen konnten.

Trotz der kurzen Strecke von vier Minuten schwitzte sie und sehnte sich nach einer Dusche. Auch, um sich den Geruch von Robi abzuwaschen. Völlig übertrieben, dessen war sie sich bewusst. Hastig öffnete sie die Haustür, schob das Fahrrad in den Eingangsbereich des Altbauhauses und schloss die Tür sofort wieder. Das Rad sicherte sie mit dem Schloss. Zwei Stufen auf einmal nehmend erklomm sie die Treppe in den ersten Stock, sperrte die Haus-tür auf, trat ein und machte sie zu. Völlig erledigt blieb sie stehen und atmete tief durch, um sich zu sammeln. Ihre Schuhe kickte sie unter die Garderobe, die Handtasche ließ sie auf die Kommode fallen, ihre Jacke zog sie aus und hängte sie an den Haken. Schnurstraks lief sie ins Badezimmer, zog sich aus und schmiss alle Kleider in den Wäschekorb. Nur weg damit.

Ein Schauer durchfuhr sie. Robi hatte noch nie angenehme Gefühle in ihr ausgelöst, so geekelt vor ihm wie vorhin hatte sie sich aber auch noch nie. Sie schüttelte den Kopf, schaltete das Wasser ein, war-tete, bis es eine angenehme Temperatur erreichte und trat in die Duschkabine. Erleichtert stöhnte sie auf, als das Wasser auf ihre Haut prasselte. Sofort ent-spannte sie sich und konnte endlich wieder durch-atmen.

Wenig später stieg sie – wesentlich ruhiger – aus der Dusche auf den Badevorleger, zog das Handtuch von der Stange und wuschelte sich die Haare trocken.

Danach rubbelte sie ihren Körper ab, kämmte sich und gönnte sich reichlich Bodylotion. Die Welt sah bereits heller aus und ihre Wut auf Robi fühlte sich nur noch wie ein zäher Nebel und nicht mehr wie ein Gewitter an. Sie fragte sich, wie sie sich überhaupt so hatte aufregen und sich deswegen stressen können. Etwas Unangenehmes grummelte dennoch in ihrem Magen und sie entschied, Elvira anzurufen.

Im Schlafzimmer zog sie bequeme Sweat-Hosen und einen Hoodie an und holte sich dann aus der Handtasche ihr Smartphone. Elvira hatte sie auf der Kurzwahlliste, sodass Sekunden später das Freizeichen ertönte.

»Hallo Miriam, wie geht es dir?«

»Jetzt, wo ich deine Stimme höre, wieder besser.« Erleichtert ließ sie sich auf das Sofa fallen.

»Was ist passiert?«

»Ich musste mit Robert essen gehen.«

»Schleimer-Robi?« Elviras Stimme war etwas schrill.

»Genau der.« Sie hatte Elvira immer mal wieder Anekdoten von diesem unangenehmen Zeitgenossen erzählt.

»Wieso gehst du mit dem essen?«

»Mein Vater hat es gewünscht und meine Mutter scheinbar auch. Ihr kann ich wenig abschlagen. Inzwischen denke ich, dass mein Vater das nur behauptet hat. Na ja, aber eigentlich dachte ich, dass ich Robert ein für alle Mal den Riegel vorschieben kann.«

»Deine Aussage lässt mich vermuten, dass es nicht so lief, wie du wolltest.«

»Leider nein. Er hat für mich bestellt, als hätte ich kein Mitspracherecht. Das habe ich ihm nicht durchgehen lassen. Und dann hat er mir erzählt, dass nächste Woche in Zürich irgendein Anlass stattfindet, zu dem er mich als seine Begleitung angemeldet hat. Ich meine, hallo? Ohne mich zu fragen? Als er anzüglich wurde, bin ich während der Hauptspeise aufgestanden und gegangen.«

»Ups.« Elvira kicherte. »Entschuldige, ich habe mir das gerade bildlich vorgestellt.«

Miriam lachte und die Anspannung fiel noch etwas mehr von ihr ab. Dass Robert schon Hochzeitspläne schmiedete, verschwieg sie lieber. Sie wollte die lockere Stimmung, die sie soeben erfasst hatte, nicht im Keim ersticken. »Einer der Kellner rief noch nach mir, aber ich habe nicht reagiert. Was weiß ich, was Robert ihm dann erzählt hat. Vielleicht, dass ich schwanger bin und mir übel wurde, oder sonst einen Schwachsinn. Die Wahrheit würde nicht über seine Lippen kommen. Er muss ja seinen guten Ruf wahren. Blödmann.«

»Aber wenn ich dich richtig verstanden habe, konntest du ihm nicht klarmachen, dass da nichts und nie etwas zwischen euch laufen wird. Du hast mir nie erzählt, dass er so aufdringlich ist.«

Miriam seufzte. Die Lockerheit verflog. »Nein, deutlich gesagt, dass ich nichts von ihm will, habe ich nicht. Ich dachte, mein abweisendes Verhalten sei ihm Antwort genug. Scheinbar nicht. Und bis jetzt fand ich es auch nicht erwähnenswert, dir davon bis ins Detail zu berichten. Eben weil ich seine Avancen nicht ernstnahm. Wahrscheinlich wird er jetzt annehmen, dass ich mich ziere. Er hat es schon immer so gedreht, wie er es haben wollte. Ich bin froh, dass du und Tobi mich zur Beerdigung begleitet. Ihr müsst verhindern, dass der Kerl mich allein erwischt. Robert wird garantiert versuchen, mich an seine Seite zu ziehen. Und dann will er mich bestimmt auch noch umarmen oder sonst wie begrapschen. Diese Unart hat er, seit ich denken kann.« Der Gedanke an seine Hände ließ sie frösteln und sie fuhr sich mit der freien Hand über ihren Oberarm.

»Wir werden dir nicht von der Seite weichen und dich beschützen. In bester Bodyguard-Manier. Versprochen. Danke, dass du mir das erzählt und mich vorgewarnt hast.«

»Und ich bin euch so dankbar.«

»Ist doch selbstverständlich.«

»Bei dir vielleicht, bei Tobi eher nicht.«

»Da liegst du ziemlich sicher falsch.«

»Wieso?« Miriam runzelte die Stirn, auch wenn Elvira das nicht sehen konnte.

»Ich glaube, dieses Thema besprechen wir ein anderes Mal. Ich leg mich aufs Ohr und du solltest das auch tun.«

»Aber …«

»Gute Nacht, Miriam.«

Aufgelegt. Verwirrt legte sie den Kopf nach hinten an die Rückenlehne. Waren denn alle etwas durch den Wind oder war ihr Verstand durch die Trauer und den Ärger vernebelt? Sie wurde nicht schlau aus Elviras Worten.

11

Miriam

Sie freute sich, dass Tobi vorbeikam, und sprang sofort zur Wohnungstür, als es klingelte. Mit einer Hand betätigte sie den Haustüröffner, mit der anderen schloss sie die Wohnungstür auf. Seine Schritte hallten im Treppenhaus wider und er blieb abrupt stehen, als er oben ankam.

»Miriam? Was ist passiert?«

»Nichts, nur die übliche Traurigkeit.«

»Das sieht mir nach mehr aus. Hat dir dieser Robert etwas angetan? Wenn ich den in die Finger kriege, dann …« Er ballte seine Hand zu einer Faust, als hätte er liebend gern irgendwo dagegen geschlagen. Wahrscheinlich am liebsten in Robis Gesicht. So heldenhaft das auch sein mag, sie musste ihn beruhigen.

»Stopp, Tobi, nein! Er hat mir nichts getan.«

Er blinzelte und sah sie mit schräggeneigtem Kopf an. »Entschuldige, aber irgendetwas ist passiert.«

»Alles gut. Komm bitte herein.«

Er trat ein und schloss die Tür hinter sich. Als er sich umdrehte, fiel sie ihm weinend um den Hals.

»Miriam«, flüsterte er, zog sie an sich und drückte sie fest. »Was hast du denn?«

»Als die Hauptspeise serviert wurde, bin ich davongelaufen. Seine Diskussionsthemen haben mir nicht gepasst. Ich habe dann mit Elvira telefoniert, als ich zu Hause war. Das hat gutgetan. Aber ich habe kaum geschlafen, nur geweint. Matthias. Er fehlt mir so.« Ein Schluchzen verließ ihren Mund.

Sanft streichelte er ihr mit der freien Hand über den Rücken. Immer wieder. Als sie ihm den Pullover nach oben schob und anfing, ihn zu streicheln, hielt er inne. »Miriam, das geht nicht.«

Sie hob den Kopf und sah ihn mit tränennassen Augen an. »Wieso nicht? Willst du mich nicht mehr?«

Er seufzte leise. »Und wie ich dich will. Aber du bist nicht du selbst.«

»Ich brauche das aber.« Sie wedelte mit der Hand zwischen ihnen hin und her.

»Wir können auf dem Sofa kuscheln«.

»Nein, ich brauche dich, deine Nähe … mehr Nähe als Kuscheln. Bitte«, flehte sie regelrecht. »Ich muss etwas anderes fühlen. Dich, mich, uns.«

Er schaute sie mit einem Stirnrunzeln an, als wolle er analysieren, ob sie das wirklich ernst meinte. Und wie sie das tat. Sie hielt seinem Blick stand und das gab ihm wohl die Gewissheit, dass sie absolut sicher war, dass sie ihn wollte. Sanft streichelte er ihre Wange, schob seine Hand in ihren Nacken, zog sie zu sich und küsste sie.

Sie hörte, wie er den Gipfelisack fallen ließ. Mit einem Arm griff er unter ihre Knie, den anderen legte er um ihren Rücken, dann hob er sie hoch und trug sie ins Schlafzimmer, als wäre sie seine Braut. Behutsam stellte er sie auf den Boden und schaute ihr tief in die Augen. Sie wollte soeben ihre Bitte wiederholen, doch bevor ein Ton ihren Mund verlassen konnte, presste er seine Lippen auf ihre. Sanft und doch fordernd, was ihr den Atem raubte. Da waren so viel Zuneigung und Hoffnung in diesem Kuss, dass ihre Augen feucht wurden. Ihre Lider schlossen sich und sie küsste ihn mit derselben Leidenschaft zurück. Ihre Haut prickelte und das Gefühl verlagerte sich in ihre Mitte. Die erregende Spannung ließ sie keinen klaren Gedanken mehr fassen. Er vertiefte den Kuss, und sie konnte nicht mehr denken, nur noch fühlen. Denn, wow! Der Kuss war nicht von dieser Welt. Er vernebelte ihr das Hirn, ließ sie abschalten und sich dem Moment hingeben. Kurz flackerte Matthias' Gesicht vor ihr auf, als sie beide Luft zum Atmen holten. Sie riss Tobi sofort wieder an sich. Vergessen, einfach nur vergessen, schrie ihr Körper. Aber es funktionierte nicht. Um nicht laut zu schluchzen, wich sie zurück und hielt sie sich die Hand vor den Mund. Und schon liefen ihr die Tränen über die Wangen.

»Miriam? Was hast du?« Die Besorgnis in seinen Augen ließ sie noch lauter schluchzen.

Wie sollte sie ihm das erklären? Sie wusste es selbst nicht. »Ich …« Nein, sie konnte nicht sprechen.

Zärtlich wischte Tobi mit dem Daumen ihre Tränen weg. »Komm, wir setzen uns.«

»Nein. Ich will das, um zu vergessen.«

»Du kannst es leider nicht einfach so vergessen.«
Mitfühlend sah er sie an.

»Ich weiß, aber ich brauche dich. Bitte.«

Er trat wieder näher an sie heran, schaute ihr liebevoll in die Augen und verschloss ihren Mund mit seinem.

Sie öffnete ihre Lippen und hieß Tobis Zunge willkommen. Miriam drückte ihren Unterleib näher an seinen, wollte ihm zeigen, was sie brauchte. Tobi stöhnte, was ihr Verlangen zum Glühen und ihre Gedanken endlich zum Schweigen brachte. Ihre Lust nahm rasant zu, seine offenbar auch, denn er löste sich so weit von ihr, dass er an ihre Jeans kam. Fahrig öffnete er Knopf und Reißverschluss. Ungeduldig, wie sie war, schob sie sich selbst Hose und Slip nach unten und strampelte beides unelegant von ihren Füßen. Tobi hatte sich in der Zwischenzeit von seinem Pullover befreit und stand mit nacktem Oberkörper vor ihr. Sie streichelte ihm sanft über die Brust und verweilte ein wenig länger an seinen Brustwarzen. Inzwischen wusste sie, dass er da sehr empfindlich und empfänglich war. Mit der Zunge fuhr sie den gleichen Weg nach und knabberte an seinen Knospen. Tobi ließ stöhnend den Kopf in den Nacken fallen. Sie liebte es, wenn er sich so gehenließ, und spürte die Feuchtigkeit zwischen ihren Beinen. Mit der Hand fuhr sie über die Beule in seiner Jeans und drückte etwas mehr zu, als angebracht gewesen wäre.

Tobi zischte. »Aufhören, oder willst du, dass ich in meiner Hose komme?«

Kichernd zog sie sich Bluse und BH aus. Tobi entledigte sich derweil seiner Jeans und Unterwäsche. Stürmisch umarmten sie sich wieder, torkelten zum Bett und fielen auf die Matratze. Erneut blickte er sie an, als wäre sie das Kostbarste auf der Welt. Es wäre schön, wenn das die Wirklichkeit und nicht nur sein Mitgefühl wäre. Die Wärme, das Kribbeln und die Geborgenheit machten sie süchtig und versprachen Heilung und Heimat zugleich.

»Ich kann dich denken hören. Du hast etwas von *Vergessen* gesagt. Also lasse ich dich vergessen. Schalt einfach ab und genieße.«

Tobi war unglaublich, spürte instinktiv, was sie brauchte. Sie hatten viele gemeinsame Sex-Stunden hinter sich, da blieb nicht aus, dass sie sich – jedenfalls auf dieser Ebene – kannten. Aber sie durfte sich nicht mehr wünschen, sollte nicht mehr hineininterpretieren und Hoffnung auf etwas haben, das nie eintreffen würde. Das führte unweigerlich zu Enttäuschungen.

»Du denkst immer noch zu viel.« In diesem Moment drang er mit einem Finger in sie ein und stimulierte gleichzeitig mit dem Daumen ihre Klitoris.

Schalter um, Gedanken weg. Sie schloss die Augen und sah ein gigantisches Feuerwerk an explodierenden Sternen. Ihre Dünnhäutigkeit machte sie auch für Sex empfindsamer, denn ihr Körper vibrierte wie nie zuvor. Sie kam Tobi mit der Hüfte entgegen, keuchte und zog ihre Beine an. Nach Reibung suchend drückte sie sich stärker Tobis Finger entgegen. Als er zusätzlich an ihrer Brustwarze knabberte, war es um sie geschehen. Ihre Atmung war abgehackt und ihre Muskeln verkrampften sich auf die beste Art. Sie stöhnte ihren Orgasmus laut hinaus und wand sich unter seinen Berührungen.

Schweratmend öffnete sie ihre Augen und sah in Tobis zufriedenes Gesicht. Nur seine Pupillen verrieten, dass ihn das nicht kaltgelassen hatte. Sie strahlten unendliches Verlangen aus. Sie rang nach Luft. So hatte er sie noch nie angesehen. Verlangen, ja, aber da war etwas anderes, das sie nicht deuten konnte. Er wirkte schon fast verletzlich.

»Und schon übernimmt wieder dein Hirn.« Erneut küsste er sie um den Verstand.

Sanft legte er sich auf sie und rieb sich an ihr. Sein steifer Penis an ihrer Mitte, dazu die Reibung, und sie erzitterte unter Tobi. Wollte mehr. Doch er war die Ruhe selbst. Küsste und liebkoste sie.

Ihre Hände fanden den Weg von seinem Rücken hinunter auf seine Pobacken, die sie knetete und sanft auseinanderzog. Tobi stöhnte und verlor etwas von seiner Ruhe. Sie grinste, was er mitbekam.

»Kleines Luder«, murmelte er und keuchte. Seine dunkle Stimme fuhr ihr direkt in den Unterleib.

Er hob sich leicht von ihr ab, um an die Nachttischschublade zu kommen. Ruckzuck hatte er ein Kondom in der Hand und reichte es ihr.

Gespielt langsam öffnete sie die Packung. Tobi seinerseits spielte mit ihren Brustwarzen. Er wusste genau, was sie schneller werden ließ. »Selbst Fiesling.«

Sein Auflachen war heiß und sie seufzte auf. Seit sie das erste Mal miteinander geschlafen hatten, hatte er eine immense Wirkung auf sie, aber das heute war atomar.

Sie zog ihm provozierend gemächlich das Kondom über und positionierte ihn an ihrem Eingang.

Er stoppte sie und fing erneut an, sie mit Zunge, Mund und Händen am ganzen Körper zu liebkosen. Sie hatte das Gefühl in einer Zwischenwelt gelandet zu sein. In einer schwebenden und bewusstseinserweiterten Welt. Bevor sie dem nachgehen konnte, versenkte Tobi sich in ihrer feuchten Mitte, was sie zum Aufstöhnen brachte. Er war nicht minder so laut und stoppte in ihr.

»Kurze Pause«, presste er hervor. Sein angestrengtes Gesicht zeigte deutlich, dass er mit dem vorzeitigen Ende kämpfte. Einige Atemzüge später entspannte er sich und sah lächelnd auf sie hinunter. Ihr kamen die Tränen.

»Miriam«, fragte er entsetzt, »habe ich dir wehgetan?« Er wollte sich zurückziehen, doch sie hielt ihn mit den Händen an seinen Hüften fest.

»Nein, nein, im Gegenteil. Weitermachen.«

»Aber du weinst wieder«, erwiderte er sichtlich verunsichert.

»Alles gut, meine Gefühle gehen mit mir durch. Beachte sie nicht.«

»Ich werde doch deine Gefühle nicht ignorieren.«

»Es sind gute Gefühle. Bitte.« Sie kreiste ihre Hüften, um ihn zum Weitermachen zu bringen.

Er kam ihrer Bitte nach, bewegte sich sanft, bis sie einen gemeinsamen Rhythmus fanden. Sie konnte den Blick nicht von ihm abwenden, war hypnotisiert von seinen Augen, die so viel Wärme und Verständnis ausstrahlten.

Alles in ihr zog sich erregt zusammen, als erneut ein Höhepunkt auf sie zurollte. Tobis Atem ging schneller und abgehackter. Sie gerieten aus dem Rhythmus und kamen gleichzeitig. Tobi legte sich auf sie und sie spürte seinen schnellen Herzschlag.

Immer noch schweratmend zog er sich aus ihr zurück, entledigte sich des Kondoms. Dann legte er sich zu ihr und deckte sie beide zu. Miriam schmiegte sich an ihn, in der Hoffnung, dass der Moment ewig dauern würde und sie sich damit der realen Welt nicht stellen musste.

Tobi trank einen Schluck von seinem Kaffee, stellte die Tasse zurück auf den Küchentresen und griff nach einem Gebäck. Nachdem er den ersten Bissen hinuntergeschluckt hatte, sah er sie an. »Ich konnte noch keine ausführlichen Recherchen anstellen. Die Kanzlei scheint angesehen zu sein, wenn auch etwas —«

»Hochnäsig?«, fiel sie ihm ins Wort.

Er zog die Augenbrauen nach oben und biss in sein Gipfeli.

»Denkst du, ich weiß das nicht? Matthias hat es mir mal erzählt. Seine Studienkollegen haben ihm das immer wieder unter die Nase gerieben. Das hat ihn jeweils sehr mitgenommen. Wieso er dennoch bei unserem Vater einstieg, wird wohl für immer ein Rätsel bleiben.« Miriam starrte auf ihren Teller. Die

Traurigkeit war ihr ziemlich sicher ins Gesicht geschrieben. Tobi nahm ihre Hand und drückte sie sanft. Sie hob den Kopf und lächelte ihn an, blickte dann wieder auf ihren Teller und räusperte sich: »Du musst nicht den ganzen Tag bei mir bleiben.«

»Willst du mich loswerden?«

Ruckartig hob sie den Kopf. »Was? Nein. Ich … ich will nur nicht, dass du aus Mitleid bei mir bleibst.«

Überrascht starrte er sie an. »Wie kommst du denn darauf?«

»Na ja, ist doch offensichtlich.«

»Nein, ist es nicht.«

Sie seufzte. »Wir haben nur eine Sex-Beziehung.«

»Die im Moment außer Kraft ist. Das habe ich dir bereits gesagt.«

»Ja, aber …« Sie zuckte mit den Schultern.

»Nichts aber. Ich bin bei dir, weil ich es möchte. Du brauchst jemanden, der für dich da ist, und ich übernehme diesen Part gern. Sehr gern.« Seine Stirn legte sich in Falten.

»Wieso runzelst du die Stirn? Bist du dir doch nicht sicher, ob du es möchtest?«

Leise seufzte er. »Doch, bin ich. Ich habe an die Beerdigung gedacht.«

»Mhm«, erwiderte sie. Das war wohl nur die halbe Wahrheit. Aber sie genoss Tobis Anwesenheit viel zu sehr, als dass sie sich seiner Unsicherheit, ihr oder ihrer Zweisamkeit gegenüber, stellen wollte. Sie ließ zu, dass er ihre Hand drückte, nahm ihr Gipfeli vom Teller und biss ebenfalls hinein.

12

Miriam

Sie stellte den halbvollen Einkaufskorb auf den Boden und fischte ihr klingelndes Smartphone aus der Handtasche. Ohne auf das Display zu sehen, nahm sie ab. »Ja, hallo?«

»Hallo Miriam. Ich bin es, Elvira«, krächzte ihre Freundin ins Telefon.

»Oje, du klingst nicht gut. Bist du krank?«

»Ja.« Ihre Stimme klang weinerlich. »Ich kann nicht zur Beerdigung kommen. Hab eine fiese Grippe.«

Die Handtasche rutschte ihr von der Schulter. Fast hätte sie das Telefon fallen lassen.

»Miriam? Bist du noch dran?«

»Ja, bin ich.«

»Es tut mir so leid.«

»Du kannst doch nichts dafür.« Sie schluckte leer und zwang ihre Tränen zurück. Was würde sie ohne Elvira tun? Natürlich konnte Elvira nichts dafür, dass sie mit Grippe flachlag. Und dennoch erfasste sie ein wütendes Grummeln in ihrer Magengegend. Die ganze Welt hatte sich gegen sie verschworen.

»Miriam, Andy hier.« Erst jetzt hörte sie, wie Elvira sich die Seele aus dem Leib hustete.

»Hallo Andy, schau bitte zu Elvira. Es hat sie ja echt heftig erwischt.« Es kostete sie alle Kraft, ohne einen Schluchzer zu antworten. Zu allem Übel stand sie den anderen Leuten im Weg. Vor den Joghurts stehenzubleiben, war eine schlechte Idee. »Entschuldigen Sie«, sagte sie zu einer mürrisch dreinblickenden alten Dame. »Andy, warte kurz.« Sie schulterte die Handtasche, hob den Einkaufskorb hoch und ging zu einer weniger frequentierten Ecke des Supermarktes. »Bist du noch dran?«

»Ja, bin ich. Elvira geht es wirklich nicht gut. Aber ich bin für sie da. Und an der Beerdigung wird Tobi für dich da sein.«

»Ja, das wird er. Danke, Andy, und bitte kümmere dich gut um Elvira. Tschüss.« Sie hängte auf, denn mit jedem Wort war ihre Stimme brüchiger geworden und das wollte sie Andy nicht hören lassen.

Ja, Tobi würde an ihrer Seite sein. Ein unheilvolles Gefühl kroch ihr den Rücken hinauf. Wäre Elvira dabei gewesen, dann hätte sie die beiden als ihre Freunde vorstellen können. Tobi allein, da war Ärger vorprogrammiert. Auch Elvira genoss kein großes Ansehen bei ihren Eltern, bei ihrem Vater genaugenommen. Nun brachte sie einen Freund mit. Ganz fatale Idee.

Sie steckte das Smartphone in die Handtasche und eilte Richtung Ausgang. Ihr fehlten noch einige Lebensmittel, aber sie konnte keine Sekunde länger hierbleiben. Zielgerichtet steuerte sie das Selfscanning an, verließ wenig später den Supermarkt und ging zu ihrem Fahrrad. Die gekauften Sachen lud sie in den Korb, öffnete das Sicherheitsschloss, stieg auf das Rad und fuhr nach Hause.

In ihrer Wohnung angekommen steuerte sie die Küche an und stellte den Einkauf auf den Tresen. Kurz hielt sie inne, um wieder klarer denken zu können, denn sie fühlte sich, als wäre sie erneut auf der Flucht. Doch alles, was ihr durch den Kopf ging, war die Beerdigung, die sie ohne Elvira meistern musste. Immer noch durcheinander und innerlich aufgewühlt wählte sie Tobis Nummer, stellte auf Lautsprecher und legte das Smartphone auf den Tresen.

»Hallo Miriam.«

»Hallo Tobi. Hast du mitbekommen, dass Elvira krank ist?«

»Nein. Hat es sie schlimm erwischt?«

Sie griff nach einem Apfel und drehte ihn in der Hand. »Üble Grippe, aber sie hat Andy.« Sie lächelte. Es musste schön sein, immer jemanden an seiner Seite zu haben. Schnell schüttelte sie den Gedanken ab. Darüber wollte sie nicht nachdenken, legte den Apfel in die Schale auf dem Tresen und nahm den Käse aus der Einkaufstasche.

»Ist es für dich sehr belastend, dass sie nicht kommen kann?«

Die Art, wie er sie gefragt hatte, hinterließ ein warmes Gefühl in ihrem Bauch. »Natürlich wäre sie mir eine enorme Stütze gewesen. Aber ...« Sie brach ab. Wie sollte sie ihm das erklären?

»Miriam, ich kann dir nicht helfen, wenn du nicht aussprichst, was dich bedrückt.«

Sie schluckte. »Meine Eltern sind speziell. Vor allem mein Vater.«

»Ja, das habe ich mitbekommen. Was hat das mit der Beerdigung, Elvira oder mir zu tun?«

»Mein Vater wird es nicht gutheißen, wenn ich nur in männlicher Begleitung komme.« Außer einem sehr leisen Seufzen war von Tobi nichts zu hören. »Tobi?« Sie blieb vor dem soeben geöffneten Kühlschrank stehen.

Er räusperte sich. »In welchem Jahrhundert lebt dein Vater? Sorry, ich habe kein Recht, über ihn zu urteilen, ich kenne ihn nicht, aber das ist schon sehr altbacken. Wo ist der Unterschied, ob Elvira dabei ist oder nicht?«

Sie legte den Käse in die vorgesehene Box und schloss die Tür. »Ich hätte euch als Freunde vorgestellt und er hätte vielleicht angenommen, dass ihr ein Paar seid.«

»Und dir ist es peinlich, wenn ich allein dabei bin, weil …?«

»Nein!«

»Es macht aber gerade den Anschein«, sagte Tobi und klang dabei sehr verletzt.

»Ich will dich an meiner Seite haben. Möchte aber keine Szene provozieren. Du kennst ihn nicht und du kennst auch … Ach egal.«

»Ich kenne wen nicht?«

Sie wollte Robert nicht erwähnen. Tief atmete sie durch und horchte in sich hinein. Einmal in ihrem

Leben wollte sie auf ihre Bedürfnisse Rücksicht nehmen und nicht auf die ihrer Familie und deshalb brauchte sie Tobi an ihrer Seite. »Ich möchte dich dabeihaben. Bitte entschuldige, wenn es bei dir anders ankam. Ich nehme immer das Schlimmste von meinem Vater an. Meistens zu Recht. Aber auch er wird sich an der Beerdigung seines eigenen Sohnes zusammenreißen.« Hoffte sie zumindest.

»Dann hole ich dich wie geplant ab?«

»Ich kann mit der Bahn nach Brugg kommen. Dass du zuerst nach Aarau fährst und dann wieder in die Gegenrichtung, ist mir nicht recht.«

»Ich hole dich ab«, sagte er bestimmt.

»Vielen Dank.«

»Sehr gern geschehen. Du kannst mich jederzeit anrufen. Ich bin für dich da.«

Sie seufzte, brachte jedoch nur ein »Mhm, tschüss«, über die Lippen, unterbrach den Anruf und stützte sich auf den Tresen. Seine Worte trösteten sie. Die Wut auf die ganze Welt verlor an Kraft, bis ihr Smartphone vibrierte und sie den Namen ihres Vaters auf dem Display ausmachte. Ihr blieb wirklich rein gar nichts erspart. Sie stellte sich gerade hin, atmete tief durch und nahm den Anruf entgegen.

»Miriam, endlich erreiche ich dich«, dröhnte es aus dem Telefon.

Er hatte überhaupt nicht versucht, sie heute zu erreichen. Sofort schoss ihr Puls in die Höhe. Ruhigbleiben. »Jetzt hast du mich ja am Telefon.«

»Du kommst morgen zuerst zu uns. Wir gehen gemeinsam zum Friedhof und dann in die Kirche.«

»Ich komme direkt dahin, mit einem Freund.« Sie hörte ihren Vater nach Luft schnappen. *Ja, das gefällt dir nicht, dass jemand widerspricht.* Aber ihr Kampfgeist war erwacht.

»Freund?«

»Ein Freund. Elvira kann leider nicht dabei sein, sie hat Grippe.« Miriam griff nach einer Packung Pasta.

»Hauptsache, die Familie und engen Freunde sind dabei.«

Sie biss sich auf die Unterlippe, um nicht ins Telefon zu schreien, dass Elvira eine enge Freundin war. Und auch Tobi.

»Und du wirst dich neben Robert zeigen.«

»Nein, Vater. Das werde ich nicht.«

»Er hat mir erzählt, dass ihr einen schönen Abend verbracht habt und du ihn nächste Woche zu einem Anlass begleitest.«

Sie ließ die Pasta zurück in die Tüte fallen und schnappte nach Luft. Ihr Magen zog sich zusammen. Dieser miese Dreckskerl! Mordgelüste loderten in ihr auf. Wäre er in der Nähe, würde sie ihm die Augen auskratzen. Was fiel diesem Lackaffen eigentlich ein?

»Ich werde ihn nicht begleiten. Er hat wohl vergessen zu erwähnen, dass ich nein gesagt habe.«

»Ich habe jetzt keine Zeit, dir einen erneuten Vortrag über deine Pflichten der Familie gegenüber zu halten. Benimm dich morgen.« Mit diesen Worten beendete er das Telefongespräch.

»Dir auch einen schönen Nachmittag«, sagte sie sarkastisch, wohlwissend, dass er es nicht mehr hören konnte.

Das würde in einer Katastrophe enden. Sie hätte Tobi davon abhalten sollen, mitzukommen. Wenn nicht ihr Vater, dann würde Robert sich danebenbenehmen. Aber sie brauchte Tobi an ihrer Seite. Sie zählte inzwischen zu sehr auf ihn, war sich seiner Anwesenheit in ihrem Leben zu sicher. *Das alles wird bald wieder vorbei sein. Auch ihr Arrangement,* flüsterte ihr Unterbewusstsein ihr zu. Denn wie sollten sie nach dieser intensiven Zeit wieder zu ihrem Ding zurückkehren? Unmöglich. Und sie hatte ein Herz zu schützen. Ihr Herz, das durch Matthias' Tod fast vollständig zerbrochen war.

13

Tobi

Mit Schwung öffnete er die massive Holztür des Lokals. Wärme schlug ihm entgegen gepaart mit fröhlichem Gelächter, Stimmengewirr und Rockmusik, die aus den aufgehängten Lautsprechern dröhnte. Er sah sich im Raum um. Über die Tische hinweg erblickte er Xavier schon von Weitem. Mit seinen kupferroten Haaren stach er aus der Menge hervor, das hatte sich in den letzten Jahren nicht geändert. Schmunzelnd bahnte er sich einen Weg zwischen den stehenden und sitzenden Gästen hindurch.

»Da bist du ja. Dachte schon, du kommst nicht mehr.« Xavier grinste frech. Auch das hatte er nie abgelegt. Sein Lausbubengesicht würde er mit achtzig Jahren noch haben. Dadurch unterschätzte man ihn zuweilen, was ihm als Journalist oft zugutekam.

»Würde ich nie tun, schließlich sind wir nicht nur zum Vergnügen hier. Aber zuerst bestelle ich mir ein Bier und etwas Kleines zu essen. Willst du auch noch etwas?«

»Danke, ich habe noch.« Zur Bestätigung hob er sein Bierglas.

Tobi winkte die Kellnerin herbei, setzte sich und bestellte das Hausbier und Nachos.

»Also, bevor wir zum Smalltalk übergehen, komme ich gleich auf den Punkt.«

»Oh, das klingt ... nicht gut?« Tobi schwante Schlimmes. Er lehnte sich nach vorn, um Xavier besser verstehen zu können, denn der Lärmpegel grenzte schon fast an Diskotheken-Lautstärke.

»Wie man es nimmt.«

»Jetzt machst du mir Angst.«

»Dir? Wohl kaum.« Xavier stieß ein Lachen aus.

»Du hast recht, es geht eigentlich gar nicht um mich.« Er hatte vor ein paar Tagen mit Xavier telefoniert und ihm einige Eckpunkte über die Kanzlei gegeben. Sein Studienkolleg war sofort Feuer und Flamme gewesen, über Hartmeier und Huber nachzuforschen.

»Dachte ich mir schon. Erzähl es mir nachher.«

Tobi nickte.

Auch sein Freund legte die Unterarme auf den Tisch und lehnte sich näher zu ihm. »Also, die Kanzlei hat einen gewissen Ruf. Sie sind sehr von sich selbst eingenommen, total überheblich. Ihre Klienten sind zweifelhaft. Ich konnte noch nicht viel herausfinden, nur an der Oberfläche kratzen. Aber das war bereits vielversprechend und mein Journalistenherz hat Blut geleckt.«

»Verdammt. Wenn deine Spürnase juckt, dann wird da wohl was dran sein.«

»Du sagst es. Aber ich konnte die Zusammenhänge noch nicht eruieren.«

»Was für Zusammenhänge?«

»Wieso eine Kanzlei …«

Die Kellnerin brachte das Bier und den Snack, sodass Xavier das Gespräch unterbrach. Sie stellte alles auf den Tisch und Tobi bedankte sich. Als sie weg war, steckten sie die Köpfe erneut zusammen und Xavier fuhr fort.

»Ich frage mich, was eine so bekannte Kanzlei mit diesem fragwürdigen Klientel zu schaffen hat. Vielleicht waren es auch nur einfache Verträge oder Handelsregistereinträge, die sie für diese Kunden erledigt haben. Solche Dinge, die ein Praktikant erledigen kann.« Er zuckte mit den Schultern.

»Was sind denn das für Kunden?«

»Personen mit diversen Firmen, wobei die eine oder andere auch schon wieder Konkurs gegangen ist, der Geschäftsführer gewechselt hat oder der Name geändert wurde, zumindest gemäß Handelsregister. Zu viele Änderungen, wenn du mich fragst. Ich grabe weiter. Da muss irgendetwas sein. Aber jetzt verrate mir mal, woher dein Interesse kommt.«

Tobi erzählte Xavier von Miriam und Matthias.

»Dann sind die Gerüchte wahr?«

»Welche Gerüchte?«

»Über den Tod von Matthias Hartmeier.«

»Wieso Gerüchte? Ich habe es nicht verfolgt, aber das wurde doch sicher mit einer Todesanzeige bekanntgegeben.«

»Eben nicht. Woran ist er gestorben?«

»Kann ich in dieser Beziehung auf dein Stillschweigen vertrauen? Journalist hin oder her?«

»Ja, klar.«

»Er hat Selbstmord begangen.«

Xavier pfiff zwischen den Zähnen hindurch. »Daher weht der Wind. Ja, keine schlechte Publicity. Das passt.«

»Wem sagst du das.« Tobi seufzte, aß von seinen Nachos und nahm daraufhin einen großen Schluck Bier.

»Und diese Miriam? Sie bedeutet dir etwas, habe ich recht?« Xavier betrachtete ihn mit leicht schiefgelegtem Kopf.

»So offensichtlich?« Er stopfte sich verlegen ein Nacho in den Mund. Sein Smartphone, das er zuvor auf den Tisch gelegt hatte, vibrierte. Eine Nachricht von Andy. »Darf ich?«

Xavier nickte.

Andy: Ciao Tobi. Ganz kurz, wir sind hier in der Seeoase etwas im Chaos. Elvira ist krank, vielleicht hast du es bereits von Miriam gehört? Jedenfalls kann sie unmöglich an die Beerdigung kommen. Sei du bitte an ihrer Seite. Unbedingt! Wir hören uns. Andy

Er tippte schnell eine Antwort.

Tobi: Werde ihr nicht von der Seite weichen. Du hörst von mir. Tobi

Er legte das Smartphone zurück auf den Tisch. »Ging um die Beerdigung von Matthias morgen Freitag in Weiningen«, informierte er seinen Freund.

Xavier nickte. »Also, Miriam und du«, griff er das Gespräch von vorhin auf und grinste ihn wissend an. Ihm hatte er nie etwas vormachen können. Nicht umsonst hatte er in Fachkreisen den Spitznamen *Spürnase* und war ein Wadenbeißer, wenn er etwas Interessantes roch. Und genau diese Eigenschaft würde ihm in dieser Kanzlei-Sache helfen. »Ist es etwas Ernstes zwischen euch?«

»Weiß nicht«, nuschelte er mit vollem Mund und schluckte den Bissen hinunter. »Entschuldige. Bis jetzt war es eher Friends with Benefits. Aber, na ja …«

»Du möchtest mehr.«

Tobi nickte und nahm einen weiteren Schluck Bier, um seine Verwirrung über seine Gefühle hinunterzuspülen. Dann stellte er sein Glas auf den Tisch und wechselte das Thema. »Und bei dir?«

Xavier lachte und klopfte ihm auf die Schultern. »Schon verstanden. Neues Thema.« Auch er nahm einen kräftigen Schluck aus seinem Glas und Tobi hatte den Verdacht, dass auch Xavier nicht über Beziehungen sprechen wollte. Das war ihm recht.

»Nochmals zurück zu diesen *Kunden*.« Beim Wort *Kunden* malte Tobi mit den Fingern Gänsefüßchen in die Luft. »Wie können wir dem tiefer auf den Grund gehen?«

»Ich habe noch den einen oder anderen Kontakt, den ich fragen kann. Auch haben wir im Geschäft, neben dem Handelsregister, Zugang zu verschiedenen Plattformen, die ich durchforsten kann. Ich hatte einfach noch keine Zeit für alles.«

»Du musst dich auch nicht stressen deswegen. Ich bin schon froh, dass du dir überhaupt Zeit nimmst.«

»Mach ich gern. Ich liebe solche Recherchen.« Er hob das Glas und prostete Tobi zu. »Übrigens, gehst du immer noch gern auf Konzerte? War ja im Studium deine Leidenschaft.«

»Ja, ich hatte die letzten Monate einfach zu wenig Zeit.«

»Jann Dannion spielt im Kaufleuten-Klub. Ich könnte vor dem Vorverkauf Tickets besorgen.«

Tobi lehnte sich zurück und überlegte kurz. »Das ist doch *der* Newcomer in der Schweizer Musikszene, der mehrere Instrumente spielt und auch diverse Musik-Genre im Repertoire hat, oder?«

»Du bist ja doch noch auf dem Laufenden. Also, hast du Interesse?«

»Und ob. Kannst du mir zwei Tickets besorgen. Und du kommst auch mit, oder?«

»Mach ich. Ich nehme an, für Miriam. Und ja, natürlich komme ich auch. Und jetzt iss deine Nachos, sonst nehme ich davon.«

»Bediene dich.« Tobi grinste und schob den Teller in die Mitte des Tisches.

14

Miriam

Das Schluchzen schüttelte sie regelrecht durch. Mit angezogenen Beinen saß sie auf ihrem Sessel im Wohnzimmer. Sie war ausgelaugt und hatte keine Kraft mehr, sich irgendwohin zu bewegen. Doch das musste sie. Heute war ihr persönlicher Horrortag. *Nervenbündel* war ihr zweiter Vorname. Auch fast zwei Wochen nach Matthias' Tod gelang es ihr nicht, ihn anzunehmen. Sie fühlte sich nach wie vor im falschen Film. Einzig die gemeinsamen Stunden mit Tobi waren Lichtblicke, ein Vorgeschmack auf ein hoffentlich normales Leben in naher oder ferner Zukunft. Immer wieder versuchte sie, durch ruhiges Atmen ihre wellenartig auftretende Trauer anzunehmen, ohne davon erdrückt zu werden. Es überfiel sie unangekündigt und erfasste sie jeweils mit voller Wucht. Ein Gedanke an die Beerdigung und schon schüttelte sie ein neuer Weinkrampf durch. Hoffentlich würde sie die Beisetzung ohne Zusammenbruch überstehen, so kraftlos und ausgeweint, wie sie war. Aber das war wohl nur ein Wunschdenken.

Ihr Smartphone vibrierte. *Lasst mich doch in meiner Trauer suhlen.* Dennoch warf sie einen Blick auf das Display. Elvira.

Ihr Finger zitterte, als sie über den grünen Knopf wischte. Anstatt ihre Freundin zu begrüßen, weinte sie.

»Wusste ich es doch«, ertönte Elviras heisere Stimme.

»Ich kann das nicht. Es erdrückt und lähmt mich.«

»Ach, Miriam. Es tut mir so leid. Ich kann nicht nachvollziehen, was du durchmachst. Aber ich weiß, dass du eine starke Frau bist.«

»Das war ich mal. Ich kann nicht mehr.«

Sie hörte Elvira etwas murmeln, verstand jedoch kein einziges Wort.

»Was ist?«

»Ich habe etwas zu Andy gesagt, bin jetzt wieder ganz bei dir.« Elvira hustete.

»Das klingt nicht gut. Du gehörst ins Bett.«

»Es geht mir schon besser. Auch dein Schmerz wird irgendwann leichter zu ertragen sein. Erst mal bringst du diese Beerdigung hinter dich und danach kommst du zu uns ins Tessin. Es sind doch Frühlingsferien in der Schule, oder?«

Miriam stutze. Vor lauter Trauer hatte sie gar nicht realisiert, dass Ferien waren. Sie hatte es verdrängt. Die Schulleitung und auch die Vertretung für ihre Klasse hatten ihr versichert, dass sie sich die Zeit nehmen durfte, die sie brauchte. Dass sie sich durch die Schulferien der Frage, wann sie wieder arbeiten konnte, noch nicht stellen musste, war eine Erleichterung.

»Ich weiß nicht, ob mir nach Ferien zumute ist.«

»Aber vielleicht nach einem Tapetenwechsel?«

»Lass mich erst die Beerdigung überstehen. Ich kann im Moment nur einen Schritt nach dem anderen machen.«

»Natürlich, du bist bei uns immer willkommen. Entweder in der Seeoase oder in unserem Gästezimmer.«

»Danke, Elvira, du bist ein Schatz.«

»Für das sind Freundinnen da. Aber du hast recht, ich muss mich wieder hinlegen, bevor ich zusammenklappe. Diese Grippe ist teuflisch.«

»Tu das. Achte bitte gut auf dich. Tschüss.«

»In Gedanken bin ich bei dir. Ciao.«

Sie stellte beim Smartphone den Wecker ein und rollte sich auf dem Sessel zusammen. Es wäre kein Wunder, würde sie nach einer durchgeheulten Nacht mitten am Morgen einschlafen.

Miriam schreckte hoch und schnappte sich ihr Smartphone, das auf dem Clubtisch lag. Sie wollte den Wecker abstellen, aber ein Blick auf das Display verriet ihr, dass er gar nicht geläutet hatte. Endlich begriff sie, dass das Geräusch von der Türklingel kam. Mit einem Ruck erhob sie sich vom Sofa und schleppte sich zur Tür. Als sie durch den Spion linste, sah sie Tobi. Tief atmete sie durch, schloss auf und öffnete. Wahrscheinlich gab sie ein jämmerliches Bild ab, so verheult wie sie war, und sah bestimmt aus wie eine Statistin aus *The Walking Dead.*

Sie fuhr sich verlegen mit den Fingern durch die Haare. »Hallo Tobi. Was machst du schon hier?«

»Andy hat mich angerufen. Elvira meinte, du wärst nicht so fit.«

Aha, das war es, was Elvira während des Telefongesprächs mit Andy besprochen hatte. Sie war dankbar dafür, so eigenartig ihr dieses Gefühl auch vorkam. Aber Tobis Anwesenheit gab ihr Halt. Jetzt umso mehr, da er sie in seine Arme nahm. Augenblicklich beruhigte sich ihr Atem, in ihrer Brust wurde es warm und sie entspannte sich.

»Wir stehen den heutigen Tag gemeinsam durch«, flüsterte er.

Wenn du wüsstest! Für den Bruchteil einer Sekunde dachte sie darüber nach, Tobi zu erzählen, wie heimtückisch ihr Vater sein konnte. Er würde nicht lauthals ausflippen, nein, ihr Vater war so viel perfider. Sie verwarf den Gedanken, hatte einfach keine Kraft, Tobi darauf vorzubereiten.

Alles in ihr war auf Flucht eingestellt. Je näher sie Weiningen kamen, desto angespannter wurde sie. Sie versuchte es einmal mehr mit der Atemtechnik, die Elvira ihr gezeigt hatte. Ihre Freundin hatte lange unter Panikattacken gelitten und daher selbst Wege gebraucht, um sich zu beruhigen.

Es gelang ihr nur mittelmäßig. Eigentlich absolut nicht. Erst als Tobi seine Hand auf ihren Oberschenkel legte, konnte sie sich ein wenig entspannen.

Unglaublich diese Wirkung, die er auf sie hatte. Ein Gedankenblitz erfasste sie. Hatte nicht Elvira von diesem Gefühl des Ankommens gesprochen? Andy, der sie während Panikattacken beruhigt, ihr Geborgenheit gegeben hatte und in dessen Nähe sie zur Ruhe gekommen war? War das Liebe, die sie für Tobi empfand? Sie schaute ihn von der Seite aus an und ihr wurde warm ums Herz. Sie hatte sich verliebt, und so wie er sie in den letzten Tagen angesehen hatte, ging es ihm ebenso. Da war sie sich sicher. Eine vollkommene Gelassenheit erfasste sie. In diesem Moment kam ihr die Zukunft nicht mehr so dunkel vor. Der Druck auf der Brust ließ nach.

»Wir sind da«, sagte Tobi.

Sie schaute aus dem Beifahrerfenster und war erstaunt, bereits auf dem mit Bäumen umzäunten Parkplatz zu stehen.

»Ich dachte, wir fahren direkt zum Friedhof. Ist das so in Ordnung?«

»Ja, nach der Beisetzung können wir zu Fuß in die Kirche.«

»Die steht weiter unten, habe ich gesehen.«

»Genau.« Sie atmete tief durch.

»Wir sind zu früh. Wollen wir einen Spaziergang machen?«

Miriam lächelte ihn an. Und wieder wusste er genau, was ihr guttat. Fast unheimlich. »Gute Idee.«

Beide stiegen sie aus und zogen ihre Jacken an.

»Lass uns in diese Richtung gehen, dann kommen uns die Trauergäste nicht entgegen.«

Tobi nickte ihr zu und nahm sie an der Hand.

Schweigend spazierten sie den leicht ansteigenden Weg entlang, weg vom Friedhof. Frische Luft und Tobi an ihrer Seite führten dazu, dass sie sich fast so fühlte, als wäre sie auf einem gemütlichen Sonntagsspaziergang und müsste nicht den schwersten Gang ihres bisherigen Lebens machen – den Gang zur Beerdigung ihres Bruders. Sie betrachtete den Bauernhof zu ihrer Rechten und beneidete fast den alten Berner Sennenhund, der chillig auf dem Vorplatz lag und sie schläfrig mit halboffenen Augen beobachtete. Sie seufzte und sah auf die Armbanduhr.

»Wir müssen zurück.«

»Ja.« Tobi drückte ihre Hand und sie drehten um.

Neben dem Parkplatz standen einige Leute in Grüppchen zusammen. Ihr Vater kehrte ihnen den Rücken zu, drehte sich aber in diesem Moment um. Sie zuckte und ließ Tobis Hand los, als hätte sie sich daran verbrannt. Ihr entging nicht, dass er sich versteifte. Ihm die Hand wieder hinzuhalten, war keine Option. Nicht, nachdem sie in das vor Unglauben brodelnde Gesicht ihres Vaters geschaut hatte. Sie hatte wenig Lust und noch weniger Kraft, sich hier und jetzt gegen ihn aufzulehnen. Heute ging es einzig und allein um Matthias' Beerdigung.

Und wo ihr Vater war, war Robert nicht weit. Schleimer, wie immer passend.

»Hallo.« Vater, Papi oder etwas Ähnliches nannte sie ihn schon lange nicht mehr.

»Miriam.« Tja, auch er war die Neutralität in Person.

»Das ist Tobi. Tobi, mein Vater und Robert.«

Tobi streckte ihrem Vater die Hand entgegen. Aber dieser ignorierte sie einfach, also versuchte er dasselbe bei Robert. Auch der reagierte nicht, starrte ihn dafür finster an. Wow, Jack Frost hätte nicht kälter reagiert. Tobis Arm sank nach unten. Miriam schämte sich für ihren Vater und Robert. »Wo ist Mami?«

Ihr Vater deutete mit seinem Kinn nach rechts. Miriam drehte den Kopf und sah, wie sie von Roberts Mutter gestützt wurde. War ja klar. Nicht einmal um seine eigene Frau kümmerte er sich.

Sie zupfte an Tobis Ärmel und zog ihn, ohne ein Wort zu sagen, mit sich.

»Mami.« Aufschluchzend fiel sie ihr um den Hals. Ihre Mutter stand starr da, reagierte nicht auf ihre Berührung. Als Miriam sich von ihr löste, schaute sie in ausdruckslose Augen. Ruhiggestellt. Typisch. Dieses Mal versuchte Tobi sich gar nicht in einer Begrüßung, sondern nickte lediglich. Er hatte schnell gelernt. Hut ab.

15

Tobi

Was zur Hölle war das für eine kalte Begrüßung gewesen? Wobei *Begrüßung* das falsche Wort war. Wenn Blicke töten könnten, wäre die nächste Beerdigung seine. Was ihm in diesem Moment scheißegal war, denn ihn erfasste eine eisige innere Kälte. Trotz Jacke und einer für den April angenehmen Temperatur fröstelte er. Miriam hatte mit ihrer Handlung ein eindeutiges Statement abgegeben. Er war ein Freund, nicht ihr Freund. Auch wenn sie das nicht besprochen hatten, so hatte er die Hoffnung, dass sie inzwischen so was wie eine Beziehung hatten oder zumindest auf dem Weg dazu waren. Falsch gedacht. »Idiot«, murmelte er.

»Hast du etwas gesagt?« Miriam schaute zu ihm auf. Er wich ihrem Blick aus und schüttelte den Kopf. Er spürte einen Kloß im Hals, stellvertretend für Miriam und Matthias. Aber er musste stark für sie sein und durfte sich nicht wie ein Waschlappen benehmen.

Die ganze Gruppe begab sich vom Parkplatz auf den Weg zum Grab. Der Pfarrer stand bereits da. Es hatte nur wenige Leute. Tobi hoffte, dass beim anschließenden Abschiedsgottesdienst einige Freunde von Matthias teilnehmen würden. Das hier war mehr als jämmerlich. Obwohl er Matthias nicht gekannt hatte, erfasste ihn eine lähmende Trauer.

Die Grabrede war ein nichtssagender Akt. Da hätte weiß Gott wer einen Meter unter der Erde liegen können. War dieser Pfarrer fantasielos oder hatte er eine Anweisung bekommen? Letzteres konnte er sich inzwischen mehr als nur vorstellen. Hoffentlich gestaltete er den Gottesdienst persönlicher.

Gemurmel holte Tobi ins Hier und Jetzt zurück. Der Pfarrer war mit seiner Rede fertig, die letzten Worte hatte er verpasst, so sehr war er in Gedanken versunken gewesen. Die kleine Gruppe setzte sich in Bewegung, um in die einige hundert Meter weiter unten im Dorf stehende Kirche zu gehen. Das verschaffte ihm die Gelegenheit, die Personen zu beobachten.

Miriams Mutter war komplett weggetreten. Stand sie unter Schock? Oder war sie mit Medikamenten zugedröhnt? Miriams Vater war zu keiner Zeit bei ihr. Was für ein Arschloch! Immerhin wich diese Dame, wahrscheinlich Roberts Mutter, ihr nicht von der Seite. Frau Hartmeier brauchte jemanden, der sie stützte.

Der Mann, der inzwischen ausnahmslos an Roberts und Herrn Hartmeiers Seite klebte, musste Herr Huber, seines Zeichens Vater von Robert Junior, sein. Letzterer schickte gefühlt nonstop Giftpfeile in Tobis Richtung. Dazu schaute er schleimigpseudo-verliebt zu Miriam, was wiederum Tobi dazu veranlasste, sein Böse-Blick-Arsenal zu plündern. Das fiel auch Robert auf, denn er sagte etwas zu Herrn Hartmeier und grinste. Dieser drehte sich zu ihm um und bedachte ihn mit einem dreckigen und überheblichen Lächeln, das Tobi das Gefühl gab, er wisse irgendetwas. Ein erneutes Frösteln durchfuhr ihn. Er fühlte sich wie im falschen Film und hätte liebend gern eine Taste gedrückt, um dieses Schauspiel zu beenden.

Er atmete durch, als sie endlich bei der Kirche ankamen und hineingingen. Zum Glück war der Innenraum nicht riesig, sodass die Menschen, die vom Alter her Matthias' Freunde und Bekannte sein konnten, die Kirche gefüllt aussehen ließen. Sein Blick wanderte umher. Durch eines der farbigen Glasfenster fiel Sonnenlicht herein, sodass sich die Farben im Raum widerspiegelten. Es sah aus, als würde der Himmel Matthias willkommen heißen. Ein tröstlicher Gedanke.

Wie versprochen blieb Tobi bei Miriam. Sie steuerten die vorderste Bankreihe an. Als er sich neben sie setzen wollte, zischte ihn ihr Vater von der Seite her an: »Die erste Reihe ist für die Familie. Nehmen Sie gefälligst dahinter Platz.«

Irritiert schaute er zu Miriam, doch sie zuckte nur mit den Schultern. Okay, das war ein weiteres Statement. Enttäuscht setzte er sich in die zweite Reihe. Robert schaute über die Schulter und grinste ihn hämisch an. Dann griff Mister Schleimer nach Miriams Hand. Sie entzog sie ihm sofort wieder, was nur eine kleine Genugtuung war. In ihm brodelte es gewaltig. Neben der Trauer, die er beim Grab gespürt hatte, ergriff ihn Wut, das Frösteln wich einer inneren Hitze.

»Na, wurdest du auf die Reservebank geschoben?«

Er zuckte zusammen und drehte sich um. »Xavier, was macht du hier?«, flüsterte er.

»Wollte mir ein Bild von diesen schmierigen Typen machen.«

Tobi schnaubte.

»Ich habe gerade mitbekommen, wie du abgeschoben wurdest. Bist wohl nicht standesgemäß«, gab Xavier feixend von sich.

»Scheint so. Ich gehöre wirklich nicht zur Familie, habe aber Miriams bester Freundin versprochen, an ihrer Seite zu bleiben. Eigentlich wollte das auch Miriam.«

»Sah aber nicht so aus.«

»Ich habe keine Ahnung, was ich davon halten soll. Sie hat sich nicht dafür eingesetzt, dass ich an ihrer Seite bleibe.«

»Vielleicht ist sie durch die Trauer irgendwie betäubt? Aber leider scheint dieser Robert eher willkommen zu sein. Scheint fast, als gehöre er zu ihr.«

Tobi drehte sich wieder nach vorn. Dieser Bastard hatte den Arm auf ihre Schultern gelegt, als wäre sie sein Eigentum. Miriam war in sich zusammengesunken und unternahm keinen Versuch, diesen Umarmungszustand zu ändern. Was lief hier ab? Hatte die Trauer sie derart gleichgültig gemacht oder wurde hier etwas anderes gespielt? Tobi hatte keine Zeit, sich darüber Gedanken zu machen, denn soeben ergriff der Pfarrer das Wort.

Es war beschissener als befürchtet. Er hatte zum Glück wenige Vergleiche, wenn es um Abdankungen ging. Aber das sah ein Blinder und hörte ein Tauber, dass dieser Altherrenpfarrer viel und doch nichts über Matthias sagte. Der hätte sich besser politisch engagiert, als hier Floskel an Floskel zu reihen. Er erinnerte sich daran, dass Miriam erwähnt hatte, ihr Vater würde sogar die Beerdigung planen lassen. Ziemlich sicher hatten weder er noch seine Frau irgendetwas dazu beigetragen. Und Miriam war nicht gefragt worden. Er blieb dabei, auch hier hätte über einen beliebigen Menschen gesprochen werden können, es hätte auf jeden der fast neun Millionen Einwohner der Schweiz gepasst. Lächerlich! Zum Glück musste sich Matthias das nicht anhören.

Der Pfarrer verstummte. Endlich war es überstanden. Die Menschen bewegten sich langsam zum Ausgang. Er wartete auf Miriam und schritt neben ihr her aus der Kirche. Ihr Gesicht war verheult, aber sie hielt sich tapfer. Er strich ihr beruhigend über den Rücken.

»Kann ich Sie kurz sprechen?«

Er schaute in das ausdruckslose Gesicht von Miriams Vater. Dieser war der bessere Pokerspieler als er.

Sie entfernten sich einige Schritte von den anderen.

»Hören Sie, ich weiß nicht, was genau Sie für meine Tochter sind …«

»Ich —«

Mit einem eindeutigen Handzeichen hinderte ihn Herr Hartmeier daran, weiterzusprechen. »Sie können ein Freund sein«, das *ein* betonte er abschätzig, »aber Sie sind bestimmt nicht mehr, denn meine Tochter ist mit Robert Junior verlobt.«

Tobi riss die Augen auf, der Mund stand ihm offen.

»Dachte ich mir, dass sie das verschwiegen hat. Unsere Familien haben es auch noch nicht öffentlich bekanntgegeben. Miriam hat sich das so gewünscht. Sie wollte … na ja, noch etwas frei sein. Wenn Sie verstehen, was ich meine.« Herr Hartmeier lächelte süffisant und Tobi verschlug es vollends die Sprache. Als dieser großspurige Hartmeier ihm geheuchelt freundschaftlich auf die Schulter klopfte und sagte »Nehmen Sie es sportlich«, fühlte er sich wie ein nach Luft schnappender Fisch auf dem Trockenen. So muss er wohl auch ausgesehen haben, denn diesem selbstgefälligen Idioten entwich ein blasiertes Lachen und er zog von dannen.

Er indes stand wie vom Donner gerührt da und guckte dämlich aus der Wäsche. Jedenfalls für ein paar Sekunden, bis die Wut ihn erfasste. Wut auf die ganze Familie Hartmeier. Ja, Miriam inbegriffen. Und Wut auf sich selbst. Seine Gefühle, seine Naivität und …

»Du siehst aus, als könntest du etwas Starkes vertragen«, sprach ihn Xavier von der Seite her an. »Oder gehst du zum Leichenschmaus?«

»Nein, das hat sich erledigt.«

16

Miriam

»Suchst du deine Begleitung?« Ihr Vater hatte sich unbemerkt neben sie gestellt. »Der hat sich aus dem Staub gemacht«, sagte er, ohne mit der Wimper zu zucken.

In ihrem Magen breitete sich ein Cocktail aus unterschiedlichsten Gefühlen aus. »Das glaube ich nicht. Was hast du ihm gesagt?« Miriam schwante Schreckliches.

»Nichts, ich wollte wissen, woher er dich kennt und wo er wohnt. Solche Dinge eben.«

Und ich bin Catwoman. Sie schaute sich erneut um, konnte Tobi aber nirgends ausmachen. Neben dem schmiedeeisernen Eingangstor, vor dem er zuvor mit einem Typen gestanden hatte, war er nicht mehr. Ihr Blick wanderte die Kirchenmauer entlang und blieb an einer Menschengruppe hängen, die unter einer großen Linde stand. Tobi war nicht unter ihnen. Auch der ihr unbekannte Mann, mit dem er gesprochen hatte, war verschwunden. Bestimmt war Tobi vorausgegangen und wartete im Restaurant. Er wusste, wo er hinmusste, das hatte sie ihm vor ein paar Tagen mitgeteilt. Auf dem kurzen Weg zum

Lokal hätte sie sich liebend gern von ihm halten lassen. Dass sie ihm die Hand entzogen hatte, brannte wie Desinfektionsmittel in ihrem Inneren und bewirkte, dass zur Trauer und bleierner Müdigkeit auch noch Schuldgefühle dazukamen.

Kurz stockte sie, als sie in den kleinen Saal im Restaurant trat, um sich an die düsteren Lichtverhältnisse zu gewöhnen. Erneut suchte sie nach Tobi. Der mit dunklem Holz getäferte Raum spiegelte ihre Gefühle wider. Tobi, ihr einziger Lichtblick, war nicht da. Die Magensäure bahnte sich einen Weg nach oben. Tapfer schluckte sie sie hinunter und atmete den Würgereiz weg. Ihre Augen tränten und sie fuhr sich mit den Fingerspitzen über die Lider. Was hatte ihr Vater ihm gesagt? Und wieso ließ sich Tobi deswegen einschüchtern? Enttäuschung erfasste sie und mit der Trauer fühlte es sich an, als würde eine böse schwarze Macht sie erdrücken. Die schlechten Gefühle brachten sie ins Wanken.

»Hoppla, man könnte meinen, du hättest einen über den Durst getrunken.« Patzige Hände hielten sie aufrecht. Robert! Der hatte ihr gerade noch gefehlt. Sie schloss erneut die Augen, um sich von ihrem kurzen Schwächeanfall zu erholen und einen weiteren Würgereflex zu unterdrücken. Langsam drehte sie sich um und stand Schleimer-Robi gegenüber.

»Um das hier zu ertragen, braucht es mehr als einen über den Durst.« Sie stapfte davon, in der Hoffnung, neben Matthias' Freunden sitzen zu können. Oder bei ihrer Mutter.

Leider war das nur Wunschdenken. Natürlich standen Namensschilder auf den Tischen. Selbstverständlich war ihr Vater davon ausgegangen, dass seine sogenannten Freunde auch ihre waren, sie keine mitbrachte, und so fand sie sich zwischen Robert und ihrer Mutter wieder. Inzwischen war jeglicher Kampfgeist aus ihr gewichen. Sie wollte diesen Tag hinter sich bringen – irgendwie, und das so schnell wie möglich.

Abwesend nippte sie am Rotwein und war versucht, das Glas in einem Zug zu leeren. In ihrem Unterbewusstsein meldete sich ihre Vernunft. Was sicher damit zusammenhing, dass Robert erneut seine schweißnasse Hand auf ihre legte. Sie musste nüchtern bleiben, damit sie sich wehren konnte. Mit einem unangenehmen Frösteln entzog sie sich zum gefühlt hundertsten Mal seinen Berührungen. Selten hatte sie einen derart intensiven Drang verspürt, sich zu waschen. Sie schluckte diese Empfindung krampfhaft hinunter und versuchte wenigstens etwas von der Suppe, die soeben serviert wurde, hinunterzuwürgen – und scheiterte kläglich.

Leise seufzend schaute sie zu ihrer Mutter, die ein jämmerliches Bild abgab, so wie sie selbst. Hängende Schultern, eingefallene Wangen, die Haut weiß wie die Antarktis und den Blick starr auf den Teller gerichtet. Gedämpft hörte sie die Stimmen der anderen Gäste, als hätte sie Watte in den Ohren. Wie konnte man nach einer Beerdigung so locker miteinander plaudern? Vielleicht war es das Ziel dieser Leichenschmaus-Tradition, etwas Unbeschwertes in einen solchen Tag zu bringen. Sie konnte nichts damit anfangen, wollte sich verkriechen, niemanden sehen und ihre Ruhe haben.

Abrupt erhob sie sich und lief aus dem Saal. Wohlwissend, dass ihr zahlreiche Blicke folgten. Zielgerichtet steuerte sie die Toiletten an und war froh, diese leer vorzufinden. Beim Lavabo suchte sie den Drehknopf und fluchte, weil es eine Ewigkeit dauerte, bis sie merkte, dass die Armatur mit Sensor funktionierte. So alt und muffelig der Saal war, so modern waren die Toiletten. Als endlich Wasser floss, hielt sie die Hände darunter, anschließend spritzte sie sich Wasser ins Gesicht. Mit einem Papiertuch trocknete sie ihre Wangen, warf es in den vorgesehenen Eimer und stützte sich auf der Ablage ab. Im Spiegel erblickte sie eine fremde Person mit rotunterlaufenen Augen und bleicher Gesichtsfarbe. Wimmernd schloss sie die Lider und wünschte sich an einen anderen Ort. Sie wollte weg hier, im Fotoalbum blättern und so gedanklich Zeit mit Matthias verbringen. Oder mit Tobi an ihrer Seite. Aber das alles waren nur utopische Träume.

Erschöpft sank sie auf ihr Sofa. Ihre Vorahnung, dies würde ihr persönlicher Horrortag werden, hatte sich um ein Mehrfaches bewahrheitet. Ihr Inneres glich einem Tornado – ein Wirbelsturm der Emotionen. Und sie hatte keine Ahnung, ob sie jemals wieder aus dieser Spirale herauskommen würde. Heute sicher nicht mehr. Die Dusche war das Einzige, zu der sie sich hatte aufraffen können. Der Drang, sich die

Spuren abzuwaschen, die Schleimer-Robis Tatzen und der Geruch, den er und sein Auto hinterlassen hatten, war größer gewesen, als der Drang, sich sofort hinzulegen und auf einen erlösenden Schlaf zu hoffen.

Er hatte sie nach Hause gefahren und das war die absolute Krönung gewesen. Vollgequatscht hatte er sie, aber immerhin während der Fahrt nicht betatscht. Als sie vor ihrem Wohnhaus gestanden hatten, hatte er sie tatsächlich gefragt, ob er hochkommen darf. Das hatte sich dann rasant erledigt, als sie sich ihre Hand vor den Mund gehalten und einen erneuten Würgereiz weggeatmet hatte. Da hörte bei Schleimer-Robi der Spaß wohl auf.

Ihr hysterischer Lacher vermischte sich mit einem Schluchzer. Kraftlos stand sie auf und schlurfte zu ihrem Sideboard. »Matthias«, seufzte sie und nahm ein Bild, auf dem sie beide zu sehen waren, von der Ablage. Es war ein Schnappschuss, aufgenommen im Europapark auf einer *Bahn für Weicheier*, wie Matthias sie bezeichnet hatte. Es waren vor allem Familien in den gemütlich umhertuckernden Wagen gesessen. Aber ihre glücklichen Gesichter waren unbezahlbar. Sie war froh, hatte Matthias das überteuerte Foto für sie gekauft. Selten hatte sie ihren Bruder so befreit lachen gesehen.

17

Miriam

»Ahh«, stöhnte sie und versuchte ihre Glieder zu strecken. »Autsch.« Zusammengeknüllt wie ein zerknittertes Blatt Papier lag sie auf dem Sofa. Langsam fuhr ihr Gehirn hoch und damit holte sie ein wahrer Sturm an Empfindungen ein. Ein Schluchzer entwich ihr und sie zitterte am ganzen Körper. Kein Albtraum, nein, die brutale Wirklichkeit. Der gestrige Tag war vorbei, aber er hatte stattgefunden. Nichts war besser. Die Hoffnung, nach der Beerdigung ein wenig zur Ruhe zu kommen, war nur ein Traum, zu deren Erfüllung die Fee fehlte.

»Matthias«, wimmerte sie und wiegte sich hin und her. Für einen kurzen Augenblick beneidete sie ihre Mutter, die gestern mehr Beruhigungsmittel intus hatte, als ein Pferd vertragen würde. Was gäbe sie darum, sich abzuschießen. Aber dafür war sie zu besonnen. Und sie musste einen klaren Kopf bewahren, denn ihr Unterbewusstsein wollte ihr etwas mitteilen. Sie brauchte sofort ihre eigene Droge in Form von Kaffee.

Ächzend stand sie auf und sah an sich hinunter. Umgezogen hatte sie sich. Der Drang, gestern noch zu duschen, kam ihr in den Sinn und eine Welle der Übelkeit durchfuhr sie. Das Bedürfnis nach dem schwarzen Gebräu war dennoch spürbar. Mit weichen Knien und schweren Beinen schleppte sie sich in die Küche und drückte den Knopf an der Kaffeemaschine, um sie aufzuheizen. Als das Lämpchen nicht mehr blinkte, stellte sie ihre Tasse darunter und drückte auf *Start*. Abwesend schaute sie dem dunklen Strahl zu, wie er ihre Tasse füllte. Aus dem Kühlschrank nahm sie die Milch, verdünnte das Gebräu damit und ging mit dem Kaffee zurück ins Wohnzimmer.

Ihre Hirnzellen arbeiteten auf Hochtouren, als sie am Fenster stand und an ihrer Tasse nippte. Der gestrige Tag kam ihr wie ein Albtraum vor, der sie auch bei Tageslicht verfolgte. Sie wusste nicht, ob die Enttäuschung über Tobi oder die stetigen Annäherungsversuche von Robert sie würgen ließen. Wohl beides zusammen. Hastig stellte sie die Tasse ab, rannte ins Badezimmer und schaffte es rechtzeitig zur Toilette, um sich über die Schüssel zu beugen. Viel gab ihr Magen nicht her, besser fühlte sie sich auch nicht. *Welch Wunder*, dachte sie ironisch.

Sie kniete sich hin. Etwas quälte sie. Nur langsam erwachten ihre Hirnzellen. Das pausenlose Gequatsche von Robert während der Heimfahrt blitzte auf. Oder hatte er sie ausgehorcht? Sie ließ sich auf ihren Po fallen und lehnte sich mit dem Rücken an die Wand. Sie erinnerte sich. Er hatte merkwürdige Fragen gestellt, absolut nicht passend zur Situation oder zum gestrigen Tag. Die Fahrt kam ihr immer noch wie ein schlechter Traum im Nebel vor, der sich nun aber mehr und mehr lichtete. Sie hatte meist mit nein geantwortet. Aber was waren das für Fragen gewesen?

Mit beiden Händen rieb sie sich über das Gesicht. Bruchstücke des einseitigen Gesprächs kamen ihr in den Sinn: Ob sie jemand wegen Matthias' Tod kontaktiert hätte? Nein, hatte sie geantwortet. Wenn irgendwann doch, dann soll sie sich an ihn wenden. Sie hatte nicht nachgefragt, seine Fragerei auch nicht hinterfragt. Aber hier auf dem Badezimmerboden sitzend und leergekotzt, kam ihr das mehr als nur verdächtig vor. Sie musste … Tobi. Nein, das war offensichtlich hinfällig. Und es hatte sie niemand kontaktiert, wer sollte auch und warum? Daher verdrängte sie den Gedanken an Tobi. Wenn nur ihr Herz das kapieren würde.

Ihr Smartphone, das auf dem kleinen Tisch im Wohnzimmer lag, vibrierte. Das war sicher Elvira … oder Tobi. Der Versuch, sich rasant auf ihre Beine zu hieven, misslang. Ihr wurde schwindlig. Ihrer Gesundheit zuliebe sank sie erneut auf den Boden und atmete das Schwindelgefühl weg. Den nächsten Versuch aufzustehen führte sie in Zeitlupe aus. Ihr Telefon war inzwischen verstummt. Ein verpasster Anruf von Elvira. Enttäuschung erfasste sie und im selben Moment das schlechte Gewissen. Elvira war ein ebenso willkommener Anruf wie Tobis gewesen wäre, aber einfach anders.

Sie setzte sich auf das Sofa und atmete ihre wirren Gedanken weg. Die Kaffeetasse stand immer noch da, wo sie sie eilig hingestellt hatte. Inzwischen war es

111

eher Eiskaffee. Heikel war sie nicht und so nahm sie einen Schluck, um den säuerlichen Geschmack im Mund zu überdecken, bevor sie Elviras Nummer wählte.

»Miriam, bin ich froh, rufst du zurück«, klang es heiser aus dem Telefon.

»Und du gehörst ins Bett.«

»Da liege ich. Wie geht es dir?«

»Beschissen.« Sie zog die Beine an und lehnte sich zurück.

»Ist Tobi bei dir?«

»Nein, wieso sollte er?«

»Ähm, ich weiß nicht?«, fragte Elvira hörbar verwirrt.

Miriam hatte keinen Nerv, ihr vom gestrigen Tag, inklusive Tobis Verschwinden, zu berichten. »Entschuldige, ich bin nicht ich selbst und brauche einfach etwas Ruhe.«

»Die ist bei uns inklusive.«

Ja, diese Aussicht war verlockend. »Du bist krank.«

»Mir geht es schon viel besser. Die Heiserkeit ist nur noch ein Überbleibsel.«

»Aha.«

»Wirklich. In ein bis zwei Tagen bin ich wieder fit.«

»Wenn du dir sicher bist, dann komme ich gern auf dein Angebot zurück. Aber erst ab Dienstag oder Mittwoch.«

»Perfekt!«, quietschte Elvira wie eine Badeente, bevor ein Hustenanfall sie heimsuchte.

»Sehr fit klingst du«, meinte Miriam mit einer großen Portion Ironie und ließ Elvira ihren Kampf gegen den Husten austragen.

»Entschuldige, jetzt geht es wieder. Wir machen dir ein Doppelzimmer bereit, damit du dich zurückziehen kannst. Außer, du möchtest bei uns im Gästezimmer schlafen.«

Auch wenn sie ihrer Freundin ihr Glück mit Andy gönnte, so ertrug sie es im Moment nur in homöopathischen Dosen, daher klang Elviras Vorschlag verlockend. »Ich nehme dein Angebot vom Doppelzimmer gern an, sofern eines frei ist.«

»Natürlich, sonst würde ich es dir nicht anbieten. Dann gibst du mir Bescheid, wann du anreist?«

»Mache ich.«

»Und richte Tobi Grüße aus, wenn du ihn siehst.«

Sie verabschiedeten sich, Miriam drückte auf den roten Knopf und legte das Smartphone auf den Clubtisch. Tobi hatte Andy tatsächlich noch nichts von der Beerdigung erzählt. Aber was hätte er erzählen sollen? Dass er den Schwanz eingezogen und sie alleingelassen hatte? Davor würde dieser Feigling sich hüten.

18

Miriam

Montag, Tag drei nach ihrem persönlichen Horrortag und es ging ihr keinen Deut besser. Im Gegenteil. Ächzend drehte sie sich im Bett um und griff nach ihrem Smartphone. Fünf Anrufe in Abwesenheit! Was zur Hölle …?

Viermal ihr Vater und einmal Tobi. Auf keinen der beiden hatte sie Lust. Wollte ihr Erzeuger ein Debriefing über die Beerdigung veranstalten? Sie lachte hysterisch auf. Zugetraut hätte sie es ihm. Aber nein danke. Und Tobi? Der konnte sie mal kreuzweise und am Allerwertesten. Inzwischen war sie zur Überzeugung gekommen, dass ihr Vater ihm etwas wahnsinnig Bedrohliches oder sonst einen einschüchternden Bullshit mitgeteilt hatte und das in bester Anwaltsmanier, sodass Tobi nicht anders hatte reagieren können, als zu flüchten. Ja, ihr Vater war überzeugend. Nicht ohne Grund war er ein erfolgreicher Anwalt. Dennoch nahm sie es Tobi übel, dass er stillschweigend abgehauen war. Er hätte es ihr wenigstens mitteilen können. Sollte er ein paar Tage schmoren, jawohl.

Wut war ein willkommeneres Gefühl als Trauer und sie floh regelrecht in diese Empfindung hinein, erstaunt, dass ihr das die nötige Energie gab, um sich zu erheben. Sie nahm jede noch so erdenkliche Erleichterung an – auch wenn sie in Form eines vor Wut schnaubenden Stiers daherkam.

Dieses Gefühl nutzte sie. Nachdem sie aufgestanden war und einen Joghurt gegessen hatte, holte sie einen Putzlappen und den Badreiniger aus dem Einbauschrank im Korridor. Mit Feuereifer schruppte sie – immer noch im Pyjama – die Duschwanne und das Lavabo und nach einer halben Stunde glänzten die Armaturen, als wären sie neu. Der Duft nach Reinigungsmittel und das saubere Bad gaben ihr nicht die Erleichterung, die sie sich erhofft hatte. Immer noch zornig, warf sie die schmutzigen Tücher in den Wäschekorb und stellte die Putzmittel zurück in den Schrank. Mit dem Staubsauger bewaffnet saugte sie die ganze Wohnung, in der Hoffnung, dass ihr die körperliche Betätigung den inneren Schmerz nehmen würde. Schweißgebadet stellte sie das Gerät zurück und strich sich ein paar nasse Strähnen aus dem Gesicht. Sie marschierte in die Küche, füllte sich ein Glas mit Leitungswasser und trank es in einem Zug. Ihr Blick fiel auf das Smartphone auf dem Tresen. Wieder ein Anruf und eine WhatsApp-Nachricht. Sie nahm es in die Hand und entsperrte es. Eine unbekannte Nummer wurde ihr angezeigt. Jemand hatte versucht sie anzurufen und ihr dann eine Sprachnachricht geschickt. Sie runzelte die Stirn und stellte das Glas, das sie in der anderen Hand hielt, auf den Tresen.

»Du kannst das Telefon stundenlang anstarren oder dir die Nachricht einfach anhören«, schalt sie sich und schüttelte den Kopf. »Sie beißt nicht«, fügte sie an und drückte den entsprechenden Knopf.

»Guten Morgen, Frau Hartmeier. Ich kontaktiere Sie im Auftrag ihres Bruders, Matthias Hartmeier.«

Miriam drückte zitternd auf Stopp. Das Smartphone fiel ihr aus der Hand und schlug auf dem Tresen auf. Was bezweckte dieser Mann? War das ein Scherz? Wollte ihr jemand wehtun? Sie zum Narren halten? Unsicher hob sie das Telefon auf und spielte die Nachricht weiter ab.

»Mein Name ist Jasin Sorinovic, ich bin der Anwalt von Matthias. Bitte melden Sie sich bei mir.«

Er leierte die Telefonnummer herunter – als würde ihr diese nicht angezeigt werden – dann war die Nachricht zu Ende.

Was bedeutete das? Und warum hatte Matthias einen Anwalt? Er war doch selbst einer gewesen. Das konnte nur eine Finte sein. Sie rief Google auf und suchte nach Jasin Sorinovic. Tatsächlich, den gab es und sogar die Telefonnummer stimmte überein. Und er hatte sein Büro hier in Aarau. Ein weiterer, merkwürdiger Umstand. Sie legte das Smartphone auf die

Ablage und rieb sich die Hände. Was sollte sie tun? Zurückrufen? Ihr blieb wohl nichts anderes übrig.

Bewaffnet mit Notizblock und Bleistift setzte sich Miriam an den runden Esstisch. Nicht wirklich vorbereitet auf das, was gleich kommen würde, drückte sie den Rückrufbutton.

»Sorinovic.«

»Ja, äh, hallo.« Wie weiter? Sie atmete tief durch und versuchte es erneut. »Ja, also, mein Name ist Miriam Hartmeier. Sie haben mich angerufen.«

»Guten Tag, Frau Hartmeier. Vielen Dank für den Rückruf. Zuerst mein herzliches Beileid. Matthias war ein guter Freund von mir. Sein Tod geht mir sehr nahe. Wie schlimm es für Sie sein muss, kann ich nur erahnen.«

Ein guter Freund? Sie hatte diesen Namen noch nie gehört. »Woher kannten Sie meinen Bruder?«

»Das würde ich gern persönlich mit Ihnen besprechen.«

»Aha.«

»Ich kann verstehen, dass Sie misstrauisch sind. Wahrscheinlich haben Sie meinen Namen heute zum ersten Mal gehört.«

»Ganz recht.«

»Passt es Ihnen morgen um neun Uhr? Sie wohnen ja auch in Aarau.«

Es war keine Frage, er wusste es. Konnte sie ihm trauen? Ihr kamen die kryptischen Worte ihres Bruders in den Sinn. Eine Gänsehaut überzog ihre Haut und sie fröstelte.

»Frau Hartmeier?«

»Bin noch dran. Ja, ich werde vorbeikommen.«

Er nannte ihr seine Büroadresse, die sie auf den Notizblock notierte und die mit ihrer Google-Suche übereinstimmte.

»Dann sehen wir uns morgen?«

»Ja, ich komme bei Ihnen vorbei. Wiederhören.«

»Bis morgen, Frau Hartmeier. Auf Wiederhören.«

Miriam ließ ihr Smartphone sinken. Sie wusste nicht, was sie davon halten sollte, war überzeugt, in irgendeinem Verschwörungsfilm gelandet zu sein. Was hätte sie dafür gegeben, Tobi an ihrer Seite zu wissen, ihn zum Termin mitzunehmen. War er überhaupt dabei, Recherche zu betreiben? Sie hatten gar keine Gelegenheit mehr gehabt, über dieses Thema zu sprechen. Zugegeben, sie hatte die letzten Tage auch keine Nerven für solche Diskussionen gehabt. Nun hatte sie ein neues Problem am Hals. Ein Freund von Matthias, von dem sie noch nie gehört hatte, und dann war er auch noch Anwalt. Das war an sich schon verdächtig. Ihre Gedanken surrten wie ein Transmitter in ihrem Kopf und verwirrten sie immer mehr. Sie stützte die Ellenbogen auf den Tisch und legte ihren Kopf in ihre Hände. Die ganzen Überlegungen nützten ihr nichts. Sie brauchte Informationen und die würde sie erst morgen bekommen.

19

Tobi

Er blinzelte und versuchte sich auf seine Arbeit zu konzentrieren. Der Lärm im Büro und das helle Deckenlicht waren nicht sehr förderlich. Seit der Beerdigung hatte er keine Nacht mehr durchgeschlafen. Ihn seinem Kopf pochte es und die Schmerztablette hatte ihre Wirkung noch mit keinem Deut angekündigt.

Er schloss die Augen und drückte mit Zeige- und Mittelfinger beidseitig auf die Schläfen. Seine Gedanken wanderten zum gefühlt trillionsten Mal zu Miriam. Unzählige Male hatte er sie angerufen. Keine Reaktion. Ihm war längst klar, dass er Scheiße gebaut hatte. Und zwar so richtig. Der Gedanke, dass Miriam ihn benutzt hatte, passte nicht. Dafür kannte er sie zu gut. Sie und dieser Robi verlobt, von wegen. Er war Miriams Vater auf den Leim gegangen, da war er sich inzwischen sehr sicher. Und was sagte das über ihn aus? Nicht viel Gutes. Er fühlte sich grauenhaft. Auch seine Schläfenmassage nützte nichts. Weder gegen die Kopfschmerzen noch gegen seinen rumorenden Magen. Kaffee, er brauchte Kaffee.

Mit etwas zu viel Schwung stieß er sich vom Tisch weg, stand auf und lief quer durch das Großraumbüro. In der Verlagsküche traf er auf eine Kollegin, die nicht minder gestresst aussah, als er sich fühlte.

»Na, du scheinst auch Kaffee zu brauchen«, neckte sie ihn.

»Ja, am besten zwei Liter davon.«

Claudia lachte. »Scheinst dich auch schwer zu tun, mit den Infos aus der E-Mail von vorletzter Woche«, flüsterte sie ihm zu und schaute sich im Raum um.

»Kannst du laut sagen … oder vielleicht doch nicht.« Nun war es an ihm, zu schauen, ob sie Zuhörer hatten. Zwar stresste ihn diese E-Mail tatsächlich, sein Aussehen hatte er jedoch anderen Problemen zu verdanken. Aber das musste er Claudia nicht unter die Nase reiben.

»Keiner will das neue Vorgehen den Autorinnen und Autoren gegenüber akzeptieren. Als du freihattest, haben Dave und ich eine Argumentationsliste zusammengetragen, um sie mit dem Management zu besprechen. Wenn du dich zur Verfügung stellen willst, nur zu.«

»Für was zur Verfügung stellen?«

»Mit dem Management zu sprechen. Zusammen mit Dave. Ihnen erklären, dass ihre neue Strategie nicht funktioniert. Ein Risiko, ich weiß. Aber nichts unternehmen geht in diesem Fall auch nicht. Was meinst du?«

Wieso eigentlich nicht? Er hatte nichts zu verlieren. Er würde sich, wenn die Chefetage sich uneinsichtig zeigen würde, selbstständig machen. Das hatte er sich geschworen, als er diese E-Mail gelesen hatte, denn hinter diesen neuen Vorgaben konnte er nicht stehen. Die schlaflosen Nächte hatte er immerhin für seinen Plan B im Job genutzt und einen Businessplan erstellt. »Kann ich mir diese Liste zuerst anschauen und dir dann Bescheid geben?«

»Sicher. Ich werde dir die Unterlagen schicken. Was antwortest du eigentlich den Kunden, wenn Fragen auftauchen?«

»Dass im Moment alles beim Alten bleibt. Sie haben ja nur Gerüchte gehört und keine genauen Infos bekommen. Und solange sie nicht persönlich von der oberen Etage informiert werden, streite ich alles ab, was sie mir an Gehörtem erzählen.«

»Gute Idee. Ich hatte nämlich bereits eine erfolgreiche Autorin am Telefon, die abspringen will. Sie braucht ihren Freiraum, bis sie ihr Manuskript fertig hat. Danach hält sie sich gern an Termine beim Überarbeiten und so. Klar müssen gewisse Dinge geplant werden. Aber dieser Termindruck, zusammen mit der Tantiemenkürzung und den genauen Vorgaben, was sie zu schreiben haben, das ist des Guten zu viel.«

»Meine Worte. Und was meinst du, was das für Mehrarbeit generiert? Dann sind wir nur noch am Telefonieren und am Rumdiskutieren.« Er schüttelte den Kopf und beide tranken von ihrem Kaffee, den Claudia ihnen inzwischen gemacht hatte. »Ich nehme den Kaffee an den Schreibtisch. Und du schickst mir bitte die Liste. Okay?«

Claudia hob zur Bestätigung ihre Tasse und nickte.

Seine Arbeitskollegin war schnell. Kaum zurück am Arbeitsplatz blinkte bereits ihre Nachricht im E-Mail-Postfach. Ein Klick und er hatte die Liste vor sich. Da hatten Dave und sie gute Arbeit geleistet. Die Quintessenz war, dass ihre Kunden nicht als Produkte oder Ware behandelt werden durften. Mit vielen Fallbeispielen untermauerten sie ihre Argumentationen.

Tobi lehnte sich im Bürostuhl zurück und stellte erleichtert fest, dass die Kopfschmerzen fast weg waren. Das Grummeln in seinem Magen blieb, aber die Gedanken an Miriam schob er widerwillig beiseite. Er musste erst seine Arbeit erledigen. Einen Job, den er sehr gern machte. Der Austausch mit seinen Kunden, wenn sie gemeinsam nach Lösungen für den nächsten Roman oder den nächsten Thriller suchten, war spannend. Durch seinen Freund Andy war er ins Buch-Business hineingerutscht. Er hatte ihm geholfen, für seine Handwerker-Ratgeber und später für die Krimis Verlage zu suchen. Auch sah er sich in gewisser Weise in der Rolle eines Seelsorgers. *Gemeinsam* war das Schlüsselwort und sollte so bleiben. Mit einem gewissen Spielraum blühten die Autorinnen und Autoren auf und der Erfolg stellte sich von allein ein.

Mit wenigen Klicks fügte er Dave als Empfänger hinzu und antwortete Claudia, dass er die Präsentation übernehmen würde. Dave war einer der Arbeitskollegen, mit denen er den meisten Kontakt pflegte, daher hatte er ein gutes Gefühl, mit ihm zusammen das Pferd zu schaukeln. Zufrieden widmete er sich den neusten Exposés seiner Schützlinge.

Kurz vor dem Mittag streckte er sich zufrieden und sperrte den Bildschirm. Er nahm sein Smartphone, dem er den ganzen Morgen keine Beachtung geschenkt hatte, und erblickte einen Anruf in Abwesenheit von Andy sowie eine Nachricht von ihm.

Andy: Ich hoffe, es ging alles gut an der Beerdigung? Miriam hat Elvira nicht viel erzählt, dafür kommt sie am Mittwoch ein paar Tage in die Seeoase. Wäre das auch etwas für dich? Grüße aus dem Schweizer Süden. Andy

Er seufzte und fuhr sich mit den Fingern durch die Haare. Sein Freund wusste noch nichts von seinem unrühmlichen Abgang letzten Freitag. Uff. Und trotzdem musste er das in Ordnung bringen. Mit Miriam ein paar Tage im Tessin in Elviras und Andys Seeoase zu verbringen, klang perfekt. Er würde schauen, dass er sich Zeit freischaufeln konnte.

20

Miriam

Mit zitternder Hand öffnete sie die Eingangstür, auf der mit Großbuchstaben der Name des Herrn stand, den sie gleich treffen würde. Sie trat ein und wurde sogleich freundlich von einer Dame begrüßt, die soeben hinter dem Empfangstresen aufstand.

»Guten Morgen. Sie müssen Frau Hartmeier sein.«

»Ja, guten Morgen.«

»Setzen Sie sich doch bitte noch einen Moment. Herr Sorinovic wird gleich bei Ihnen sein.«

Miriam nickte und trat auf einen der Stühle auf der linken Seite zu, nahm Platz und atmete tief ein und aus. Die Nervosität blieb. Um sich abzulenken, schaute sie sich im Raum um. Er war hell und hatte einige abstrakte, sehr farbige Bilder an den Wänden. Auf der Theke standen eine Vase mit frischen Blumen, ein Ständer mit Broschüren und Visitenkarten sowie ein Glas mit Kugelschreibern. Die Möbel waren alle weiß und schnörkellos. Miriam spähte den Gang hinunter und in diesem Moment öffnete sich eine der Türen, ein Mann trat heraus und kam auf sie zu. Seine dunkelbraunen, gewellten Haare fielen ihm in die Stirn und waren im Nacken etwas länger. Die braunen Augen waren wachsam, aber am auffälligsten waren seine schneeweißen Zähne und das sympathische Lächeln.

»Guten Tag, Frau Hartmeier. Sorinovic.« Er hielt ihr die Hand zur Begrüßung hin.

»Guten Tag«, stammelte sie, stand auf und schüttelte seine Hand.

»Schön, konnten Sie es so schnell einrichten. Kommen Sie bitte mit.« Er verlor keine Zeit, ging voran, geradewegs in den Raum, aus dem er zuvor gekommen war.

»Bitte, nehmen Sie Platz.« Er deutete auf eine kleine Sitzgruppe und schloss die Tür hinter ihr.

Miriam ließ sich auf einem der Sessel nieder.

»Ich weiß, Sie können sich keinen Reim auf das hier«, er deutete auf den Raum und sich, »machen.«

»Nein, und ehrlich gesagt, verunsichert es mich.« Warum sie so offen war, konnte nur an der gewinnenden Art von Herrn Sorinovic liegen. Dieser hatte sich inzwischen auf den Sessel ihr gegenüber gesetzt und legte eine Mappe vor sich auf den Beistelltisch.

»Ich habe Matthias an einer Tagung kennengelernt. Das war vor ungefähr vier Jahren. Wir haben uns auch weiterhin getroffen und na ja, ihr Bruder war in der Kanzlei ihres Vaters nicht sehr glücklich.« Er schaute ihr ins Gesicht, als ob er dafür eine Bestätigung suchte.

»Ja, er hat mir erzählt, dass er sich selbstständig machen möchte. Es klang auch so, als würde es klappen. Das hat mich sehr gefreut. Details hat er mir leider nicht verraten.«

»Er wollte bei mir als gleichberechtigter Partner einsteigen. Das sollte noch geheimbleiben, bis er einige Dinge geregelt hatte. Was genau, hat er auch mir nicht erzählt. Aber ich habe ihm vertraut.« Ein trauriger Schatten huschte über sein Gesicht. Sie atmete tief durch. Heulen war das Letzte, was sie wollte. Mehr als ein Nicken brachte sie nicht zustande.

»Er hat auch davon gesprochen, in die Umgebung von Aarau zu ziehen und wie toll er es fände, dann in Ihrer Nähe zu sein.«

Okay, das brachte ihre Augen zum Überlaufen. Stumm reichte Herr Sorinovic ihr eine Kleenex-Box. Schien hier häufiger gebraucht zu werden, schloss sie daraus.

»Danke, es bedeutet mir viel, dass Sie mir das persönlich sagen.«

»Das war noch nicht alles.«

Sie runzelte die Stirn und schluckte ihre Unsicherheit hinunter.

»Bevor wir zum Wesentlichen kommen, schlage ich vor, dass wir uns duzen.« Er lächelte. »Matthias war mehr als nur mein zukünftiger Geschäftspartner. Er war ein guter Freund. Daher wäre es schön, wenn auch wir Freunde sein können.«

Das klang nett. »Gern. Miriam, aber das weißt du ja.«

Er nickte. »Jasin.«

Bedächtig öffnete er die Mappe. Sie beobachtete ihn, wie er das oberste Blatt in die Hand nahm und es überflog. Dann legte er es zurück, räusperte sich und schaute sie an. »Dein Bruder hat dich als Alleinerbin eingesetzt. Er wollte vermeiden, dass etwas an eure Eltern geht. Er meinte wortwörtlich: Die haben genug Kohle und mein Geld weder nötig noch verdient. Einzig vielleicht eure Mutter, um von ihrem Mann wegzukommen. Aber das sei ein frommer Wunsch.«

Miriam nickte erneut. Sie wusste nur zu gut, dass ihre Mutter allein nicht überlebensfähig wäre. Jedenfalls nicht in ihrem jetzigen Zustand. Ihr Vater hatte bereits Jahrzehnte über alles entschieden und sie so geformt und gelenkt, wie er sie haben wollte. Er war ein Meister im Manipulieren.

»Das Gericht wird die nächsten Tage alles freigeben und du kannst über sein Vermögen verfügen. Das heißt aber auch, dass du seine Wohnung auflösen musst.«

»Dann bin ich berechtigt, in seine Wohnung zu gehen?«

»Ja, in ein paar Tagen.«

»Mein Vater hat die Schlösser austauschen lassen.«

Jasin hob eine Augenbraue. »Bei einer Mietwohnung?«

»Äh, ja?«

»Das ist merkwürdig.«

»Mir gegenüber hat er erwähnt, dass es zur Sicherheit ihrer Klienten sei. Falls Matthias Dokumente nach Hause genommen hat.«

Jasin schnaubte. »Kein Wunder, fühlte sich Matthias nicht mehr wohl in dieser Kanzlei«, murmelte er eher zu sich selbst. An sie gerichtet meinte er: »Du kannst bald die Schlüssel bei deinem Vater abholen, sobald ich dir das Okay gebe. Dein Vater wird sie dir aushändigen müssen. Als Anwalt weiß er das.«

»Danke.«

»Zusätzlich zum Testament hat mir Matthias das hier gegeben.« Er nahm ein dickes Kuvert aus der Mappe und schob es über den Tisch zu ihr. »Ich kenne den Inhalt nicht. Matthias hat lediglich erwähnt, dass ich dir, falls ich es jemals aushändigen müsste – also in seinem Todesfall –, ausrichten soll, dass du dich an mich wenden kannst. Wenn du möchtest. Steht auch da drin, hat er mir versichert.«

»Das klingt mysteriös.« Sie nahm den Umschlag und drehte ihn um. Lediglich ihr Name stand auf der Vorderseite, sonst nichts.

»Das war auch mein Gedanke.« Seine Lippen verzogen sich zu einem Strich und er nickte dazu. »Er hat mir auch gesagt, dass es nicht eilt, die Unterlagen durchzusehen, und es sich vielleicht irgendwann erledigt hat. Dann würde er das Dossier wieder bei mir abholen oder von mir vernichten lassen. Und du sollst es erst öffnen, wenn du dich dazu in der Lage fühlst.«

Sie legte das Kuvert auf den Tisch und schaute Jasin an. »Ich verstehe das nicht. Hat er von langer Hand geplant, sich umzubringen? Hast du das nicht geahnt? Wenn jemand solche Vorkehrungen trifft, dann wird man doch misstrauisch.« Sie wurde immer lauter und ihre Worte gingen in Schluchzern unter.

Jasin beugte sich vor, stützte seine Ellenbogen auf seine Oberschenkel und sah ihr fest in die Augen.

»Natürlich habe ich gefragt, ob er schwer krank ist oder sich bedroht fühlt. Er sagte nur, dass er zu viele Familien gesehen hat, deren verstorbene Angehörige keine Vorkehrungen getroffen hätten. Auch ich habe ein Testament, einen Vorsorgeauftrag und eine Patientenverfügung gemacht, obwohl ich noch keine vierzig Jahre alt bin. Nenn es Berufskrankheit.«

»Entschuldige. Das sollte kein Vorwurf sein.«

»Du musst dich nicht entschuldigen.« Er richtete sich wieder auf. »Ich gebe dir die Kopie des Testamentes mit. Schau es dir in Ruhe durch, wann immer du dich dazu in der Lage fühlst. Bei Fragen stehe ich dir jederzeit zur Verfügung.« Er schob ihr die Mappe über den Tisch zu.

Benommen nahm sie die Mappe und das Kuvert vom Tisch. »Ja, okay. Danke.« Sie stand auf und langte nach ihrer Handtasche. »Dann melde ich mich. Denke ich.«

Jasin begleitete sie zur Tür. »Ja, mach das. Nimm dir aber die Zeit, die du brauchst. Tschüss, Miriam.«

»Danke. Tschüss.« Sie drehte sich um, verließ das Büro und stolperte wie betäubt aus dem Gebäude. Um sich an das Licht draußen zu gewöhnen, blinzelte sie ein paarmal, sah dann das Kuvert in ihrer Hand an, legte es zu den Dokumenten in der Mappe und verstaute alles zusammen in ihrer Handtasche. Sie würde es ins Tessin mitnehmen. Vielleicht konnte Elvira ihr beistehen, wenn sie es öffnete.

Sie war froh, dass Jasin ihr ausgerichtet hatte, es sei nicht dringend. Weder hatte sie den Wunsch noch die Kraft, sich dem Inhalt jetzt zu stellen. Ihr gesunder Menschenverstand funktionierte halbwegs und der sagte ihr, dass nichts, was über einen Anwalt ausgehändigt wurde, problemlos und Peanuts war. Wenn die Trauer um Matthias sie nicht beinahe auffressen würde, dann hätte sie inzwischen einen Groll gegen ihn. Wieso die Geheimniskrämerei? Wieso ein Anwalt? Und wieso die Andeutungen, ohne konkret geworden zu sein? Das belastete sie am allermeisten. Hätte sie doch nur nachgefragt, zwischen den Zeilen gelesen. Hatte er ihr etwas durch die Blume mitteilen wollen und sie hatte es nicht begriffen? Diese Gedanken hielten sie seit etlichen Nächten wach. Auch wenn ihre Vernunft ihr sagte, dass sie an Matthias' Freitod nichts hätte ändern können, so hatte sie dennoch Schuldgefühle. Hätte, wäre, wenn … Elende Scheißfragen!

21

Miriam

Soeben fuhr sie in die Einfahrt ihres Elternhauses, als ihr Smartphone vibrierte. Sie parkte das Auto auf der Kiesfläche und fischte ihr Telefon aus der Handtasche. Die WhatsApp-Nachricht war von Jasin.

Jasin: Liebe Miriam, heute Nachmittag hatte ich ein unangenehmes Telefongespräch mit deinem Vater. Er hat meine Visitenkarte in Matthias' Wohnung gefunden. Ich habe ihm erzählt, dass Matthias bei mir sein Testament gemacht hat. Das hat ihn zwar besänftigt, aber ich hatte dennoch das Gefühl, dass er mir nicht geglaubt hat. Ich wollte dich vorwarnen, falls du Kontakt mit ihm hast und dich irgendwelchen Fragen stellen musst. Dass du Alleinerbin bist, kannst du ihm sagen. Das mit den weiteren Unterlagen und die geplante Zusammenarbeit mit Matthias und mir solltest du lieber nicht erwähnen. Nur so ein Gefühl. Mach's gut, Jasin

Uff, die Nachricht kam gerade noch rechtzeitig. Darum wurde sie nach Hause zitiert. Sie hatte sich schon gewundert, als sie die Sprachnachricht ihres Vaters abgehört hatte, denn normalerweise hatte er weder Lust noch Zeit, sich mit ihr zu treffen. Das beruhte auf Gegenseitigkeit, zumindest das mit der Lust.

Nachdem sie ihr Smartphone in der Handtasche verstaut hatte, stieg sie aus und schloss den Wagen ab. Sie nahm den gepflasterten Fußweg zur Villa und betrachtete die Blumenbeete links und rechts davon. Die Gärtner hatten bereits die Frühlingsblumen gepflanzt und es sah wunderschön aus. Auch die Töpfe neben der Eingangstür waren bepflanzt worden. All diese Perfektion gaukelte eine heile Welt vor. Sie schnaubte und atmete vor der Haustür stehend dreimal tief ein und aus, bevor sie klingelte. Theoretisch hatte sie einen Schlüssel, aber dies war nicht mehr ihr Zuhause und so brauchte sie ihn nur, wenn ihre Eltern im Urlaub waren und sie nach dem Rechten sehen musste.

Die Tür wurde ruckartig geöffnet. »Da bist du endlich.«

Begrüßung? Fremdwort für ihren Vater.

»Guten Abend.« Sie ging an ihm vorbei zur Garderobe, entledigte sich ihrer Jacke und ihrer Schuhe und lief in Socken den Flur hinunter.

»Wir sind im Wohnzimmer«, brummelte ihr Vater hinter ihr.

Miriam begab sich dahin und traf auf ihre Mutter. Immerhin hatte diese heute einen etwas klareren Blick. »Hallo Mami.«

»Hallo, mein Kind.« Ihre Mutter stand auf und schloss sie in die Arme. »Schön, dass du da bist.«

Sie nickte, eine Antwort darauf fiel ihr nicht ein. Diese Zuneigung machte sie völlig perplex und sprachlos.

»Setz dich doch. Willst du einen Kaffee, Tee oder ein Wasser?«

»Wasser wäre gut, danke.«

Ihre Mutter holte einen Krug Wasser mit drei Gläsern. Miriam setzte sich an den Esstisch. Ihr Vater blieb stehen. Das roch nach Ärger.

Während ihre Mutter allen ein Glas voll einschenkte, verlor ihr Vater keine Zeit und wetterte los. »Du hättest uns informieren müssen über diesen … diesen Anwalt.«

Zum Glück war sie vorgewarnt. »Nein, hätte ich nicht, und das weißt du ganz genau.«

Ihr Vater formte seine Augen zu schmalen Schlitzen. Aber einschüchtern ließ sie sich nicht mehr.

Ihre Mutter setzte sich nun auch. »Johan, du hast mir versprochen, dass wir ein friedliches Gespräch haben werden.«

Miriam verschluckte sich am Wasser und hustete sich um Kopf und Kragen. Was war mit ihrer Mutter geschehen? Noch nie hatte sie Forderungen gestellt oder Wünsche geäußert. Jedenfalls nicht in den letzten Jahren. Die neue Medikation musste ein Wundermittel sein oder ihre Mutter fand wieder zu sich selbst. Was auch immer es war, Miriam wünschte sich mehr davon.

»Was wollte dieser Anwalt von dir?« Freundlich ging anders.

»Er hat mir mitgeteilt, dass ich Alleinerbin von Matthias' Vermögen bin. Wieso weißt du eigentlich, dass ich bei Herrn Sorinovic war?«

Wie immer saß das Pokerface ihres Vaters einwandfrei. »Ich habe seine Visitenkarte in Matthias' Wohnung gefunden.«

Na, immerhin lügst du nicht. Aber auf die Frage, wieso er wusste, dass sie bei ihm war, hatte er nicht geantwortet. Hat Jasin ihm das gesagt? »Und nochmals, wieso weißt du, dass ich bei ihm war?«

»Er hat es mir gesagt, als ich ihn wegen der Visitenkarte angerufen habe.«

Hat er das wirklich? Durfte er das? Oder ließ sie ihr Vater beobachten? Nein, jetzt gingen die Pferde mit ihr durch. Sie hätte gern nachgebohrt, aber ihr Vater kam ihr dazwischen.

»Ich nehme an, du darfst seine Wohnung räumen. Ich lass dir die Schlüssel zukommen.«

»Ich helfe dir«, sagte ihre Mutter.

Sie nickte ihr dankend zu. »Zuerst werde ich für ein paar Tage in die Seeoase zu Elvira ins Tessin fahren. Danach können wir die Räumung angehen.«

»Gute Idee, mach das und erhole dich.«

Miriam öffnete den Mund, nickte aber nur. Die gutgemeinten Worte ihrer Mutter machten sie immer noch sprachlos.

»Ich muss noch arbeiten. Hat nicht jeder über zwölf Wochen Ferien.«

Und da war er wieder, der nette Hinweis auf ihren sogenannten Hobby-Beruf. Bevor sie etwas erwidern konnte, stolzierte ihr Vater aus dem Wohnzimmer und gleich darauf hörte sie, wie er eine Tür, wahrscheinlich die seines Arbeitszimmers, öffnete.

»Er hat Stress«, nahm ihre Mutter ihn in Schutz.

»Mhm, wie immer.« Über sein Verhalten wollte sie keinen Streit vom Zaun brechen, daher lenkte sie das Gespräch auf den frischbepflanzten Garten und andere Themen.

Ihre Mutter holte zwischendurch ein paar Leckereien aus der Küche und machte ihnen eine Kanne Tee. Vielleicht waren sie auf bestem Weg, sich einander wieder anzunähern, und das gefiel ihr.

Vollgestopft mit Kuchen und Keksen stand sie knapp zwei Stunden später auf und umarmte ihre Mutter.

»Es war schön mit dir«, flüsterte ihre Mutter ihr ins Ohr.

»Fand ich auch. Bis bald.«

Auf dem Weg zur Haustür kam sie am Arbeitszimmer vorbei. Ihr Vater wetterte am Telefon. Seine zischende Stimme irritierte sie, also blieb sie vor der leichtgeöffneten Tür stehen.

»Wir haben nichts gefunden ... Was? Nein ... könnt unbesorgt sein. Er ist ... war ein Hartmeier und ...«

Miriam spitzte die Ohren, doch ihr Vater sprach mit jedem Wort leiser. Ihm war sicher bewusst, dass man ihn hören konnten. Das Haus war alt und schlecht isoliert.

»Nein ... Weiß auch nichts ... Ging um sein Testament. ... Wieso ein anderer Anwalt? Was fragst du mich? … Fehlt gerade noch. … Wenn ich es doch sage.« Ihr Vater seufzte.

Seine Souveränität bröckelte. So kam es ihr zumindest vor. Was ging hier vor sich? Wer war der Gesprächspartner?

Wie auf Samtpfoten schlich sie zur Haustür, um nicht beim Lauschen ertappt zu werden. Möglichst leise zog sie Schuhe und Jacke an und verließ das Haus. Sie wollte sich nicht mit neuen Problemen befassen, sondern den entspannten Abend mit ihrer Mutter in Erinnerung behalten und sich in der Seeoase erholen. Vorfreude machte sich in ihr breit. Das und der schöne Abend ließen sie daran glauben, dass die dunklen, schweren Gefühle irgendwann farbiger und leichter werden würden.

22

Tobi

Er klickte durch die Websites der Schweizer Musikszene und war überrascht, wie oft Jann Dannion
erwähnt und hochgelobt wurde. Tobi öffnete einen
neuen Tab, um zu sehen, ob er auch eine eigene Seite
hatte. Als sein Smartphone klingelte, lehnte er sich
auf seinem Bürostuhl zurück und nahm den Anruf
entgegen. »Andy, was verschafft mir die Ehre?«

»Hast du mir etwas zu erzählen, Tobi?«

Er setzte sich ruckartig gerade hin, schluckte
ertappt und versuchte dennoch, den Ahnungslosen zu
spielen. »Äh, nein?«

»Stichwort Beerdigung.«

Der Schweiß brach ihm aus allen Poren. Aus
dieser Nummer kam er nicht mehr heraus.

»Tobi!« Ein Schnaufen war zu hören.

»Ich hab Scheiße gebaut.«

»Offensichtlich. Mensch, Tobi. Du hattest einen
einzigen Auftrag. Bleib. Bei. Miriam.«

»Ich weiß«, gab er kleinlaut zu, stand auf und lief
in seinem Arbeitszimmer auf und ab.

»Und wieso hat das nicht funktioniert?«

»Dafür gibt es eine gute Erklärung.«

»Bin ganz Ohr. Schieß los.«

»Vorab, ich weiß selbst, dass das, was passiert ist, nicht den Tatsachen entspricht. Das ist mir inzwischen auch klar.«

»Komm auf den Punkt.«

Uh, so kannte er Andy gar nicht. Er blieb stehen, trat ans Fenster und beeilte sich, ihm einen Abriss über die Beerdigung, deren Teilnehmenden und dem anschließenden Gespräch mit Miriams Vater zu geben.

»Du bist wirklich ein Hornochse.«

Dem konnte er nicht widersprechen. Er lehnte sich mit der Stirn gegen das Fenster. Doch auch das kühle Glas vermochte ihn nicht zu beruhigen, daher setzte er sich wieder auf den Bürostuhl. »Ich habe versucht, Miriam zu erreichen. Wollte mich mit ihr treffen, um ihr mein Verhalten zu erklären.«

»Und du wunderst dich nun, wieso sie dich ignoriert hat.« Es war keine Frage.

»Nein, tu ich nicht. Ist sie bei euch?«

»Ja, vor einigen Stunden angekommen. Völlig fertig. Elvira hat sie so lange bequatscht, bis sie damit herausgerückt ist. Meine Frau hat echte Verhörqualitäten.« Tobi konnte Andys Liebe zu ihr im letzten Satz deutlich heraushören. Das hätte er auch haben können und was tat er: Versauen, und zwar komplett.

»Wie geht es Miriam inzwischen?«

»Sie hat sich beruhigt. Die beiden waren lange spazieren. Hat ihr sichtlich gutgetan.«

»Das beruhigt mich.« Jedenfalls ein wenig. Er war froh, hatte Miriam Freunde, die sie auffingen, wenn er schon nicht dieser Freund gewesen war. Das musste sich ändern, denn er wollte nichts anderes, als dass es Miriam gutging. Eine lachende Miriam machte auch ihn glücklich, eine leidende riss ihn in seinen persönlichen schwarzen Abgrund und nahm ihm die Luft zum Atmen.

»Tobi, was ist Miriam für dich?«

»Alles.«

Stille.

»Andy?«

»Okay?«

»Nicht okay, es ist die Wahrheit.«

»Du hast ja bereits irgendwie durchblicken lassen, dass Miriam mehr als ein Bettzeitvertreib für dich ist. Aber mit so was habe ich dennoch nicht gerechnet.«

»Ich auch nicht, glaub mir.«

Andys Lachen klang herzlich und ehrlich. »Dann beweg deinen Arsch und komm ins Tessin.«

»Hatte ich vor. Freitagabend. Leider habe ich noch ein paar geschäftliche Verpflichtungen.«

»Läuft es im Verlag nicht gut?«

»Wie kommst du darauf?«

»Hab etwas munkeln gehört über das Autorenbuschtelefon.«

»Es gibt Spannungen, ja. Näheres kann ich nicht sagen, aber ich bin zuversichtlich, dass es sich beruhigt.« War er zuversichtlich? Ja, doch. Denn sein Businessplan, sich als Agent und Manager für Autorinnen und Autoren selbstständig zu machen, war solide. Trotzdem hoffte er, dass sich das Management ihre Vorschläge anhören und sie ernstnehmen würde.

Denn ihm gefiel der Job und weitere Unsicherheiten in seinem Leben konnte er nicht gebrauchen.

»Muss ich mir Sorgen machen?«

»Du nicht, nein. Du bist die Cashcow, der Goldjunge.«

Andy schnaubte. »Wie dem auch sei: Schau zu, dass du spätestens Freitagabend hier bist und bring eine Miriam-Strategie mit. Auch wenn ich denke, dass noch nicht alles verloren ist.«

»Wie meinst du das?«

»Das, mein Lieber, darfst du selbst herausfinden. Tschüss.«

Aufgelegt. Tobi starrte auf das Smartphone und legte es dann auf den Tisch. Was meinte er damit? Hatte Miriam etwas erwähnt? Durfte er Hoffnungen haben? Er musste ins Tessin, heute bekam er keine Antworten auf seine unzähligen Fragen, was ihn sehr wurmte.

Mit einem Tastendruck holte er seinen Computer aus dem Ruhemodus, öffnete den Internetbrowser und gab erneut *Jann Dannion* ein. Xavier hatte ihn auf den Geschmack gebracht. Er hoffte, dass er dieses Hobby irgendwann auch mit Miriam teilen konnte. Doch zuerst musste er bei ihr Abbitte leisten und das nicht wenig. Zudem hatte ihm Xavier News versprochen. Er traf sich morgen Abend mit ihm und hoffte, weitere Puzzleteile zum Rätsel um die Kanzlei zu bekommen.

23

Miriam

Das Plätschern des Luganersees hatte eine wunderbar beruhigende Wirkung auf Miriam. Wie eine Katze nach dem Schlafen streckte sie alle viere von sich. Das erste Mal seit Matthias' Tod hatte sie durchgeschlafen. Fast hatte sie vergessen, wie entspannend es in der Seeoase war. Viel zu selten nahm sie sich Zeit, hier auszuspannen. Das würde sie ändern. Wenn sie in den letzten Wochen eines gelernt hatte, dann die Tatsache, dass man jeden Augenblick genießen musste, denn das Leben konnte schnell vorbei sein.

Bevor ein trauriger Gedanke an Matthias sich breitmachte, setzte sich Miriam im Bett auf und fuhr sich durch ihre Haare. »Mist.« Sie blieb mit den Fingern hängen. Wieso hatte sie sich die Haare am Abend nicht zusammengebunden? Ach ja, sie war durch den Wind gewesen. Auch wenn es ihr nach dem Gespräch mit Elvira um einiges besserging, war sie danach fix und fertig gewesen. Trotzdem war es genau die Medizin gewesen, die sie gebraucht hatte. Ein langer Spaziergang mit ihrer besten Freundin und tiefgründige Gespräche. Elvira hatte ihr zugehört, sie in den Arm genommen und ihr versichert, dass sie jederzeit hier im Tessin willkommen sei. Dieses Wissen gab ihr etwas von ihrer Energie zurück. Trotzdem war der Tag anstrengend gewesen.

Auch die Zugreise hatte sie ermüdet und so war sie bereits um einundzwanzig Uhr kraftlos ins Bett gesunken. Dafür fühlte sie sich jetzt ausgeruht. Mit dem Vogelnest auf dem Kopf nahm sie es auf. Es war das kleinste Übel.

Sie stand auf und trat ans Fenster. Bei diesem Anblick stahl sich ein Lächeln auf ihr Gesicht. Das Wasser auf dem See bewegte sich leicht, sodass sich in den Wellen verschiedene Blautöne bildeten. Auf der anderen Uferseite war – nebst einigen wenigen Häusern – nichts als Wald, der steil aus dem See hinaufstieg und in einem kräftigen Grün strahlte. Hier im Tessin hatte der Frühling schon Einzug gehalten. Dass jedes Zimmer in der Seeoase Seeblick hatte, war einer der vielen Pluspunkte im Bed & Breakfast. Ihre Freundin Elvira hatte ein Paradies für Feriengäste geschaffen.

Aber bevor sie vor dem Fenster Wurzeln schlug, begab sie sich ins Badezimmer. Sie sah an sich hinunter. Scheinbar hatten der Stress und die Trauer Spuren hinterlassen. Die Waage hatte sie gemieden, sie hatte durchaus gemerkt, dass ihre Hose zwingend einen Gurt verlangen würde, wenn sie ebendiese nicht in den Kniekehlen haben wollte.

Punkt acht Uhr stand sie im Wohnzimmer der See-oase. Elvira hatte ihr gestern unumstößlich mitgeteilt, dass sie ihre Anwesenheit wünschte. Beim Anblick des leckeren Frühstücksbuffets lief ihr das Wasser im Mund zusammen. Sie hatte Hunger! Wie auf Kommando knurrte ihr Magen.

»Guten Morgen. Du bist die Erste. Meine anderen Gäste sind Langschläfer. Das haben die Frühlingsgäste so an sich.«

»Wieso?«

»Es ist noch nicht so heiß und daher nicht nötig, in aller Frühe eine Wanderung zu starten. Es ist den ganzen Tag angenehm. Nimm dir einen Teller und greif zu. Rührei Spezial?«

»Natürlich.« Elviras Rührei war legendär. Nicht einmal ihr hatte sie das Rezept anvertraut. Es lag am Gewürz, so viel hatte sie herausgefunden. Aber eben dieses bewahrte sie in einer neutralen Dose auf. Ja, ihre Freundin wusste, wie man Geheimnisse hütete. Sie sollte nicht urteilen, wenn sie selbst im Glashaus saß. Die Problematik mit Robert hatte sie auch lange verschwiegen, geschweige denn, jemals über Tobi und ihr gemeinsames Arrangement gesprochen.

»Über was grübelst du nach?«

Vor Elvira konnte sie rein gar nichts geheim halten. »Dass ich dir nicht erst gestern von Schleimer-Robi und den Plänen unserer Eltern für uns hätte erzählen sollen. Und das mit Tobi. Dann wäre ich vielleicht nicht in dieser Zwickmühle mit ihm. Du hättest mir garantiert geraten, die Annäherungsversuche von Robert mit Tobi zu besprechen. Wobei er nicht mein Freund ist.«

»Noch nicht.«

»Was meinst du mit *noch nicht*?«

»Er ist *noch nicht* dein Freund.«

»Er hat sich beim ersten Problem aus dem Staub gemacht. Nicht einmal nachgefragt hat er. Wie soll ich mich auf so jemanden verlassen können? Dabei vermisse ich ihn.«

»Mhm.«

»Was, mhm? Und was grinst du so?«

»Tobi wird am Freitagabend anreisen.«

Miriams Herz pochte heftig – auf die freudige Art. »Ja?«, fragte sie möglichst ausdruckslos. Elviras Grinsen wurde überdimensional. »Was verschweigst du mir noch?«

»Nichts, was dich beunruhigen müsste.«

»Aber da ist etwas. Elvira, nach unserem gestrigen Gespräch dachte ich eigentlich, dass wir keine Geheimnisse mehr voreinander haben.«

»Haben wir nicht. Aber mir steht es nicht zu, über Dinge zu sprechen, die Tobi mit Andy am Telefon besprochen hat.«

Aha, daher wehte der Wind. Es beruhigte sie kein bisschen. »Und du findest das in Ordnung?«, fragte sie schroffer als beabsichtig.

»Ja und nein. Schau, ich will mich nicht zwischen euch stellen. Aber es wird alles gut. Du und Tobi müsst euch unbedingt aussprechen.«

»Das musst gerade du sagen. Ich sage nur: Andy und Kommunikationsschwierigkeiten bei eurem Kennenlernen«, grummelte Miriam.

»Eben weil ich weiß, dass miteinander zu sprechen so wichtig ist. Und zwar von Anfang an. Dazu rate ich dir. Alles andere gibt nur Missverständnisse. Da kann ich ein Liedchen von singen.«

»Das stimmt und ich bin ein wandelndes Klischee.« Sie schmunzelte und Elvira lachte.

»Und ich erst. Oder Andy. Geschweige denn Tobi. Liebe macht aus jeglicher Vernunft Matsch.«

»Von Liebe sind Tobi und ich weit entfernt.«

Elvira lächelte.

»Was?«

»Find es selbst heraus. Redet, geht aufeinander zu.«

Miriam öffnete den Mund für eine dramatische Schimpftirade, aber da betraten die ersten Gäste das Wohnzimmer, daher verkniff sie sich eine Bemerkung und setzte dafür ihren ›Wir-sprechen-uns-noch-Blick‹ auf.

24

Tobi

Der Geruch nach Frittieröl und gegrilltem Fleisch schlug ihm entgegen. Er schloss die Tür hinter sich und sah sich um. Xavier war noch nicht hier. Tobi suchte sich einen Tisch in einer geschützten Ecke aus.

»Da bin ich«, hörte er neben sich, kaum saß er.

»Pünktlich wie immer.«

»Du kennst mich.« Xavier schmunzelte und setzte sich. Tobi verstand die Damenwelt, die seinem Freund reihenweise zu Füßen lag. Er war der Inbegriff eines charmanten, Schwiegermutter-tauglichen Mannes und sein Lächeln ließ auch die Damen jenseits der siebzig schmelzen. Besonders diese. Er grinste.

»Was ist so amüsant? Darf ich daran teilhaben?«

»Mir ist gerade wieder aufgefallen, dass du dein charmantes und anziehendes Lächeln nicht verloren hast.«

»Stehst du neuerdings auf mich?«, witzelte Xavier. »Da muss ich passen, du bist nicht mein Typ.«

Tobi schnappte nach Luft. »So sollte das nicht rüberkommen … Ich meine ja nur.«

»Beruhige dich, war ein Witz. Aber ich bin wirklich bisexuell. Erweitert die Auswahl enorm.« Xavier zwinkerte. »Und du hast Miriam und brauchst nicht von mir angehimmelt zu werden.« Xavier lachte und klopfte Tobi auf die Schulter.

»Stimmt wohl«, brummelte er etwas verwirrt, weil Xavier ihn plötzlich nach Jahren des Kennens beiläufig über seine Sexualität informierte. Bevor er etwas dazu sagen konnte, wechselte Xavier das Thema.

»Oha, da hängt der Segen wohl immer noch schief.«

»Kannst du laut sagen. Miriam ist im Tessin bei Elvira und Andy. Ich werde morgen Abend auch hinfahren. Elvira ist Miriams beste Freundin.«

»Das sind die beiden mit dem Bed & Breakfast und dein Star-Schriftsteller, der die tollen Krimis schreibt, oder?«

Tobi nickte.

Die Kellnerin trat an ihren Tisch und sie bestellten je ein Bier.

Xavier nahm das Gespräch wieder auf: »Guter Entscheid ihr nachzufahren. Ich sehe es dir an, dass Miriam alles für dich ist. Halte sie fest.« Xaviers Stimme hatte einen traurigen Ton angenommen. Bevor Tobi nachfragen konnte, hatte sein Freund wieder sein gewinnendes Lächeln aufgesetzt.

»Werde ich.« Tobi nickte. »Also, was hast du?«, sprach er den Grund ihres Treffens an.

»Viel und nichts.«

Er forderte Xavier mit einer Geste dazu auf, weiterzureden.

»Ich habe mir alle Berichte, Zeitungsartikel und Internethinweise angeschaut. Dazu die Referenzliste auf der Kanzlei-Website. Erstens ist mir aufgefallen, dass die Referenzkunden selten bis gar nie in öffentlichen Artikeln erwähnt werden. Dafür sind die in einschlägigen Zeitungsberichten genannten Kunden nicht auf der Liste. Das hat mich stutzig gemacht, also habe ich die in den Zeitungen erwähnten Kunden unter die Lupe genommen.«

Tobi hörte aufmerksam und gespannt zu und ließ ihn weiterreden.

»Diese Kunden sind allesamt …« Xavier verstummte, da die junge Kellnerin an ihren Tisch trat.

»So, hier kommt euer Bier.« Sie legte zwei Kartonuntersetzer hin und stellte ihnen das Bier darauf.

Xavier und Tobi bedankten sich.

»Also, diese Kunden sind alle zwielichtig. So weit waren wir ja schon«, sagte Tobi enttäuscht.

»Ja, aber einige Kunden sind polizeibekannt. Wegen Geldwäsche und diversen Urkundenfälschungen wie zum Beispiel die Arbeitsbewilligungen ihrer Mitarbeiter.«

»Was für Mitarbeiter?«

»Vor allem Baugewerbe und Nagelstudios. Mehr habe ich noch nicht herausgefunden. Es ist schwierig, tiefer zu graben, da viel davon im Sand verläuft. Es gibt zu wenig Beweise, um ihnen etwas anzuhängen. Zudem funktioniert der Austausch der verschiedenen

Ämter kantonsübergreifend mehr schlecht als recht, was diesen Leuten Schlupflöcher bietet.«

»Und was machen wir jetzt? Für uns ist es fast unmöglich, diesen Verdacht mit Fakten zu beweisen«, sagte Tobi resigniert.

»Ich weiß. Aber es muss ja nicht heute oder morgen sein, wir könnten …« Xaviers Stirn runzelte sich. Irritiert schaute er über Tobis Schulter.

»Was ist?«

»Nicht umdrehen«, zischte er und legte ihm die Hand auf den Arm, um zu verhindern, dass er genau das tat. »Da hinten sitzt ein Typ. Er ist allein.«

»Na und? Gefällt er dir?«

»Blödmann. Nein, er benimmt sich verdächtig.«

»Inwiefern?«

»Er schaut immer wieder in unsere Richtung. Sehr verdächtig.«

»Verdächtig«, wiederholte Tobi und runzelte nun ebenfalls die Stirn. »Ist dir das Bier zu Kopf gestiegen?«

»Nein, hatte ja noch nicht mal einen Schluck.« Was er jetzt nachholte. »Er … ich weiß nicht. Er schaut zu uns hinüber und macht sich Notizen. Als könnte er Lippen lesen. Klingt doof, ich weiß.«

»Deine Spürnase kitzelt«, vermutete Tobi.

»Genau!«

»Dann müssen wir das ernstnehmen.« Tobi lächelte.

»Lachst du mich aus?«

»Nein, absolut nicht. Deine Spürnase hatte bis jetzt immer den richtigen Riecher. Daher beobachte ihn und sag mir, was du siehst.«

»Nun, da ich ihn angeschaut habe, spielt er auf seinem Telefon herum … und schielt wieder zu uns.«

»Vielleicht will er wirklich etwas von uns. Also, jemanden von uns kennenlernen oder so.«

»Nein, flirten geht anders. Jetzt telefoniert er, nickt und blickt immer noch in unsere Richtung.«

»Na ja, er muss ja irgendwohin blicken.«

»Aber nicht so auffällig. Jetzt steht er auf und geht.« Tobi beobachtete Xavier dabei, wie er dem Kerl noch einige Sekunden hinterherschaute und dann ihn ansah. »Also, ich wollte vorhin vorschlagen«, sprach dieser, als wäre nichts gewesen, »dass du zu Miriam reist, die Sache in Ordnung bringst, und ich forsche weiter im World Wide Web oder wo auch immer nach. Wir tauschen uns aus, aber vorsichtig.« Und wieder eine Anspielung, dass irgendetwas im Busch war.

Tobi lief es kalt den Rücken hinunter. Er war kein Freund von Verschwörungstheorien, aber Xavier war bodenständig und seine Spürnase zuverlässig. In was waren sie hineingeraten?

Ihm hing das Gespräch mit Xavier lange nach und er ertappte sich dabei, auf dem Weg zum Bahnhof verstohlen um und hinter sich zu schauen. Ja, da stand ein Kerl, der ihn anstarrte. Aber das war Alltag. Trotzdem warf er beim Einsteigen in die Bahn nach Brugg nochmals einen Kontrollblick auf den Bahnsteig, sah wieder diesen Kerl und schüttelte dann über sich selbst den Kopf. Wieso sollte er nicht dort stehen? Es waren ja auch andere Menschen unterwegs oder standen herum. Und dennoch, Xavier wurde nicht ohne Grund immer auf die delikaten Storys angesetzt. Hatten sie in ein Wespennest gestochen? Wenn ja, was würde das heißen? Waren sie in Gefahr?

Jetzt ging die Fantasie mit ihm durch. Vermutlich war der Kerl in der Bar ein One-Night-Stand von Xavier und er erinnerte sich nicht mehr daran. Wobei sein Gedächtnis in Bezug auf Gesichter ebenso top war wie seine Spürnase. Langsam kam er zur Überzeugung, dass die Kacke am Dampfen war. Fragte sich nur noch, in welchem Ausmaß und was das für Miriam hieß. Sollte er weitergraben? Oder wäre es besser, die Finger davon zu lassen? Konnte er sie in Xaviers und seinen Verdacht einweihen? Blut war immerhin dicker als Wasser.

Genervt fuhr er sich über den Nacken. Er befand sich in einer beschissenen Zwickmühle. Und morgen war zusätzlich diese Präsentation mit Dave vor dem Verlags-Management. Es kam eher einem Betteln gleich. Waren die bereit, ihnen zuzuhören und, was noch wichtiger war, ihre Vorschläge zu prüfen und umzusetzen? Eigentlich könnten sie alles beim Alten lassen. Das war der Ratschlag, den Dave und er morgen als Bittsteller präsentierten. Mit Abstand betrachtet, kam es ihm lächerlich vor und seine Zuversicht nahm rapide ab. Aber aus der Nummer kam er nicht mehr raus. Am Abend würde er dann endlich ins Tessin aufbrechen und Miriam wiedersehen. Auch wenn sie einiges zu klären hatten, er genaugenommen zu Kreuze kriechen musste, war das ein Lichtblick und er freute sich wie ein kleines Kind auf sie. Sein Herz erhöhte die Frequenz allein beim Gedanken an Miriam und das Gespräch mit Xavier rückte in den Hintergrund.

25

Miriam

Die letzten Seeoasen-Gäste verließen soeben das Esszimmer, um ihren Aktivitäten nachzugehen.

»Ich räume den Tisch ab, wenn das in Ordnung ist.«

»Danke, Miriam. Ich bin froh, dass du mir hilfst. Heute bin ich echt müde und muss mich nachher kurz ausruhen, bevor wir etwas unternehmen«, erwiderte Elvira, immer noch sichtlich angeschlagen von der Grippe.

»Ich kann mich auch selbst beschäftigen. Wir waren ja gestern den ganzen Tag gemeinsam unterwegs. Leg du dich hin.«

»Guten Morgen, die Damen.«

Miriam blickte zur Wohnzimmertür. Andy lief schnurstracks zu Elvira und küsste sie auf den Mund.

»Du hast mich nicht geweckt«, murmelte er an Elviras Ohr und zog dann eine Schnute.

»Das ist schon okay. Du hast gestern Nacht lange an deinem Manuskript gearbeitet und ich hatte Hilfe.«

Miriam lächelte, als Elvira ihr zunickte.

»Guten Morgen«, kam es von Tobi, der hinter Andy das Esszimmer betrat.

Miriam versteifte sich augenblicklich. »Morgen«, murmelte sie und stapelte die Tassen und Teller aufeinander. Geschäftig wirken — ausgezeichnete Strategie.

»Kann ich helfen?«, flüsterte Tobi an ihr Ohr und ihr verräterischer Körper reagierte in derselben Sekunde. Die feinen Härchen auf ihren Armen stellten sich auf und ihr wurde gleichzeitig warm und kalt.

»Abräumen …« Sie räusperte sich. Und ärgerte sich gleichzeitig, dass sie kaum imstande war, einen normalen Satz zu sprechen. »Es wäre nett, wenn du mir beim Abräumen des Geschirrs helfen könntest.«

Als sie sich mit der ersten Ladung Geschirr aufrichtete, schaute sie geradewegs in Elviras und Andys grinsende Gesichter.

»Habt ihr nicht auch etwas zu tun?«, sagte Tobi in diesem Moment, als hätte er ihre Gedanken gelesen.

»Natürlich.« Andy lachte, nahm Elvira an der Hand und zog sie hinter sich her in die Küche.

»Hast du nachher Zeit?«

»Ja, Elvira wird sich etwas ausruhen.«

»Wir könnten etwas unternehmen. Ich möchte gern Zeit mit dir verbringen. Ich glaube, wir haben einiges zu besprechen.«

Bevor Miriam antworten konnte, streckte Andy den Kopf aus der Küche. »Haut schon ab, ihr zwei. Wir machen hier klar Schiff.«

»Wie immer subtil, unser Andy. Aber ich beklage mich nicht. Miriam?«

»Nutzen wir das Angebot.« Sie drückte Andy den Geschirrstapel in die Hände.

»Bis später. Um siebzehn Uhr treffen wir uns zum Grillen. Valerie und Matteo werden auch dabei sein«, rief Elvira aus der Küche.

Tobi legte Miriam die Hand auf den unteren Rücken und begleitete sie ins Treppenhaus.

»Was machen wir?« Miriam zog die Augenbrauen hoch.

»Ich schlage vor, wir spazieren Richtung Gandria, reden, kehren zu einem Kaffee ein und reden weiter.«

Miriam wurde warm ums Herz und ein Lächeln stahl sich auf ihr Gesicht. Es tat so gut, Tobi neben sich zu haben. Auch wenn noch nicht alles, eigentlich nichts geklärt war. Seine Anwesenheit allein löste in ihrem Körper ein Gefühl der Geborgenheit, Sicherheit und Zuversicht aus.

»Okay. Ich werde hochgehen und bequeme Schuhe anziehen sowie meine Jacke und Tasche holen.«

»Ich warte auf dem Spazierweg auf dich.«

Miriam hüpfte beschwingt die Treppe hinauf in ihr Zimmer. Es würde sich alles fügen, da war sie sich sicher.

Tobi griff nach ihrer Hand und schlang seine Finger in ihre. Schweigend setzten sie sich in Bewegung.

»Es tut mir leid. Ich war ein Trottel, ein Idiot. Nimm irgendein Schimpfwort für mich und es passt.«

»Weißt du, das hier«, Miriam hob ihre ineinander verschlungenen Hände und drückte seine, »fühlt sich gut an.«

»Und wieso klingt es nach einem Aber?«

»Wie kann ich dir vertrauen, wenn du bei der erstbesten Aussage meines Vaters davonrennst? Das war doch so, oder irre ich mich?«

»Ich … Das wird nie mehr passieren und —«

»Du hast mich nicht einmal gefragt!«, unterbrach sie ihn. »Nicht mit mir gesprochen.«

»Nein, habe ich nicht.« Tobi seufzte.

»Was ist das zwischen uns?« Miriam schaute ihn von der Seite her an und war fast sicher, ein kleines Lächeln auf seinem Gesicht gesehen zu haben. Und er löste ihre Hände nicht voneinander. Das war ein positives Zeichen, oder?

»Das mit uns will ich näher erkunden.«

»Aha«, war ihre geistreiche Antwort, weil seine Antwort alles bedeuten konnte. Von mehr Bettsport über gemeinsame Freizeitaktivitäten bis hin zum Erkunden, ob sie beziehungstauglich waren.

»Du wirkst nicht begeistert.« In Tobis Stimme schwang ein zitternder Unterton mit.

Sie blieb stehen, berührte seinen Arm, um ihn ebenfalls zu stoppen und wendete sich ihm zu.

»Ich will keine Sex-Beziehung mehr.« Sie sah, wie Tobis Gesichtszüge zusammenfielen. »Ich will mehr. Ich weiß, das war nie abgemacht und daher, falls du —«

Ihre weiteren Worte wurden von Tobis Kuss erstickt. Ein Kuss, der Antwort genug war. Er führte seine Hand an ihre Wange. Die andere legte er auf ihre Taille und zog sie sanft und dennoch bestimmt zu sich. Sie schmolz dahin. Sein warmer Körper, sein Daumen, der zärtlich über ihre Wangen strich und dieser Kuss, der besitzergreifend und doch mit unendlich viel Liebe daherkam, ließen ihre Knie weich werden.

War das ihr Stöhnen? Und das Räuspern? Sie löste sich von Tobi und sah ihn stirnrunzelnd an. Auch auf seiner Stirn lagen Falten.

»Kein Zuhause?«, drang eine unfreundliche Stimme an ihr Ohr, worauf sowohl sie als auch Tobi den Kopf zur Seite drehten. Da stand ein älterer Herr, der griesgrämig dreinschaute, den Kopf schüttelte und sich dann vom Acker machte.

»Gott, war der nie jung? Und wenn, kein Wunder, falls der keine abbekommen hat.«

Miriam gluckste. »Vielleicht war ihm unsere Showeinlage zu heiß, wer weiß.«

»Komm, wir spazieren weiter, bevor er uns die Sittenpolizei auf den Hals hetzt.« Er nahm sie erneut an der Hand und sie war unendlich erleichtert … und selig. Beinahe.

Tobi

Das war eindeutig sein Glückstag, Tag null der neuen Zeitrechnung. Einer Zeitrechnung, die sein Leben auf den Kopf stellen würde – auf die beste Art und Weise.

Immer wieder schaute er verstohlen zu Miriam. Sie war in ihrer eigenen Welt. Einer verdammt glücklichen, wenn er nach ihrem verträumten Lächeln

157

urteilte. Das wiederum ließ ein wärmendes Kribbeln durch seinen Körper fließen.

»Das mit dem Vertrauen … Ich will uns zwei, unbedingt, aber du musst mir Zeit geben. Es ist wie ein Dorn, der sich immer wieder bemerkbar macht und schmerzt.«

Zu früh gefreut. Mist. »Ich gebe dir alle Zeit der Welt und werde dir beweisen, dass ich es wert bin. Dass wir es wert sind. Aber dazu möchte ich mehr über Robert wissen.«

»Du zweifelst immer noch.«

»Nein, ich möchte nur wissen, wie es dazu kam. Du warst Essen mit ihm und danach erzählt mir dein Vater das mit der Verlobung.«

»Er hat was?«

Okay, es war amtlich: Er, der Dummkopf, war voll darauf hereingefallen. Ganz sicher war er an diesem Abend bei Hubers und Hartmeiers die Lachnummer schlechthin gewesen. Erneut blieben sie stehen.

»Er hat mir ziemlich glaubhaft vermittelt, dass ihr verlobt seid und dass du dich noch austoben darfst. Dass du mit Robert essen warst und mich dann ohne Elvira nicht an der Beerdigung haben wolltest, waren für mich Argumente, nicht an der Aussage deines Vaters zu zweifeln. Zumindest in dem Moment nicht. Wir hatten nur ein Sex-Ding am Laufen. Tja, so fiel ich darauf herein. Dein Vater kann zudem ziemlich überzeugend sein.«

»Er ist Anwalt, verdammt noch mal!«

Erneut bekamen sie von den Spaziergängern schräge Blicke zugeworfen. Sie traten beiseite und stellten sich an das Metallgeländer, das den Spazier-weg vom See trennte und eine ähnliche Aussicht bot wie aus den Seeoase-Zimmern und der Wohnung von Elvira und Andy. Bevor er den Ausblick in sich auf-nehmen konnte, senkte sie ihre Stimme und sprach weiter.

»Verflucht, es ist sein Job, überzeugend zu sein.«

Darauf hatte er beim besten Willen keine Antwort. Er brachte ein schwaches Nicken zustande. Die Ent-täuschung, die von Miriam ausging, erdrückte ihn, als wäre sie seine. Fühlte sich Liebe so an? Er schluckte hart.

»Ich sehe, du bist dir nicht sicher. Ob es stimmt, was mein Vater gesagt hat, ob du das mit uns willst. Dein Gesicht sieht aus, als wärst du mitten in einem Horrorfilm.«

»Nein, ich —«

»Weißt du was, Tobi? Ich werde zurückgehen. Ohne dich. Und komm ja nicht auf die Idee, mir zu folgen. Ich brauche Zeit und du scheinbar auch.«

Nach dieser klaren Ansage drehte sich Miriam um und ließ ihn stehen.

Fackelte die Liebe auch die Gehirnzellen ab? Seine Wortgewandtheit und Schlagfertigkeit hatten sich schon ausgereifter präsentiert. Nein, das konnte er so nicht stehen lassen. Sein Kampfgeist war erwacht und er lief Miriam hinterher.

26

Miriam

»Miriam, warte!« Keuchend blieb Tobi neben ihr stehen. »Ich bin mir sicher. Ganz sicher. Ich will das mit uns, mit dir. Und das nicht erst seit heute.«

»Wieso hast du nichts gesagt?« Sie drehte sich zögernd zu ihm um.

»Wahrscheinlich aus demselben Grund wie du. Weil das nicht abgemacht war. Und das mit deinem Vater hat mich so verunsichert, weil du mir viel bedeutest. Sehr viel. Ich konnte nicht mehr klar denken.«

»Ging mir auch so.« Sie schüttelte den Kopf und Tobi nahm sie ihn den Arm.

»Bitte sag mir, dass alles gut ist«, flüsterte er mit zittriger Stimme an ihr Ohr.

Sie lächelte, ohne dass er es sehen konnte. »Ja, jetzt ist alles gut. Ich glaube dir.« Ihr Körper fühlte sich leichter und unbeschwerter an und in ihr keimte Energie auf, die sie seit dem Tod von Matthias nicht mehr gespürt hatte. In Tobis Armen konnte sie es mit der ganzen Welt aufnehmen. Er ließ sie durchatmen und Hoffnung spüren, dass der Schmerz um Matthias irgendwann weniger und ertragbar wurde. Matthias.

Sie drückte sich sanft von Tobi weg. »Hast du schon etwas herausgefunden wegen der Kanzlei?«

»Ja und nein. Einerseits arbeiten dein Vater und seine Partner mit dubiosen Kunden zusammen, andererseits ist denen selten etwas nachzuweisen.«

»Mhm.« Wollte sie die gute Stimmung zwischen ihnen mit diesem verfluchten Thema wirklich ruinieren?

»Xavier, von dem ich dir erzählt habe, und ich suchen weiter.«

Sie nickte, froh darum, dass Tobi wohl auch keine Lust hatte, sich jetzt darüber zu unterhalten.

»Was meinst du? Gehen wir zurück und helfen Elvira und Andy? Irgendwie scheint mir, als hätte sich Elvira noch nicht ganz von ihrer Grippe erholt.«

»Ja, sie wirkt sehr bleich. Das mit der Hilfe ist eine gute Idee. Dann können wir uns für die Gastfreundschaft revanchieren.«

Hand in Hand spazierten sie entlang dem Sentiero di Gandria zurück zur Seeoase.

Miriam langte nach den Chips auf dem Holztisch und schaute in die Runde. Es kam viel zu selten vor, dass sie sich zu sechst hier in der Seeoase trafen. Sie genoss die Gespräche mit ihren Freundinnen Elvira und Valerie. Die Jungs nahmen ihr Bier in die Hand, traten an das Schmiedeeisen-Geländer und schauten auf den See hinaus.

Sie spürte eine Hand auf ihrer Schulter. »Alles gut bei dir und …?« Elvira streckte ihr Kinn zu Tobi.

»Ja, ich denke schon. Wir haben uns ausgesprochen und ...«

»Matteo, du solltest auf das Feuer und vor allem auf das Fleisch achten«, unterbrach Valerie das Gespräch von Elvira und ihr. Sie war nicht unglücklich darüber, denn die Geschehnisse von heute, das Gespräch mit Tobi, hatten sie mitgenommen. Im positiven Sinne, aber ihre Gefühle waren wie ein Strudel im Wasser: Wunderschön anzusehen und aber auch beunruhigend. Sie brauchte noch etwas Zeit, um alles für sich zu sortieren, sich sicher zu fühlen.

»Ich komme.« Matteo kam zu ihnen, stellte die Bierflasche auf den Tisch und warf einen Blick auf den Grill. »Mist, das war knapp. Danke.« Er zog das Grillgitter weg vom Feuer und drückte dann Valerie einen zärtlichen Kuss auf den Mund. »Ihr könnt euch setzen, das Fleisch ist ... äh ... gut durch.«

Lachend setzten sie sich, nahmen vom Salat und verteilten das Brot. Matteo schnitt das Fleisch in Stücke und gab jedem eine Auswahl auf den Teller.

Es ertönte ein kollektives »Guten Appetit«, dann war es für einige Minuten ruhig und jeder genoss das feine Essen.

»Matteo, wie hast du dich hier im Tessin eingelebt?«, fragte Tobi Elviras Bruder, der vor sieben Monaten aus der Deutschschweiz hierher zu Valerie gezogen war und nun ebenfalls seiner Schwester Elvira in der Seeoase half, und unterbrach damit die Stille, die nach den ersten Bissen geherrscht hatte.

»Prima, auch meine Innenarchitekturfirma ist gut angelaufen. Aber da ich in der Deutschschweiz auch

Aufträge habe, muss ich mich bald nach weiteren Mitarbeitern umsehen.«

»Das klingt fantastisch«, sagte Miriam und fing den warmen Blick auf, den Matteo Valerie zuwarf. Das war ihr beim letzten Mal, als sie hier war, nicht aufgefallen. Da hatte sie nur die wirren Worte von Matthias im Kopf gehabt, und die Sorgen um ihn. Es war nun ohne ihn nicht einfacher, aber heute hatte sie Tobi an ihrer Seite. Sie kuschelte sich näher an ihn, zog ihre Strickjacke enger um sich und sah auf den See. Es tummelten sich nur einige wenige Boote darauf, das Wetter war noch zu kühl, um spätabends rasante Spritzfahrten zu unternehmen. Dafür lag der See ruhig da und das dunkle Blau verriet die enorme Tiefe.

Ein Räuspern holte sie aus ihren Träumen.

»Wenn wir schon alle beieinandersitzen, haben Elvira und ich noch etwas zu verkünden.« Andy schluckte und schaute dann liebevoll zu Elvira. »Wir werden Eltern.«

Drei Sekunden herrschte Stille und dann brach der Jubel aus. Miriam, die am nächsten bei Elvira saß, umarmte sie. »Ich freue mich so für dich, ich meine für euch. Herzlichen Glückwunsch!«

»Wir freuen uns auch. Manchmal habe ich fast das Gefühl, meine Freude erdrückt mich. Im guten Sinne.« Elvira strahlte heller als die Sonne.

»Ich weiß, was du meinst. Geht mir im Moment genauso.«

Auf diese Worte hin drückte Elvira sie. »Und ich freue mich so für euch.«

»Danke.« Ihre Augen fühlten sich verdächtig feucht an. Bevor sie zur Heulsuse mutierte, rettete sie Matteo mit den Worten: »Darauf müssen wir anstoßen. Ich hole etwas im Haus. Für dich ein Wasser, Elvira.« Er zwinkerte ihr zu und sie grummelte etwas Unverständliches zurück.

27

Tobi

Tobi drehte die durchsichtige Flüssigkeit in seinem Glas hin und her, nahm einen Schluck des Grappas und ließ ihn genießerisch die Speiseröhre erwärmen. Matteo, Valerie, Andy und Elvira waren bereits vor einiger Zeit in ihre Wohnungen verschwunden. Miriam und er saßen inzwischen im Seeoase-Wohnzimmer und genossen den Digestif.

Sein Blick fiel auf Miriam, die ihn aus geweiteten Augen musterte. War ihr der Grappa nicht bekommen? Oder loderte da Verlangen in ihrem Blick? Verlangen, eindeutig. Dass sie sich auf die Unterlippe biss, verringerte seine aufkeimende Erregung nicht im Geringsten. Definitiv hatte er ein Problem. Eines, das er nur lösen konnte, wenn er entweder aufstand und sich verabschiedete oder über Miriam herfallen würde. Sein bestes Stück bevorzugte Option zwei. Die Bilder in seinem Kopf brachten ihn zum Schmunzeln.

»Was ist so lustig?«

»Wir zwei.«

»Mhm.«

Zum Glück war nicht nur sein Gehirn vernebelt. Ihr ging es ebenso, das war ihr deutlich ins Gesicht geschrieben. Dass zwischen ihnen alles geklärt war, tat ihrer Anziehungskraft keinen Abbruch. Im Gegenteil. Er stellte sein Glas auf den Tisch, nahm Miriam ihres aus der Hand und stellte es neben seines.

Sie fixierte ihn mit ihrem Blick. Kein Zucken, kein Zurückweichen. Er deutete das als positives Zeichen und beugte sich vor.

Sanft strich er mit seinen Lippen über ihre. Kurz hielt sie den Atem an, danach beschleunigte er sich. Ihr Kuss war eine Offenbarung. Wieso hatte er sich jahrelang gegen eine Beziehung gewehrt? Er seufzte in ihren Mund.

»Ist etwas nicht in Ordnung?«

»Im Gegenteil. Es ist perfekt. Mehr als das. Nur der Ort passt nicht.«

Miriam stand auf und streckte ihm ihre Hand entgegen. Er ergriff sie. Schweigend gingen sie in ihr Zimmer.

Kaum hatte er die Tür hinter sich geschlossen und sich umgedreht, drückte Miriam ihre Lippen auf seine. Stürmisch küsste sie ihn. Er liebte es, wenn sie stürmisch war, doch heute wollte er sie verwöhnen. Vielleicht war er talentbefreit, wenn er Gefühle in Worte fassen sollte. Sein Körper war es nicht. Er stoppte Miriam und sah ihr in die Augen.

»Nicht?«, fragte sie zögernd.

»Doch, aber nicht so.«

Sie blinzelte und neigte den Kopf fragend zur Seite. Gott, wieso hatte er so lange gebraucht, um zu erkennen, dass sie die Eine war?

Zärtlich fuhr er ihr mit den Fingern über die Wangen und küsste sie erneut. Minutenlang. Sie erschauderte unter seinen Händen. Wieder unterbrach er ihre Küsse und machte sich an den Knöpfen ihrer Bluse zu schaffen. Bedächtig und ohne sie aus den Augen zu lassen. Ihr Blick haftete fragend auf ihm. So gefühlvoll kannte sie ihn nicht.

Genüsslich schob er ihr die Bluse über die Schultern. Sie war nach wie vor Miriam. Trotzdem betrachtete er sie, als sähe er sie das erste Mal. Seine Brust schwoll innerlich an, erdrückte ihn fast von den überwältigenden Gefühlen.

Er machte wieder einen Schritt auf sie zu, küsste die Stelle hinter ihrem Ohr und öffnete gleichzeitig ihren BH. Auch diesen strich er andächtig von ihren Schultern.

Miriams Hände an seiner Brust ließen ihn erzittern. Langsam knöpfte sie sein Hemd auf.

Die Spannung, die sich zwischen ihnen aufbaute, war elektrisierend.

Miriam

Sie war verwirrt. Was hatte Tobi vor? Sie hatte den Sex mit ihm immer genossen. Er hatte sie nie vernachlässigt, ging auf sie ein und wusste, wie er sie verwöhnen konnte. Doch dieses Vorspiel war eine andere Liga. Wow!

Sie spielte sein Spiel liebend gern mit und streifte ihm in Zeitlupentempo sein Hemd über die Schultern. Kein Shirt darunter, nur seine verführerische Männerbrust. Sanft strich sie mit der Zunge über seine Brustwarze und entlockte Tobi ein Stöhnen. Mit den Fingern fuhr sie langsam nach unten, um sich am Reißverschluss seiner Jeans zu schaffen zu machen.

»Mmmh«, stöhnte Tobi an ihrem Ohr, als sie seine Härte streifte. Beim Ausziehen seiner Jeans und Boxershorts hörte für sie das Trödeln auf. Beides zog sie nach unten und Tobi befreite sich von einem Bein auf das andere hüpfend vom Stoff. Dasselbe machte sie mit ihren Kleidern. Nackt standen sie voreinander. Tobis intensiver Blick löste Wärme und ein noch nie dagewesenes Kribbeln in ihr aus. Gefühle, die sich wie ein Tornado in ihr drehten und die sie nie mehr missen wollte.

Ein Schritt und Tobi legte erneut seine Lippen auf ihre. Langsam, mit so viel Gefühl, das sie bereits die letzten Male gespürt hatte, aber nicht wahrhaben wollte. Endlich konnte sie ihr Empfinden zulassen mit dem Wissen und Vertrauen, dass es ihm genauso ging.

Sachte drängte er sie zum Bett. Ohne das Küssen zu unterbrechen, legten sie sich hin. Tobis Hände gingen auf Erkundungstour. Und wie sie das taten. Er fand zielsicher alle ihre Lieblingszonen. Ihre Erregung nahm eine Spannung an, die sie nie für möglich gehalten hatte, und ihr Köper verselbständigte sich.

Sie bewegte ihre Hüften, wollte Druck abbauen. Die stöhnenden Geräusche von ihm waren da nicht hilfreich.

»Tobi, bitte.«

Mit verschleiertem Blick schaute er ihr in die Augen. Zwei, drei Sekunden, als wäre er woanders.

»Bitte«, wiederholte sie.

Ein freches Grinsen legte sich auf sein Gesicht. »Ungeduldig?«, fragte er und machte sich genüsslich über ihre Brüste her, als hätte es keine Unterbrechung gegeben. Mistkerl!

Provozierend kreiste sie ihre Hüften erneut und fasste mit der Hand zwischen ihre Körper. Mit Druck strich sie über Tobis steifes Glied. Er bäumte sich stöhnend auf. Ziel erreicht. Ein Grinsen breitete sich auf ihrem Gesicht aus.

»Luder«, flüsterte er zärtlich, worauf ihr ein Lachen entfuhr. »Kondom?« Aha, der Herr war mit seiner Geduld auch am Ende. Gott sei Dank.

»Kulturtasche im Badezimmer.«

Flink stand er auf und war Sekunden später wieder bei ihr.

Sie nahm das Folienpäckchen entgegen, öffnete es und streifte ihm den Gummi über.

Sanft drang er in sie ein, ohne den Blick zu unterbrechen. So oft war sie mit ihm zusammen gewesen. Und dennoch kam es ihr vor, als wäre es heute das erste Mal. Da war eine Verbindung, die sie nicht zu benennen wusste. Oder war es Liebe? Sie schnappte nach Luft.

»Alles in Ordnung?« Besorgnis lag in seinem Blick.

Sie nickte. Dennoch zögerte er einige Sekunden, bevor er den Rhythmus wieder aufnahm. Sanft zog sie seinen Kopf zu sich und küsste ihn mit einer Hingabe, die sie nicht von sich kannte. Sie vergaß alle Sorgen und ließ sich von Tobi in ungeahnte Sphären mitreißen.

28

Miriam

Langsam ging sie durch die Reihen und schaute den Kindern über die Schultern. Alle waren vertieft in ihre Zeichnungen. Manche bissen sich auf ihre Lippen, andere wiederum kräuselten die Stirn oder knabberten an ihrem Farbstift. Aber alle waren hochkonzentriert. Es war einmal mehr eine Projektwoche, die immer im Anschluss an die Frühlingsferien stattfand, die ins Wasser fiel. Wortwörtlich.

Die Prognosen für diese Woche versprachen keinen Sonnenschein, dafür starke Winde. So hatte sie ihr Projekt *Wir entdecken den Wald* in ein *Wir malen den Wald* umgewandelt. Die Kinder waren unkompliziert und hatten die Programmänderung akzeptiert. Die Leichtigkeit, mit der sie durchs Leben gingen, die Welt, die sie mit unschuldigen Augen und Gedanken wahrnahmen, faszinierte sie immer wieder. Schon oft hätte sie sich gern ein Stück von dieser kindlichen Naivität zurückgeholt, die auf dem Weg zum Erwachsenwerden verlorengegangen war.

Miriam ging zurück an ihren Tisch und setzte sich. Einige Ideen für die kommenden Tage hatte sie, sie tat aber gut daran, weitere Unternehmungen im Trockenen aus dem Ärmel schütteln zu können. Heute war Montag, der erste Tag und somit verständlich, dass die Kinder noch hochmotiviert waren. Das würde sich schnell ändern. In der Pause würde sie nachsehen, wann die Sporthalle frei war, um den kleinen Rackern die Möglichkeit für Bewegung zu geben. Einige Spiele konnte sie aus den geplanten Waldspielen adaptieren.

Sie lächelte. Das war das, was sie liebte. Für kein Geld der Welt hätte sie einen anderen Beruf gewählt. Weder für ihren Vater noch für sonst jemanden.

Die Pausenglocke ertönte. So konzentriert ihre Erstklässler gewesen waren, so schnell kam nun Leben in die Kinder und sie verließen wie der Blitz das Klassenzimmer. Mit einem Lächeln sah sie ihnen hinterher.

Ihre Gedanken wanderten ins Tessin. Es war ein wunderbares Wochenende gewesen und sie würde bald wieder zu Elvira und Andy reisen. Mit Tobi. Ihr Lächeln wurde noch breiter. Sie hatten alles geklärt. Aus Distanz gesehen, waren ihre Probleme lächerlich gewesen. Sie hätten nur miteinander sprechen müssen. Elvira hatte recht behalten. Sie fasste sich an die Brust und schloss die Augen. Beim Gedanken, dass Tobi von nun an fest zu ihrem Leben gehörte, sprang ihr Herz vor Freude in ihrem Brustkorb umher. Sie genoss dieses beschwingte Gefühl, öffnete ihre Lider wieder und atmete erleichtert aus. Bevor sie hier vor Glück laut aufseufzte, stand sie auf, nahm ihren Pausensnack und ging in das Lehrerzimmer.

Die Sporthalle hatte sie sogar für drei Stunden an drei verschiedenen Tagen reservieren können. Immerhin etwas, das ihr keine Sorgen bereitete. Der Morgen war schnell vergangen und am Nachmittag war schulfrei. Sie hatte sich in der Schule noch auf den neuesten Stand gebracht und die Unterlagen und Infos ihrer Stellvertretung durchgesehen, damit sie nächste Woche wieder voll in den regulären Unterricht einsteigen konnte.

Nun war es kurz nach vierzehn Uhr. Sie war auf dem Heimweg und froh, dass die erste Woche nach den Ferien und nach Matthias' Tod locker begann.

Das Wetter war wirklich ungemütlich. Schnell schob sie ihr Fahrrad in den Eingang ihres Wohnhauses. Immerhin hatte es aufgehört zu regnen und sie kam trocken zu Hause an. Sie trat nochmals hinaus unter das Vordach, öffnete den Briefkasten und nahm den Stapel Werbung, eine Zeitung und einige Umschläge heraus. Mit der Post und ihrer Tasche, die sie im Vorbeigehen aus dem Fahrradkorb fischte, ging sie die Treppe hinauf in ihre Wohnung. Ungelenk öffnete sie die Tür, trat ein, machte sie mit dem Fuß hinter sich zu und ließ die Post und ihre Tasche auf die Kommode im Eingang fallen, bevor noch alles auf den Boden segelte. Sie entledigte sich ihrer Jacke und den Schuhen und nahm ihre Tasche mit ins Wohnzimmer. Dort packte sie den unterwegs gekauften Salat und das Vollkornbrötchen aus, zog auch das Smartphone aus der Außentasche und legte es auf den Esstisch. Sie wollte soeben in die Küche, um Besteck und einen Teller zu holen, als ihr Blick auf die Unterlagen, die auf dem Clubtisch lagen, fiel. Sie strahlten etwas Bedrohliches aus, daher hatte sie es auch nicht übers Herz gebracht, sie zu öffnen, als sie im Tessin gewesen war. Ihr Bauchgefühl war sicher gewesen, dass es die schöne Stimmung getrübt hätte. Doch irgendwann musste sie über ihren Schatten springen.

Miriam machte ein paar Schritte auf den Clubtisch zu, griff nach dem Kuvert und drehte es in den Händen, als würde auf der Außenseite die Antwort auf den Inhalt stehen. In Zeitlupe schob sie den Zeigefinger unter die zugeklebte Lasche und zupfte daran. Sie gab nach und ungefähr zwei Zentimeter rissen ein. Miriams Herz schlug ihr bis zum Hals, ihre Brust verengte sich. Der Hunger war ihr beim Anblick der Unterlagen sowieso vergangen, also konnte sie es genauso gut jetzt durchziehen. Sie zupfte weiter an der Lasche, bis das Kuvert offen war.

Beim Vibrieren ihres Smartphones zuckte sie zusammen. Wie eine heiße Kartoffel ließ sie den Umschlag fallen und ging zum Esstisch. Die Kanzlei. Seufzend nahm sie ab.

»Hartmeier.«

»Grüezi, Frau Hartmeier, gut, dass ich Sie erreiche. Diaz hier.«

»Guten Tag, Frau Diaz.« Die Assistentin ihres Vaters, was die wohl von ihr wollte?

»Nun, äh, ich soll Ihnen von Ihrem Vater ausrichten, dass Frau Hartmeier, also, Ihre Mutter, im Spital ist.«

»Was?«

»Entschuldigen Sie, scheint nicht schlimm zu sein. Das hätte ich Ihnen gleich sagen können. Tut mir leid.«

»Was ist passiert?«

»Das weiß ich leider nicht. Aber ich soll Ihnen ausrichten, dass Sie bei ihr vorbeigehen sollen, wenn irgendwie möglich.«

»Ja, natürlich.«

»Und den Wohnungsschlüssel von ihrem Bruder sollten sie bereits im Briefkasten haben. Den habe ich per Kurier vorbeibringen lassen.«

»Danke für die Informationen.«

Die Assistentin ihres Vaters nannte ihr noch das betreffende Krankenhaus, dann verabschiedeten sie sich.

Das Smartphone legte sie zitternd zurück auf den Tisch. Was war geschehen? Wie ging es ihrer Mutter? Ihr Blick fiel erneut zum geöffneten Kuvert. Ein Wimmern entwich ihr und sie sackte auf den Stuhl.

»Ich kann das nicht. Nicht allein.«

Schluchzend nahm sie das Smartphone und rief Tobi an. *Der Anrufbeantworter, bitte nicht.* Sie drückte auf den roten Knopf, warf das Telefon in die Tasche und brach auf, um zu ihrer Mutter zu fahren. Sie würde unterwegs nochmals versuchen, Tobi zu erreichen.

29

Tobi

Er hing in der Luft, zwar nur im wörtlichen Sinn, dennoch war es äußerst nervig. Die letzte Stunde hatte er über die Kanzlei recherchiert, doch seine Ressourcen waren begrenzt. Nach diesem wunderbaren und klärenden Wochenende war er heute beschwingt in den Verlag gefahren, fühlte sich voller Tatendrang. Bis er über Hartmeier und Huber nachgeforscht und gemerkt hatte, dass er kein Stück weiterkam. Resigniert lehnte er sich im Bürostuhl zurück und ließ den Blick über das Großraumbüro schweifen. Die meisten waren bereits im Feierabend. Er wollte soeben den Computer runterfahren, als sein Bürotelefon klingelte. Irritiert über die interne Management-Nummer hob er ab.

»Ja, Kuhn?«

»Ah, gut, dass ich Sie noch erreiche. Moser hier.«

Uh, der Boss höchstpersönlich. Er setzte sich gerade hin, als könnte der ihn sehen. Aber er wappnete sich, was auch immer kommen würde. »Guten Abend, Herr Moser.«

»Wir haben Herrn Helfensteins und ihr Anliegen geprüft. Ich danke Ihnen auf diesem Weg für ihren

Einsatz und ihren Mut, uns auf gewisse Dinge hingewiesen zu haben, die für unsere Autorinnen und Autoren scheinbar nicht funktionieren. Wir werden morgen umgehend per E-Mail ein Infoschreiben an alle Mitarbeiterinnen und Mitarbeiter versenden.«

»Ähm, danke?« Tobi fehlte die Worte. Er war völlig überfordert mit dem Gehörten, auch wenn ihn die Worte seines Vorgesetzten rührten. Nach dem tollen Wochenende hatte er nicht mal mehr an die Präsentation gedacht.

Herr Moser lachte. »Sie haben wohl nicht damit gerechnet, dass wir Ihnen entgegenkommen.«

»Ich muss gestehen, nicht wirklich, nein.«

»Wir sind nicht allwissend und das Verlagsbusiness ist für uns neu. Wir kamen alle unverhofft dazu. Nun, wir sind lernfähig. Und wollten Sie anfragen, ob Sie beide an einer neuen Aufgabe Interesse hätten. Herrn Helfenstein habe ich leider nicht mehr erreicht.«

»Eine neue Aufgabe? Ich muss ehrlich sagen, dass ich im Moment ziemlich ausgelastet bin.«

»Wir würden gemeinsam schauen, welche Autoren Sie abgeben können.«

»Um was für eine Aufgabe handelt es sich denn?« Er lehnte sich wieder im Bürostuhl zurück.

»Es wäre eine Beratertätigkeit. Sie würden uns im Management das Tagesgeschäft näherbringen und bei anstehenden Veränderungen gemeinsam mit uns Lösungen finden.«

»Das klingt wirklich interessant. Darf ich noch darüber schlafen? Und eventuell mit Herrn Helfenstein sprechen?«

»Natürlich. Und ich werde ihn morgen kontaktieren. Falls Sie ihn zuerst sehen oder hören, dann informieren Sie Herrn Helfenstein doch bitte und richten ihm aus, dass ich mich melden werde.«

»Ja, mache ich. Vielen Dank für das Angebot. Auf Wiederhören, Herr Moser.«

»Auf Wiederhören, Herr Kuhn.«

Wow, das war ja eine filmreife Kehrtwendung. Er starrte das Telefon an und schüttelte ungläubig den Kopf. Dann fuhr er den Computer runter, nahm seinen Rucksack und fischte das Smartphone heraus.

»Shit!«, fluchte er in das inzwischen leere Großraumbüro hinein. Mehrere verpasste Anrufe von Miriam und eine Sprachnachricht. Er drückte auf die Taste. Die Wiedergabe wurde aktiviert und er hörte einen lauten Schluchzer, dann war die Nachricht schon vorbei.

»Verdammter Mist!« Er rupfte die Jacke vom Bürostuhl, sprintete durch den Korridor und wählte parallel dazu Miriams Nummer. »Miriam?«, schrie er ins Telefon, als sie abnahm. »Was ist passiert? Geht es dir gut?«

»Tobi. Ja, es geht mir gut. Ich … ich … Tut mir leid, wenn ich gestresst habe.«

»Du hast mich nicht gestresst. Ich habe mich erschrocken, weil du geweint hast.«

»Was? Oh, dann habe ich zu spät auf *Beenden* gedrückt. Sorry«, nuschelte sie.

»Miriam, bitte, was ist los?«

»Meine Mutter ist im Krankenhaus. Mein Vater hat mir das über seine Assistentin mitteilen lassen, und die wusste nicht einmal, was meine Mutter hat.«

»Und weißt du es inzwischen? Geht es ihr gut?«

»Ja, den Umständen entsprechend. Sie hatte einen Nervenzusammenbruch. Ich war bei ihr und ... na ja ...«

»Du wolltest mich dabeihaben«, schlussfolgerte er, als sie nicht weitersprach. Inzwischen trat er aus dem Bürogebäude und schlug den Weg zum Bahnhof ein.

»Ja.«

»Und ich Depp hatte den ganzen Tag mein Smartphone im Rucksack.«

»Mach dir keine Vorwürfe. Ich wusste ja, dass du arbeitest.«

»Trotzdem.«

»Tobi, ich ... Es bedeutet mir sehr viel, dass du für mich da bist. Aber du bist nicht verantwortlich für mich. Ich kam bis anhin auch allein klar.«

»Das bezweifle ich auch nicht. Aber nun hast du mich.« Sie hatte ihn angerufen, als sie jemanden gebraucht hatte. Ihn. War das nicht ein Zeichen, dass sie wirklich Vertrauen in ihn hatte?

»Tobi, kannst du zu mir kommen?«

»Liebend gern. Ich bin in Zürich, gehe nun zum Bahnhof und fahre zuerst zu mir, um ein paar Sachen zu holen. Danach komme ich zu dir. Okay?«

»Das klingt gut. Danke.«

»Nicht dafür. Ich bin für dich da, schon vergessen?«

»Nein.« Er hörte sie seufzen und konnte es kaum erwarten, sie in die Arme zu schließen, ihr Halt zu geben.

»Bis später.«

Kurze Zeit später war er beim Bahnhof. Ein Blick auf den Großbildschirm zeigte ihm, dass seine nächste Verbindung ab Bahnsteig sechzehn fuhr. Tobi hatte noch einige Minuten und holte bei einem Imbissstand belegte Brote. Neben dem Verkaufsstand stellte er den Rucksack auf den Boden, verstaute den Papiersack mit dem Gebäck darin und stockte. Aus den Augenwinkeln sah er eine Gestalt, die ihm vage bekannt vorkam. Er erhob sich und schulterte seine Tasche. Der andere schaute ihm direkt in die Augen und drehte sich dann ruckartig um.

Weil er keine Zeit hatte, den Kerl weiter zu beobachten, da der Zug nicht auf ihn wartete, begab er sich zum Bahnsteig. Bevor er einstieg, schaute er über die Schulter und tatsächlich, an einen Getränkeautomaten gelehnt, stand erneut dieser Kerl. Die ganze Situation kam ihm äußerst bekannt vor. Kopfschüttelnd stieg er ein.

Da er bereits später als die allabendliche Rushhour dran war, ergatterte er ein Viererabteil für sich allein. Ihm knurrte der Magen, daher nahm er eines der gekauften Brötchen aus dem Rucksack. Halb verhungert biss er hinein und verkniff sich ein Stöhnen. Er schaute auf, sah, dass immer noch Passagiere einstiegen, und hielt beim Kauen inne, als gerade ein Kerl vorbeilief, der schwer nach seinem Schatten aussah.

Da! Er drehte sich und nahm eine Reihe weiter schräg gegenüber Platz. Das durfte doch nicht wahr sein! Der Fremde schaute auf sein Smartphone. Tobi aß weiter und schielte immer wieder zu diesem Kerl. Nun war er zum Beobachter geworden. Wahrscheinlich litt er gerade unter Wahnvorstellungen. Aber wenn Xaviers Spürnase was roch, sei es ein Skandal oder ein Verfolger, dann durfte er schon ein klein wenig paranoid sein.

Seine Gedanken wanderten zurück zum heutigen Tag. Die Telefone, die nonstop geklingelt hatten und die Hundertachtziggradwende mit dem Anruf vom CEO. Kaum zu glauben. Er schloss die Augen, um das gute Gefühl zu spüren, und verharrte. Dave! Er hatte ihn informieren wollen, aber die verpassten Anrufe von Miriam waren dazwischengekommen und danach hatte er es vergessen. Er schluckte den Bissen hinunter, legte das Brötchen mit dem Papier auf die Ablage, zückte sein Smartphone und wählte Daves Nummer.

»Hallo Tobi.«

»Hey, bin gerade auf dem Heimweg. Hatte vorhin im Büro einen interessanten Anruf von Herrn Moser und wollte dich kurz informieren, dass unser Anliegen auf fruchtbaren Boden gefallen ist.«

»Ernsthaft?«

»Ja, der Boss wird dich diesbezüglich noch persönlich kontaktieren. Details dann morgen im Büro.«

»Ja, klar. Du möchtest wahrscheinlich deine Mitreisenden nicht mit pikanten Details versorgen.«

»Du hast es erfasst.« Dave verstand es wie kein Zweiter, zwischen den Zeilen zu lesen.

»Dann bis morgen und danke für deine Kurzinfo.«

Er legte sein Smartphone auf die Ablage und spürte ein Kribbeln. Ruckartig hob er den Kopf. Der durchdringende Blick des Mannes bohrte sich in seine Augen. Er starrte zurück und der Fremde zuckte sichtlich zusammen. Nickte ihm nun aber zu, stand auf und ging zum Ausgang. Wohl, um bei der nächsten Haltestelle auszusteigen. Was zum Henker sollte das? Ein Verfolger würde ihm doch nicht zunicken, oder? Hatte er mit ihm geflirtet? Schade, hatte er den Mann in der Bar nicht gesehen, da er mit dem Rücken zu ihm gesessen hatte. Er würde Xavier fragen, wie der Typ ausgesehen hatte. Damit hätte er die Theorie vom Verfolger untermalen können. So hatte er keine Beweise. Einen gepflegten Eindruck hatte dieser Mann nicht gemacht. Seine dünnen Haare hatte er flach auf den Kopf gegelt oder sie waren einfach fettig. Aber was machte er sich für Gedanken? Wahrscheinlich war da nichts. Er griff nach dem belegten Brot und aß es fertig.

30

Miriam

Als es klingelte, riss Miriam die Tür auf. Kaum war Tobi eingetreten, fiel sie ihm um den Hals. Ein dumpfes Geräusch ließ sie wissen, dass er die Tasche hatte fallen lassen. Fest zog er sie in seine Arme. Mmmh, er roch so gut. Etwas herb und dennoch nahm sie einen Hauch von seinem Aftershave wahr. Am liebsten hätte sie sich in ihn hinein verkrochen.

»Was ist mit deiner Mutter?«

»Nicht so schlimm.« Sie wollte noch nicht darüber sprechen und drückte ihre Nase an seinen Hals.

»Schnüffelst du an mir?«

»Mhm.«

»Geduscht habe ich noch nicht. Ich kann nicht gut riechen.«

Sie lachte an seine Brust und ließ ihn los. Er zog seine Jacke und die Schuhe aus.

»Ich mag dich so, wie du bist.«

»Das ist lieb. Aber kann ich trotzdem unter die Dusche?«

»Klar. Was hast du eigentlich in der Tasche?«

»Äh, also, ich dachte, ich fahre morgen direkt von hier zur Arbeit und habe meine Zahnbürste, den

Schlafanzug und eine bequeme Jogginghose einge-packt.«

Seine Unsicherheit war zum Anbeißen. Dass ihr das zuvor nie aufgefallen war?

»Nicht?«

Ups, sie starrte ihn an. »Doch, doch sicher. So was ist jetzt selbstverständlich.«

»Ja, irgendwie wahr. Das mit dem Beziehungskram muss ich noch lernen.«

Sie stellte sich auf die Zehenspitzen und küsste ihn. »Ich auch. Wir könnten gemeinsam duschen?« Sie wackelte mit den Augenbrauen.

Tobi nahm sie in die Arme und flüsterte ihr ins Ohr: »Oh, da hätte ich die eine oder andere Idee, was wir tun könnten.«

Sie erschauderte und zog ihn mit sich ins Bade-zimmer. In Windeseile hatten sie sich ausgezogen und stellten sich unter die Dusche. Sie seiften einander ein, wobei die Seife mehr Spielzeug war als den Sinn des Saubermachens erfüllte. Sie genoss jede Berüh-rung von Tobi und fühlte seine Haut Millimeter für Millimeter unter ihren Fingern. Mit ihm war es so ein-fach, sich fallenzulassen, was sie auch tat.

Nach der äußerst anregenden und befriedigenden Dusche zogen sie bequeme Sachen an und gingen in die Küche.

»Ich habe etwas mitgebracht. Fast vergessen.« Er eilte zur Garderobe und sie hörte ein Rascheln. Mit einer Tüte in der Hand stand er Sekunden später wieder in der Küche.

»Hier, ich wusste nicht, ob du etwas zu Hause hast.«

Miriam nahm die Tüte entgegen und linste hinein. »Belegte Brötchen, lecker.« Ihr lief das Wasser im Mund zusammen. Endlich verspürte sie heute einen Anflug von Hunger. Das lag eindeutig an Tobi. Er gab ihr Sicherheit und brachte das Licht zurück in ihr Leben. Eine tiefe Zuversicht erfasste sie sowie die Erkenntnis, dass sie zusammengehörten.

Vor sich hin lächelnd nahm sie zwei Teller aus dem Schrank und legte je ein Brötchen darauf. Sie reichte Tobi einen Teller, den er ihr dankend abnahm. Dann gingen sie ins Wohnzimmer.

»Sofa oder Esstisch?«

»Sofa«, antwortete Miriam, ging voraus und setzte sich hin. Tobi nahm neben ihr Platz. Genüsslich biss sie von ihrem Brot ab. »Das ist gut«, sagte sie, als sie hinuntergeschluckt hatte. »Danke für das Abend-essen.«

»Bitte. Ich habe ja nichts gemacht, nur gekauft.«

»Und dennoch hast du daran gedacht. Und das bedeutet mir viel, sehr viel.« Ihre Stimme brach, weil ihre Gefühle sie übermannten.

Tobi nahm ihr den Teller aus der Hand, stellte beide auf den Clubtisch und nahm sie in die Arme.

»Du weißt nicht, wie glücklich du mich machst.«

»Doch, wenn du nur teilweise so fühlst wie ich, dann ist es der Himmel auf Erden.«

»Miriam.« Er drückte sie fester an sich und strich ihr über den Rücken.

Erneut atmete sie seinen Duft ein, der verdächtig nach ihrem Duschgel roch. Sie gluckste an seinen Hals.

»Was?«

»Du riechst nach meinem Duschgel.«

»Na ja, du musstest mich ja unbedingt von oben bis unten damit einreiben. Aber ich rieche gern nach dir.« Er schnüffelte übertrieben an ihrem Hals, was kitzelte.

»He, lass das.« Sie lachte und befreite sich aus seinen Armen. Kaum von ihm losgelöst, stürzte sie sich auf ihn und schnupperte an seinem Hals, was ein regelrechtes Gerangel ergab, bis sie schwer atmend nebeneinander auf dem Sofa lagen.

»Das ist schön«, murmelte Miriam.

»Was, das hier?«

»Ja. Einfach so beieinander sein, Spaß haben und kuscheln.«

Tobi

Ja, es war Ankommen und Heimkommen in einem. Er hatte seinen Platz gefunden. Er drückte Miriam fest an sich, genoss ihre Nähe, die Wärme und das Kuscheln. Seine Brust öffnete sich vor Liebe zu ihr. Er schmunzelte in sich hinein. Hätte ihm vor einigen Monaten jemand gesagt, dass er eine Frau lieben würde und sie mit allen verfügbaren Mitteln bei sich behalten wollte – er hätte demjenigen den Vogel gezeigt.

»Du schmunzelst so.«

»Ja?« Er blickte Miriam von der Seite her an.

»Wie ein kleiner Junge, der gerade ein paar Süßigkeiten stibitzt hat.«

»Du liegst gar nicht so daneben.« Er drückte ihr sanft einen Kuss auf die Stirn. »Ich habe dich stibitzt. Und ich gebe dich nicht mehr her. Vernaschen werde ich dich auch. Öfter, als dir lieb ist.« Mit seiner freien Hand fasste er sie am Kinn und drehte ihren Kopf in seine Richtung. Zärtlich küsste er sie. »Eindeutig auch eine Süßigkeit«, murmelte er, als er widerwillig von ihr abließ.

Am liebsten hätte er sie vernascht, sein bestes Stück pulsierte in der Hose und hätte garantiert keinen Widerspruch erhoben. Aber heute war Kuschelabend. Er wollte die Nähe von Miriam genießen.

»Wie geht es deiner Mutter?« Hoffentlich ruinierte er mit dieser Frage nicht die ganze Stimmung.

Sie löste sich von ihm und sah ihn an. »Zum Glück gut. Sie hatte einen Schwächeanfall oder eben einen Nervenzusammenbruch. Man hat sie durchgecheckt und nichts Schlimmes gefunden. Sie muss sich ausruhen und schonen. Aber ich kann sie morgen bereits abholen.«

»Da bin ich froh. Auch du musst zur Ruhe kommen. Wie war übrigens dein erster Arbeitstag nach den Schulferien?« Bei dieser Frage ging die Sonne in ihrem Gesicht auf, was wiederum sein Herz erwärmte.

»Toll. Du hättest die Kinder sehen sollen. In diesem Alter kommen sie noch gern zur Schule und waren nicht einmal enttäuscht, als wir eine Planänderung hatten.«

»Was für eine Planänderung?«

»Wir haben Projektwoche, eigentlich im Wald. Aber das war wegen dem Regen und vor allem wegen dem starken Wind zu gefährlich. Da haben wir gemalt und ich habe noch andere Indoor-Aktivitäten geplant.«

»Du scheinst die Kinder im Griff zu haben.«

»Wohl eher sie mich.« Sie lachte, doch ihr Gesichtsausdruck blieb weich und voller Zuneigung für ihre Schulkinder. »Wollen wir einen Film anschauen?«

»Gute Idee.« Er beugte sich leicht nach vorn und fingerte nach der Fernbedienung auf dem Clubtisch.

»Irgendwas Romantisches.«

Er seufzte und Miriam lachte erneut auf. »Schon gut, war ein Witz. Aber nichts Blutrünstiges, bitte.«

»Hm, wie wäre es mit einer Folge von *The Fast and the Furios*? Völlig übertrieben, weit von der Realität entfernt und somit nicht gefährlich für unser Seelenheil?«

»Perfekt.«

31

Miriam

Auf der Autobahn herrschte das übliche Chaos. Doch nicht einmal das konnte ihre gute Laune schmälern. Einziger Wehrmutstropfen war ihre Mutter. Sie war auf dem Weg, sie abzuholen und war sich nicht sicher, in welcher Verfassung sie sie antreffen würde. Eine Nacht unter Beobachtung schien ihr zu kurz. Vorerst schob sie diesen Gedanken beiseite und würde sich später damit beschäftigen. Lieber genoss sie die Erleichterung darüber, dass sich die Situation oder besser das Arrangement mit Tobi geklärt hatte. Ihr Herz flatterte so heftig beim Gedanken an Tobi, dass sie Angst hatte, es bekäme Flügel. Ihre Mundwinkel zuckten bei dieser Vorstellung. Ja, vielleicht war das Vertrauen zu ihm kurzzeitig ins Wanken geraten. Aber sie kannte ihren Vater. Sie selbst war jahrelang auf seine Machenschaften hereingefallen. Machenschaften, die immer zu seinem Vorteil waren. Matthias hatte sich nie davon lösen können.

Kurz schloss sie die Augen, die bereits verdächtig zu brennen anfingen, konzentrierte sich dann sofort wieder auf das Autofahren und setzte den Blinker, um auf die Überholspur zu fahren und an den unzähligen

Lastwagen vorbeizuziehen. Sie hoffte so sehr, dass ihr Bruder seinen Frieden gefunden hatte, da wo er jetzt war. Sie hatte noch keinen Frieden mit seinem Tod gemacht. Konnte aber langsam nachvollziehen, wie es war, täglich mit ihrem Vater und den Hubers zusammenzuarbeiten. Das war nicht gesund. Außer man war genauso gefühlskalt und skrupellos. Und das war Matthias nicht gewesen. Er war eine sensible Seele gewesen, hatte immer wahrgenommen, wenn es jemandem schlechtging, und hatte einen ausgeprägten Gerechtigkeitssinn. Wäre er im richtigen juristischen Bereich tätig gewesen, hätten ihm diese Attribute geholfen. So waren sie ihm höchstwahrscheinlich zum Verhängnis geworden.

Sie steuerte ihr Auto auf den Kurzzeitparkplatz beim Krankenhaus, stieg aus und ging auf den Eingang zu. Die Schiebetür öffnete sich automatisch, sie trat in die kühle Eingangshalle und ging direkt zu den Fahrstühlen. Den Weg kannte sie von gestern. Wippend wartete sie, bis sich mit einem Pling ankündigte, welcher Lift im Erdgeschoss hielt. Sie trat ein und drückte den Knopf für die zweite Etage. Kurz darauf öffnete sich die Tür, sie trat in den Korridor und ging zum Zimmer ihrer Mutter. Zweimal atmete sie ein und aus, bevor sie klopfte und eintrat.

»Hallo Mami.« Sie schloss die Tür hinter sich und musterte ihre Mutter. »Du siehst schon viel besser aus.«

»Ich fühle mich auch besser und …« Ihre Mutter stoppte mitten im Satz, stopfte einen Pullover in die Tasche und kaute auf ihren Lippen.

»Und was?«

»Später. Zuerst will ich hier raus.« Sie hielt inne und schaute sie an. »Hat nicht die Schule wieder angefangen?«

»Doch, es ist Projektwoche, aber ich habe nochmals die junge Kollegin angefragt, die mich bereits vor den Ferien vertreten hat. Glücklicherweise konnte sie einspringen und wird von heute bis am Freitag unterrichten. Ich bin froh, dass die Schulleitung mir so spontan vier freie Tage gewährt hat. Sie sind sehr kulant. Wegen … wegen Matthias.«

»Etwas Erholung tut auch dir gut. Gehen wir.«

Miriam zog die Augenbrauen nach oben. So resolut kannte sie ihre Mutter nicht. Sie war einerseits in Sorge, andererseits gefiel ihr der unterschwellige Tatendrang.

»Wir können gleich bei Matthias' Wohnung vorbeifahren und uns ein Bild davon machen.«

»Du sollst dich doch schonen.«

»Papperlapapp, ich will nur schauen, was für Arbeit auf uns zukommt.« Die Mimik ihrer Mutter passte nicht zu ihren Worten, denn sie verriet die Trauer um ihren Sohn. Ihre Augen glänzten verdächtig. Miriam schluckte schwer und beobachtete sie, aus Angst, dass sie wieder zusammenbrechen könnte.

Zu ihrer Überraschung straffte sie die Schultern, atmete tief durch und meinte unverhofft gefasst: »Gehen wir. Die Ärzte waren bereits für das Abschlussgespräch hier und ich bin fertig mit Packen.«

»Äh, ja, sicher.« Stirnrunzelnd folgte Miriam ihrer Mutter aus dem Krankenzimmer.

Etwas später standen sie vor Matthias' Wohnungstür. Sie steckte den Schlüssel ins Schloss und zögerte. Unzählige Bilder und Gedanken schossen ihr durch den Kopf und sie schloss die Augen. Ihr Atem hatte sich beschleunigt und sie schluckte hart. Dann straffte sie die Schultern, öffnete die Augen und drehte den Schlüssel. Sie wollte stark sein, für sich, ihre Mutter und Matthias. Noch einmal atmete sie tief ein, schob die Tür auf und gemeinsam traten sie über die Schwelle.

»Hier hat lange niemand gelüftet. Ich öffne mal die Fenster«, sagte ihre Mutter und ging ins Wohnzimmer.

Miriam nickte, schloss die Wohnungstür und blieb im Garderobenbereich stehen. Ihr wurde schwer ums Herz.

»Was wollte Papa eigentlich in der Wohnung? Ich finde es sehr verdächtig, dass er hier rumgeschnüffelt hat.«

Ihre Mutter kam um die Ecke geschossen, legte ihren Zeigefinger auf die Lippen und schüttelte den Kopf.

War sie jetzt am Durchdrehen? Miriam öffnete den Mund, um ihre Mutter auf ihr zweifelhaftes Benehmen hinzuweisen, aber die kam ihr zuvor.

»Schatz, du weißt doch, mit dem Datenschutz ist nicht zu spaßen. Und falls Matthias wirklich Arbeit mit nach Hause genommen hat, dann müssen diese

Unterlagen zurück in die Kanzlei.« Ihre Mutter fuhr mit Daumen und Zeigefinger über ihre Lippen, als würde sie einen Reißverschluss schließen, was zusammen mit dem naiven Ton, den sie angeschlagen hatte, verwirrend war.

Miriam beschloss, mitzuspielen, wenn sie auch nicht durchblickte, bei was genau. »Natürlich. Das habe ich ganz vergessen.«

»Kind, irgendwie fühle ich mich doch nicht so fit. Mir ist leicht schwindelig. Schließ doch bitte die Fenster. Wir nehmen die Räumung ein anderes Mal in Angriff, jetzt brauche ich unbedingt einen Kaffee und etwas zu essen.« Die weinerliche Stimme klang sehr echt. Was war nur los mit ihr?

Wenig später verließen sie den Wohnblock. Matthias' Wohnung lag am Rande von Zürich und dennoch zentral gelegen. So gingen sie zu Fuß in ein Bistro um die Ecke. Miriam hielt ihrer Mutter die Tür auf und sie traten ein. Es war noch nicht Mittagszeit und so waren nur einige Senioren anwesend, die offensichtlich zu Kaffee und Kuchen hierhergekommen waren.

»Komm, setzen wir uns da hinten hin.« Ihre Mutter deutete auf einen Tisch. »Dort sind wir ungestört.«

Sie erwiderte nichts, denn ihre Mutter schritt bereits auf besagten Tisch zu und setzte sich. Miriam zog ihre Jacke aus, hängte sie über den Stuhl und ließ sich darauf nieder. Kaum saß sie, kam auch schon ein Servicemitarbeiter, um nach ihren Wünschen zu fragen. Da sie beide noch keinen großen Hunger hatten, bestellten sie je einen Salat und Mineralwasser. Der Kellner bedankte sich und verschwand zum Bartresen. Ihre Mutter schaute gedankenverloren aus dem Fenster. Sie ließ ihr die Zeit, die sie brauchte. Die Getränke wurden serviert, doch ihre Mutter bekam nichts davon mit. Langsam wurde ihr das unheimlich. Nachdem ihnen der Kellner auch die Salate serviert hatte, hielt sie es nicht mehr aus und platzte mit der Frage heraus: »Also, was sollte das?«

Ihre Mutter seufzte. »Dieser Nervenzusammenbruch hat mich durchgeschüttelt. Wahrscheinlich habe ich einen Schuss vor den Bug gebraucht. Damit ich dich und mich retten kann.«

»Du sprichst wirr, Mami. Bist du sicher, dass es dir gutgeht?« Ihre Wut war einer Besorgnis gewichen.

»Ja, es geht mir besser als jemals zuvor. Trotz Matthias' Tod.« Sie schloss kurz die Augen. »Aber die Machenschaften deines Vaters, damit kann ich nicht mehr umgehen. Es ist wie Gift.«

Die neuen Töne ihrer Mutter ließen sie staunen. Sie nickte ihr zu, um ihr zu signalisieren, dass sie weitersprechen sollte.

»Ich wusste immer, dass er als Anwalt rücksichtlos ist – ebenso als Ehemann und Vater. Wahrscheinlich ist das seinerseits ein Schutzmechanismus. Er hatte es in der Kindheit nicht leicht, was keine Entschuldigung sein soll. Aber auf dem Weg, sich aus der Armut zu arbeiten, hat er die Empathie verloren und wir – vor allem Matthias und du – haben darunter gelitten.« Sanft streichelte sie Miriam über den Handrücken, umschloss ihre Hand und drückte sie. »Das tut mir sehr leid und ich weiß nicht, ob ich das jemals wiedergutmachen kann.«

»Das … also, ich weiß auch nicht«, stotterte Miriam, war mit dem Gehörten total überfordert. »Aber das erklärt nicht dein Verhalten in Matthias' Wohnung.«

»Dein Vater ist nicht nur rücksichtslos, sondern ziemlich sicher auch korrupt und in kriminelle Machenschaften verwickelt.«

»Was?« Miriam hielt sich die freie Hand vor den Mund, um nicht die Aufmerksamkeit der anderen Gäste auf sich zu ziehen. »Bist du sicher?« Sie hatte denselben Verdacht. Es aus dem Mund ihrer Mutter zu hören, war definitiv eine andere Hausnummer.

»Ja. Ich habe in den letzten Tagen mehrere Telefonate mitgehört. Immer nur Bruchstücke, aber es gab ein eindeutiges Bild. Nicht, dass etwas im Busch ist, aber die Angst aufzufliegen war unüberhörbar. Sie haben keine Klientendokumente in Matthias' Wohnung gesucht, sondern Beweise, die er hätte sammeln können. Beweise über ebendiese betrügerischen Machenschaften.« Nervös nestelte ihre Mutter an der Serviette herum.

Miriam kam das Kuvert in den Sinn. Noch wollte sie nichts erzählen. Nicht, solange sie nicht selbst wusste, was es mit dem Inhalt auf sich hatte. Zudem wusste sie nicht, ob ihre Mutter so kurz nach dem Nervenzusammenbruch stabil genug war, diese Info zu verkraften.

»Ich habe, als ich vor Kurzem bei euch war, auch einige Wortfetzen eines Telefonates mitbekommen«, erzählte Miriam. »Vater war ziemlich verunsichert, was ich so nicht von ihm kenne. Es ging um Matthias' Anwalt und dass jemand nichts weiß. Wer was nicht wissen soll oder kann, ist mir ein Rätsel. Aber es waren auch nur vereinzelte Worte, die ich aufgeschnappt habe.«

»Ich habe weitere solcher Wortfetzen gehört. Und inzwischen bin ich mir sicher, dass du überwacht wirst. Und auch Tobi.« Das Gesicht ihrer Mutter wurde weich. »Er ist dein Freund, oder?«

»Ja.«

»Dass ihr euch sehr mögt, habe ich an der Beerdigung gesehen. Dein Vater hat unserem Hausarzt einmal mehr aufgetragen, mir Beruhigungsmittel zu verschreiben und ich blöde Kuh habe mich nicht gewehrt.« Sie schüttelte den Kopf, als könnte sie selbst nicht begreifen, so was zugelassen zu haben. »Na ja, jedenfalls habe ich auch in benebeltem Zustand gesehen, wie ihr euch angesehen habt. Und dann muss etwas passiert sein.«

»Papa ist passiert.« Sie schilderte ihrer Mutter die Dreistigkeit, mit der ihr Vater Tobi hereingelegt und verjagt hatte.

»Aber nun ist alles gut?«

»Mehr als gut. Wir haben uns ausgesprochen.«

»Du strahlst, wenn du von ihm sprichst. Ich bin froh, dass du jemanden gefunden hast.« Sie drückte ihre Hand, die sie bis jetzt nicht losgelassen hatte. »Ich möchte Tobi gern kennenlernen. Aber noch nicht jetzt. Ich habe ein Gespräch zwischen deinem Vater und Robert belauscht. Er hat zu Robert gesagt, dass er an beiden dran ist. Ob er Tobi und dich gemeint hat, kann ich nicht sagen. Vielleicht habe ich einige Thriller zu viel gelesen, aber mich lässt die Angst nicht los, dass in Matthias' Wohnung Abhörwanzen angebracht wurden. Vielleicht sogar in deinem Auto.«

Sie öffnete den Mund, wollte etwas sagen, schnappte aber nur ungläubig nach Luft. Dann setzte sie erneut zu einer Frage an. »Meinst du nicht, dass du ein klein wenig übertreibst?« Sie wollte es nicht glauben, auch wenn eine innere Stimme ihr sagte, dass da was dran war.

»Ich weiß es nicht, aber trotz Thrillerüberdosis habe ich in den letzten Jahren zu viel mitbekommen, um noch an die reine Weste deines Vaters zu glauben.«

Konnte sie ihrer Mutter trauen? Ihr Bauchgefühl schrie ja, also versuchte sie es mit kleinen Info-Häppchen. »Matthias hatte ein Geheimnis. Er hat sich vor ein paar Monaten bei mir verplappert und dann mit dringlicher Stimme gesagt: ›Je weniger du weißt, umso sicherer bist du‹. Danach hat er keine Fragen mehr geduldet. Ich hätte nachbohren sollen, vielleicht … Vielleicht würde er noch leben, wenn ich es getan hätte.«

Der Kellner stellte ihnen ein Körbchen Brot auf den Tisch und entschuldigte sich, es vergessen zu haben. So hatte Miriam Zeit, sich zu fassen und nicht loszuheulen.

»Du gibst dir aber hoffentlich nicht die Schuld am Tod deines Bruders, oder? Es war Selbstmord. Das hat die Obduktion ergeben.«

»Warum wurde eigentlich eine Obduktion gemacht?«

»Ich brauchte Klarheit über die Todesursache.«

»Du hast doch nicht gedacht, dass er umgebracht wurde?« Miriam riss die Augen auf.

»Doch, das ging mir tatsächlich durch den Kopf.«

»Mama!«

»Wir wissen nicht, was in der Kanzlei alles gespielt wird.«

»Ja, da hast du recht, dennoch. Tobi recherchiert übrigens. Er war mal Journalist und hat noch Beziehungen. Ich kam nämlich auch zum Schluss, dass da was läuft. Tobi ebenso.«

Die Augen ihrer Mutter weiteten sich. »Passt bitte auf. Versprich mir das.«

»Ich verspreche es.« Sie war froh, noch nichts von dem Kuvert erwähnt zu haben. Es war besser so. Auch um ihre Mutter zu schützen. Nun verstand sie ein klein wenig die Beweggründe ihres Bruders, sie schützen zu wollen.

»Ich werde mich von deinem Vater trennen.«

Zwei Atemzüge lang starrte sie ihre Mutter einfach nur an, dann sagte sie: »Das finde ich eine gute Entscheidung.«

»Bitte, kein Wort zu niemandem. Ich möchte noch warten, bis diese Geheimniskrämerei der Kanzlei und die mögliche Beschattung von dir und Tobi vorbei sind. Also bis sich die Lage beruhigt hat.«

»Du hast Angst vor ihm.« Irgendwie hatte sie heute das Wort *Vater* schon zu oft gehört und gedacht. Er war kein Vater, nicht annähernd.

»Ja, ich habe Angst«, flüsterte sie.

»Ich werde dir helfen und bin für dich da.«

»Danke, dass ich auf dich zählen kann. Ich war dir eine schlechte Mutter.« Sie senkte den Kopf.

»In Zukunft machen wir es besser.«

»Gern.« Ihre Mutter drückte nochmals ihre Hand. »Und nun essen wir. Wir brauchen Energie.«

32

Tobi

Der Inhalt des Exposés, das er vor einigen Minuten bekommen und soeben durchgelesen hatte, glich ein wenig seiner Geschichte mit Miriam. Da er wusste, dass es sich um einen Liebesroman handelte, war ein Happy End fast so klar wie das Amen in der Kirche.

»Was soll dieses debile Grinsen auf deinem Gesicht?«

Tobi lehnte sich im Bürostuhl zurück und drehte den Kopf zu Dave, der neben seinem Schreibtisch stand. »Es widerspiegelt meine Freude über das Einlenken der oberen Etage.«

»Das kannst du dem Weihnachtsmann erzählen«, sagte Dave und grinste.

»Du hast recht. Kaffee?«

Dave nickte. Tobi stand auf und zusammen gingen sie zum Pausenraum.

»Normaler Kaffee?«, fragte ihn Dave.

»Jep, danke.«

Sein Arbeitskollege nahm zwei Tassen, stellte sie unter den Auslauf und drückte den Knopf, auf dem sich zwei Tassen befanden.

Tobi ging zum Kühlschrank und holte die Milchtüte heraus. Fast gleichzeitig setzten sie sich an den Tisch. Tobi schenkte sich etwas Milch ein, Dave schüttete dafür etwas Zucker in seine Tasse.

»Also«, begann Dave, »keinen Stress mehr mit wem auch immer?«

»Nein, endlich ist alles perfekt.«

»Dich scheint es heftig erwischt zu haben.«

Tobi schmunzelte. »Sieht man es mir an?«

Dave lachte auf. »Schon wie du heute früh das Büro betreten hast, sprach Bände.«

»Miriam und ich sind definitiv zusammen.«

»Ich gratuliere dir. Siehst verdammt glücklich aus.«

»Bin ich. Und bei dir?«

»Falsche Frage, aber wenn sich etwas ergeben sollte, wirst du es als Erster erfahren.«

»Auch wenn wir keine dicken Freunde sind, du kannst dich trotzdem gern bei mir melden, wenn du jemanden zum Reden brauchst.«

Dave nickte gedankenverloren.

Tobi wusste, wann er sein Gegenüber nicht mit Fragen löchern durfte, und lenkte vom Thema ab. »Hast du mit Moser gesprochen?«

»Ja. Tolles Angebot mit diesem Beraterdings.«

»Nimmst du es an?«

»Du nicht?« Dave hob eine Augenbraue.

»Es gibt noch ein paar Punkte, die ich klären möchte, aber abgeneigt bin ich nicht. Habe mir in letzter Zeit bereits Gedanken über eine Veränderung gemacht. Vielleicht ist mein Plan, mich selbstständig zu machen, damit nichtig«, sprach er sein Vorhaben offen an.

»Selbstständig? Wow!«

»Ja, aber ich denke, das ist vom Tisch.«

»Das würde mich freuen. Wir zwei wären als Berater ein Dreamteam.«

»Das wären wir.« Tobi horchte in sich hinein. Das gute Gefühl, dieses Angebot des Verlages anzunehmen, verstärkte sich. »Gib mir noch ein oder zwei Tage zum Überlegen.«

»Abgemacht.« Sie schüttelten sich die Hände und tranken in einvernehmlichem Schweigen den Kaffee fertig.

Zurück am Arbeitsplatz blinkte sein Smartphone vor sich hin.

»Xavier«, murmelte Tobi und las die Nachricht.

Xavier: Müssen uns dringend treffen. Wann hast du Feierabend?

Tobi runzelte die Stirn. Was es wohl so Brennendes gab? Hatte er etwas über die Kanzlei entdeckt? Ihn selbst wurmte es immer noch, dass er gestern absolut nichts herausgefunden hatte. Dabei hatte er Miriam versprochen, sich schlauzumachen. Xavier nahm seinen Auftrag offenbar ernster. Mist, er war ein toller Freund.

Tobi: Kann um siebzehn Uhr hier raus. Oder später?

Die Antwort kam prompt.

Xavier: Siebzehn Uhr ist perfekt. Ich warte beim Haupteingang des Verlags.

Tobi: Okay.

Sein Stirnrunzeln nahm ungeahnte Formen an. Xavier holte ihn ab? Jetzt war er definitiv beunruhigt. Er schrieb Miriam eine Info, dass er ein Treffen mit seinem Kollegen hatte.

Miriam: Danke für die Info. Bitte pass auf dich auf.

Was war heute nur los? Litten alle an Paranoia? Wieso sollte er bei einem Treffen mit einem Freund auf sich aufpassen?

Tobi: Mache ich. Ist etwas nicht in Ordnung? Soll ich vorbeikommen? Vermisse dich. :-)

Miriam: Vermisse dich auch. Hatte ein wichtiges und gutes Gespräch mit meiner Mutter. Die Infos gebe ich dir persönlich. Ist sicherer.

Tobi: Oookay?

Miriam: Ja, okay. Sehen wir uns morgen?

Tobi: Unbedingt!

So ging das noch einige Male hin und her, inzwischen mit nicht mehr ganz so jugendfreien Ausdrücken, was ihm ein breites Grinsen ins Gesicht zauberte. Trotzdem konnte Tobi die unterschwellige Angst, dass da etwas im Busch war, nicht ausblenden.

Um Punkt fünf Uhr verließ Tobi das Firmengebäude. Xavier war bereits da. Er saß auf einem der runden Betonhocker, die vor dem Verlagseingang standen und mehr Sitzgelegenheit als Kunstobjekt waren.

»Hallo Xavier.«

Xavier stand auf. »Hey, Tobi.« Er klopfte ihm auf die Schulter.

»Wohin willst du?«

»Am besten, wir unterhalten uns bei einem Spaziergang.« Tobi runzelte die Stirn. »Hat seine Gründe. Komm.«

Stimmengewirr drang zu ihnen. Tobi drehte sich um und sah, wie einige Mitarbeiter ins Freie traten. Auch Dave war unter ihnen. Als er sich wieder Xavier zuwandte, sah er, wie dieser zum Eingang starrte. Tobi blickte ihn von der Seite her an, folgte seinem Blick und blieb bei seinen Arbeitskollegen hängen. Er runzelte die Stirn und rief Dave und den anderen »Schönen Abend« zu. Dave drehte den Kopf, zuckte und fixierte dann Xavier. Etwas perplex schaute Tobi zwischen den beiden hin und her. Was war hier los?

»Kennt ihr euch?«

»Flüchtig«, murmelte Xavier.

»Aha.«

Dave hob die Hand und eilte in die entgegengesetzte Richtung.

Xavier sah ihn eindringlich an. Tobi wusste heute zum zweiten Mal, wann Nachfragen nicht angebracht war, und schwieg. Mit einem Nicken machte er ihm klar, dass er verstanden hatte und diesen merkwürdigen Moment ruhen ließ.

Während sie Richtung Zürichsee spazierten, gab er Xavier Zeit, seine Gedanken zu sortieren. Diese waren unübersehbar durcheinandergeraten. Sein angespannter Kiefer und die zusammengekniffenen Lippen waren Beweis genug.

Tobi war unterdessen ebenso angespannt wie sein Kollege. Er zwang sich, seine Schultern zu lockern und tief durchzuatmen. Bei der nächsten Querstraße warteten sie vor der roten Ampel. Als das Lichtsignal auf Grün wechselte und sie die Kreuzung überquerten, öffnete Tobi den Mund, um ihr Schweigen mit einer Frage zu unterbrechen. Doch Xavier kam ihm zuvor.

»Wir haben wohl in ein verdammtes Wespennest gestochen. Erinnerst du dich noch an den Moment im Restaurant, als mir jemand verdächtig vorkam?«

»Ja, da dachte ich zuerst, du hättest etwas mit dem.«

»Schön wär's, wenn ich etwas mit jemandem hätte.« Xavier schloss kurz die Augen. »Sorry, wollte dich nicht mit meinen Problemen belasten.«

»Kannst du aber ungeniert tun.«

»Das glaube ich dir, aber jetzt ist mir nicht danach.«

»Okay, dann vielleicht ein anderes Mal.«

»Mal sehen. Aber zu diesem komischen Kerl: Er verließ kurz nach uns das Restaurant und ist dir hinterhergelaufen.«

»Echt? Woher weißt du das?«

Sie blieben an der nächsten Querstraße stehen und Tobi schaute Xavier von der Seite her an.

»Ich stand etwas abseits, wollte meine Tramverbindung checken, aber der Typ lief dir so auffällig hinterher, dass ich euch gefolgt bin. Er war immer in deiner Nähe, bis du in die Bahn gestiegen bist.«

»Dann habe ich mich nicht getäuscht«, murmelte Tobi. »Und er ist übrigens mindestens einmal mit eingestiegen.«

»Scheiße!«

»Ist nichts passiert. Er hat mich beobachtet, ist aber an der nächsten Haltestelle ausgestiegen. Sogar angelächelt hat er mich. Daher habe ich das mit dem Beschatten für mich irgendwie ignoriert. Und … verdammt. Daher kam er mir vage bekannt vor, ich wusste nur nicht, warum. Er war schon mal am Bahnsteig in meiner Nähe gewesen, als ich mich beobachtet gefühlt habe.« Er schüttelte fassungslos den Kopf. »Wie sieht er eigentlich aus? Hat er feines, fast schütteres Haar, das ihm fettig auf dem Kopf klebt? Von der Statur her eher klein?«

»Genau das ist er. Diese Frisur ist nicht zu übersehen. Fast etwas eklig.«

»Und du bist sicher, dass er mich oder uns beschattet?«, hakte Tobi nach und wollte die Straße überqueren. Xavier hielt ihn zurück, da ein Auto um die Ecke kam. »Danke.«

»Kein Ding und ja, ich bin sicher. Er war heute Abend in der Nähe des Verlags. Darum habe ich dich abgeholt. Ich wollte meine Theorie prüfen.«

»Wieso? Wer könnte Interesse an mir oder uns haben? Ich hab nichts mit der Kanzlei zu tun.«

»Das ist die Millionenfrage. Aber ich denke immer noch, dass wir in ein Wespennest gestochen haben. Und das wird gewissen Leuten nicht gefallen.«

»Shit!« Er fuhr sich mit der Hand durch die Haare.

»Verhalte dich bitte unauffällig.«

»Sorry.« Er ließ den Arm sinken und atmete tief durch. »Du meinst, er ist in der Nähe?«

»Ziemlich sicher.«

»Dann sollten wir weiterlaufen.«

Sie spazierten den Weg am See entlang Richtung Bahnhof Stadelhofen.

»Was machen wir jetzt?«

»Ich werde weitergraben. Hab einige Anhaltspunkte, aber nichts, was eine Straftat, also unseren Verdacht oder sonst was, untermauern würde. Wenn da was ist, dann sind sie verdammt gut, es zu vertuschen.«

Tobi blieb abrupt stehen und packte Xavier am Oberarm. »Miriam hat mich ja erst auf die Idee gebracht. Ist sie in Gefahr?« Der Schweiß brach ihm aus allen Poren, das Atmen fiel ihm plötzlich schwer.

»He, du kippst mir hier nicht um, oder? Sie bedeutet dir sehr viel.«

Das war eindeutig eine Feststellung, keine Frage.

»Ja, wir sind zusammen.«

»Gratuliere!« Xavier klopfte ihm freundschaftlich auf die Schulter.

»Ich muss zu ihr und sie warnen.«

»Ja, ich denke, sie muss es wissen. Vielleicht hat ihr Matthias doch etwas verraten und sie hat es nur vergessen. Jedes Puzzleteil könnte uns helfen.«

»Aber lohnt es sich, uns in Gefahr zu bringen? Jemand, der andere beschatten lässt, der scheut vor extremeren Maßnahmen wohl nicht zurück«, nuschelte er.

»Und so jemandem muss man das Handwerk legen. Lass mich weitersuchen und du kümmerst dich um deine Freundin.«

Tobi lächelte. *Freundin.* Das klang nach Heimat und Wärme. Der Druck auf der Brust löste sich und es kribbelte freudig in seinem Bauch.

»Beneidenswert.«

»Was?«

»Dein Verliebtsein.«

»Bist du eifersüchtig?« Sofort bereute er seine Worte. Dass seine Frage daneben war, war Xavier ins Gesicht geschrieben. »Entschuldige, ich wollte dir nicht wehtun.«

»Schon gut. Jetzt klären wir diesen Fall und irgendwann erzähle ich dir meine Geschichte.«

»Du klingst wie ein Geheimagent. Aber ich nehme dich beim Wort.«

33

Miriam

Atemlos knallte sie die Haustür hinter sich zu, verschloss sie und kontrollierte, ob sie auch wirklich geschlossen war. Ihre Mutter war nicht paranoid und sie ganz sicher auch nicht. Da war ihr jemand gefolgt. Ein schmieriger Typ. Unauffällig und doch verdächtig. Ergab irgendwie keinen Sinn.

Inzwischen bereute sie es, dass sie mit dem Auto zu ihrer Wohnung gefahren war und es gegen das Fahrrad eingetauscht hatte, nachdem sie ihre Mutter nach Hause gebracht hatte. Wieso hatte sie ausgerechnet heute noch einkaufen gehen müssen? Sie hätte sich in ihrer Wohnung verkriechen sollen.

Miriam zog ihre Jacke und die Schuhe aus, hob die Einkaufstasche hoch und ging damit in die Küche. Sie holte die Eier, die zum Glück noch heil waren, heraus und legte sie in den Kühlschrank.

Dieser Typ war ihr gleich aufgefallen, als sie mit dem Fahrrad vor das Haus getreten war. Die ganze Fahrt über hatte sie sich verfolgt gefühlt. Sie hatte sich nicht getäuscht. Er war ihr zwar nicht in den Laden gefolgt, aber stand nach wie vor in der Nähe, als sie mit ihren Einkäufen zum Fahrradständer gegangen war. Für den Bruchteil einer Sekunde hatten sich ihre Blicke gestreift. Dann hatte er seine Nase in sein Telefon gesteckt und darauf herumgetippt. Auch auf dem Weg nach Hause hatte sie seine Präsenz im Nacken gespürt. Einbildung, denn sie hatte ihn, auch nach mehrmaligem Blick über ihre Schulter, nicht mehr gesehen.

Mit heftig klopfendem Herzen ging Miriam zum Fenster, schob den Vorhang etwas zur Seite und linste auf die Straße. Er war auch jetzt nirgends zu sehen. Gott sei Dank!

Der Gedanke, dass Tobi nun zu Recherchezwecken unterwegs war, behagte ihr nicht. Die Recherche, die wohl zum ganzen Schlamassel geführt hatte. Ob auch Tobi beschattet wurde? Wahrscheinlich.

Ihr Blick fiel zum gefühlt trillionsten Mal zum vermaledeiten Kuvert.

»Miriam, da musst du nun durch«, führte sie Selbstgespräche. Zögernd fuhr sie sich mit einer Hand über den Nacken. Ihr Herz beschleunigte sich. »Ruhig atmen.« Sie blies die Luft geräuschvoll zwischen ihren Lippen hindurch, nahm den Umschlag und setzte sich auf das Sofa.

Könnte hier drin die Antwort auf unsere Fragen sein? Oder soll ich es vernichten? Was soll ich tun? Miriam führte einen inneren Krieg mit ihren Gedanken. Wenn Matthias sich die Mühe gemacht hatte, ihr Unterlagen zukommen zu lassen, dann hatte er seine Gründe gehabt. *Er soll nicht umsonst gestorben sein. Ich bin es ihm schuldig, einen Blick in das Kuvert zu werfen.*

210

Sie zupfte an der Lasche, riss daran und zog das Bündel Papier heraus.

Liebe Miriam

Wenn du diese Unterlagen bekommst, diesen Brief liest, dann bin ich nicht mehr am Leben. Sei mir nicht böse, ich liebe dich von ganzem Herzen. Glaube mir, ich habe nicht vorgehabt, von dieser Welt zu gehen. Als ich die Beweise gesammelt habe, war das eine Absicherung mit Vorahnung. Das hast du dir wahrscheinlich selbst zusammengereimt mit meinen unbedachten Aussagen. Die letzten Monate habe ich diese Unterlagen mit den nötigen Infos zusammengestellt. Ich will dich immer noch beschützen, daher flehe ich dich an, mit diesen Infos NICHT zu unserem Vater oder sonst jemandem in der Kanzlei zu gehen. Lieber verbrennst du sie, wenn du sie nicht verwenden willst oder kannst.

Miriam ließ ihre Hand auf den Oberschenkel sinken und die ersten Zeilen sacken. Für sie noch wirre Worte. War Matthias doch psychisch angeschlagen gewesen? Sie seufzte, atmete tief ein und aus, um sich für die weiteren Sätze zu wappnen.

Ich weiß, meine Worte müssen dich verunsichern. Ich war nicht immer psychisch stabil, wenn wir an die Zeit an der Uni zurückdenken. Ich hatte mich in den letzten Jahren im Griff, hatte Pläne, mich beruflich anderweitig zu orientieren. Du wurdest sicher von Jasin Sorinovic darüber informiert, dass ich bei ihm einsteigen wollte. Nun, ich befürchte, es ist mir nicht vergönnt. Leider, denn in diesem Moment sehe ich keine Lösung, bemühe mich aber immer noch darum, will noch nicht aufgeben. Dieser Brief entsteht, weil ich für meine Zukunft düstere Aussichten vorhersehe, aber ich bin kämpferisch und hoffe, dass du diese Zeilen nie lesen musst.

Eine Träne löste sich aus ihren Augen und tropfte auf das Papier. »Nein, du hast keine Lösung gefunden. Was hat dich so belastet?« Miriam blinzelte, um die Buchstaben klar zu sehen.

Trotzdem werde ich vorsorgen und diese schweren Worte aufs Papier bringen. Unsere Kanzlei arbeitet schon lange nicht mehr nur auf legale Weise. Ich erspare dir hier die Details, die sind in den Unterlagen ersichtlich. Für dich vielleicht nicht, aber ziehe Jasin hinzu, wenn du das willst. Denn das Aufdecken dieser delikaten Angelegenheit zieht weite Kreise und würde unseren Vater ruinieren. Und da sind wir beim Punkt. Ich will aussteigen und habe ihm das mitgeteilt. Aber du kennst ihn. Er hat gelacht und mir vor Augen gehalten, dass auch ich von diesen Geschäften profitiere, dass ich mitwissend und somit mitschuldig bin. Mit dem Aufdecken würde ich mich genauso straffällig machen. Ein Aussteigen, wie ich es geplant habe, ist zum jetzigen Zeitpunkt nicht möglich, da Vater Unterlagen besitzt, die mich, und nur mich, schuldig dastehen lassen. Dieser Bastard wusste, dass ich dieses Geschäftsgebaren irgendwann nicht mehr mitmachen würde, und hat vorgesorgt. Meine jetzigen Varianten: In der Kanzlei weitermachen wie bisher, die Kanzlei anzeigen und mich mitschuldig machen oder gehen und den Sündenbock spielen. Ich hoffe, du verstehst, dass keine der drei Möglichkeiten für mich in Betracht kommen.

»Wieso hast du nicht mit mir gesprochen?«, murmelte Miriam. »Wäre ich dann zur Mitwisserin geworden? Wahrscheinlich.« Aber Mitwisserin in was? Sie blätterte die Unterlagen durch. Alles nichtssagende Dokumente, Kopien von Verträgen, Bankauszüge und weitere Blätter, die für sie keinen Sinn ergaben. Sie legte sie beiseite und nahm erneut den Brief zur Hand.

Einen Funken Hoffnung habe ich in mir und der kämpft und sucht nach einer Lösung. Es ist schwierig allein, aber ich will niemanden mit hineinziehen. Ich weiß nicht, wie lange ich noch Kraft haben werde, um so weiterzumachen. Ich merke, dass das schwarze Loch näherkommt, mich erdrückt. Jeden Tag mehr. Ich will das nicht und dennoch, wenn diese Unterlagen bei dir sind, hoffe ich, dass du mich verstehst. Noch hoffe ich inständig, dass die Dokumente wieder bei mir sind und alles so ist, wie ich es gewünscht habe. Falls nicht, sei dir gesagt, dass du mein Halt und der Grund bist, warum es sich zu leben lohnt. Du lässt mich kämpfen bis zum bitteren Ende. Aber du würdest auch keine Lösung finden, könntest mich nicht unterstützen. Mach dir keine Vorwürfe. Nichts, wirklich nichts ist deine Schuld und du kannst nichts an meiner Entscheidung ändern. Versprich mir, dass du dir vergibst, egal, was du dir vorwirfst. Ich kenne dich.

Erneut musste sie das Lesen unterbrechen. Dicke Tränen rollten ihr über die Wangen. »Ja, du kanntest mich. Wohl als Einziger.« Ein klein wenig wurde ihr leichter um die Brust. Ihr Bruder hatte ihr etwas von ihren Zweifeln, ihren Schuldgefühlen genommen. Schwer zu begreifen war es trotzdem.

Da ich nicht mehr da bin, wenn du diese Zeilen liest, hast nun du die Möglichkeit, die Kanzlei zu Fall zu bringen. Denn mit diesen

Unterlagen können sie mich nicht mehr zum alleinigen Sünden-bock machen. Ich habe mich schuldig gemacht, aber ich muss nicht allein dafür geradestehen. Es erdrückt mich nicht mehr. Leider hat es mich bereits besiegt, auf einer ganz anderen Ebene. Wenn es keine Lösung für Gerechtigkeit gibt oder gab, tut es mir leid. Aber mit dieser Schuld kann ich nicht leben!

Es steht dir frei, ob du etwas unternehmen willst. Wenn ja, dann ziehe unbedingt Jasin hinzu. Er weiß um die Bedeutung der Dokumente, wenn er sie liest. Und nein, er hat keine Vorkennt-nisse. Wie erwähnt, ich kann und will niemanden einweihen. Falls du das Ganze auf sich beruhen lassen willst, vernichte alles. Über-lege es dir, es hat keine Eile.

Sei nicht traurig, mir geht es jetzt gut. Versprich mir, dass du immer das tust, was dich glücklich macht und dir dein Bauchgefühl sagt. Ich bin so stolz auf dich. Du warst immer die Stärkere von uns, hast dich nie unterkriegen lassen und dich unserem Vater widersetzt, einen Beruf gewählt, der dich erfüllt. Bleib, wie du bist, du bist perfekt so.

Dein dich liebender Bruder Matthias

Die Unterlagen flatterten zu Boden, als sich Miriam schluchzend auf dem Sofa zusammenrollte und für jedes geschriebene Wort ihres Bruders eine Träne vergoss.

34

Tobi

Sein verdammter Schatten war ihm in der Tat erneut bis zum Bahnsteig gefolgt und er hatte nicht die Absicht, ihn zu Miriam zu locken. Bereits einmal war er ihm bis in die Bahn gefolgt. Was, wenn er sich dieses Mal nicht so offensichtlich zeigte, mit ihm in Aarau ausstieg und ihm auch da folgte? Tobi schluckte hart, nahm sein Smartphone aus der Hosentasche und machte sich über seine möglichen Verbindungen schlau. Wenn er nach Brugg fuhr, dort ausstieg und dem Fremden vorgaukelte nach Hause zu gehen, könnte er von Miriam ablenken. Irgendetwas sagte ihm, dass sie ihn brauchte. Ein Gefühl, das seine Eingeweide zusammenzog und bis auf den Magen drückte. Ihm wurde übel und er konzentrierte sich auf seine Atmung. Auch wenn er den Drang verspürte, schnellstmöglich zu ihr zu kommen, war ihm ihre Sicherheit wichtiger und er entschied sich für die Verbindung nach Brugg. Unauffällig behielt er seine Umgebung in den Augen, nicht überrascht, dass der Fremde – etwas besser getarnt als sonst schon mal – in seiner Nähe war. Und tatsächlich stieg er in den anschließenden Wagon. Tobi setzte sich, nahm sein Smartphone aus der Tasche und schrieb Miriam.

Tobi: Ich bin unterwegs zu dir. Kann nicht bis morgen warten. :-)

Schien, als wäre dieser Mann schlauer geworden, denn er sah ihn bis Brugg nicht mehr. Dort stieg Tobi aus und kramte auf dem Bahnsteig in seinem Rucksack herum, um sich erneut unauffällig umzusehen. Fast wäre ihm ein Lachen entwichen, als er einen Kopf mit fettigen Haaren aus der Eingangstür des vorderen Wagons schauend wahrnahm. Kurz darauf schloss sich die Tür und die Bahn fuhr Richtung Basel davon. Mit ihm auch der Schatten. Tobi atmete durch und nahm die nächste Verbindung nach Aarau.

Bis er in Aarau ankam, hatte er keine Reaktion auf seine WhatsApp-Nachricht erhalten. Sie hatte sie noch nicht mal gelesen. Sein mulmiges Gefühl verstärkte sich und er legte den Weg vom Bahnhof zu Miriam in Usain Bolt-Manier zurück.

Verschwitzt und mit feuchten Händen drückte er auf die Klingel. Nichts geschah. Er drückte nochmals auf den Knopf. Der Türsummer ertönte immer noch nicht. Er trat einen Schritt zurück, um zu den Fenstern im ersten Stock schauen zu können. Er wusste nicht, was er erwartet hatte, da zu sehen. Miriam, die kontrollierte, wer vor der Tür stand? Dem war leider nicht so.

»Scheiße!« Fluchen war in letzter Zeit Alltagssprache bei ihm.

Erneut drückte er auf die Klingel. Endlich ertönte der Summer. Schnell drückte er die Haustür auf und sprintete die Treppe hinauf. Sie stand bereits auf der Schwelle ihrer Wohnungstür.

»Miriam, Gott sei Dank … Verdammt, was ist passiert?« Er machte einen Schritt auf sie zu und nahm sie in die Arme. Er dankte seinem Bauchgefühl, ihm unterschwellig mitgeteilt zu haben, dass er zu ihr musste. Sie war kreidebleich. Dass es ihr schlechtging, war offensichtlich. Zum Glück hatte er einen Miriam-Radar.

Beruhigend fuhr er ihr über den Rücken. »Ich bin hier. Komm, wir gehen ins Wohnzimmer.« Er löste sich von ihr, schloss die Tür und dirigierte sie Richtung Sofa.

»Was ist hier passiert?« Er sah sich um. Sowohl auf dem Sofa als auch auf dem Boden lagen Blätter herum.

»Das sind Unterlagen.«

»Ja, sieht danach aus.« Was hatte das zu bedeuten?

»Ich habe … Matthias hat mir … Das ist …«, stotterte sie.

»Soll ich uns einen Tee machen?«

»Ja, bitte.«

Tobi stellte seinen Rucksack, den er immer noch umgehängt hatte, in eine Ecke und ging in die Küche.

Einige Minuten später stellte er zwei dampfende Tassen auf den Clubtisch. Miriam nahm mit zittrigen Händen die herumliegenden Blätter zusammen und legte sie auf den Tisch. Sanft drückte er sie auf das Sofa und setzte sich neben sie.

»Danke für den Tee.«

»Gern geschehen.« Er gab ihr einen zärtlichen Kuss auf die Stirn, griff nach ihrer Hand und fuhr ihr mit dem Daumen über den Handrücken. »Wieso hast du dich nicht gemeldet, wenn es dir so schlechtgeht?«

Sie öffnete den Mund und schloss ihn wieder.

»Entschuldige, das war kein Vorwurf. Ich möchte einfach gern für dich da sein.« Er war so was von unbeholfen in Beziehungen, und bereits wieder auf dem Weg, alles zu vermasseln. »Ich habe es überhaupt nicht böse gemeint.« Er wich ihrem Blick aus und fuhr sich mit der freien Hand durch die Haare. »Nochmals von vorn.« Er atmete tief durch und schaute wieder zu ihr. Ein Lächeln lag auf ihren Lippen. »Das ist nicht lustig.« Eigentlich hätte er erleichtert über das Grinsen auf Miriams Gesicht sein sollen, aber gerade war er aufgewühlt wie ein Teenager, der sich das erste Mal mit einem Mädchen traf.

»Doch, irgendwie schon. Du bist herrlich süß, wenn du verlegen bist.«

»Süß? Na, danke aber auch.« Seine Mundwinkel zuckten und machten seinem beleidigten Ich den Garaus. »Immerhin konnte ich deine Laune etwas aufheitern.«

Sie nickte dankbar. »Ja, das habe ich wirklich gebraucht. Danke, dass du vorbeigekommen bist.«

»Wo wir beim Thema wären. Ich bin für dich da und möchte, dass du dich bei mir meldest, wenn es dir schlechtgeht. Du musst nicht mehr alles mit dir allein ausmachen. Das ist es, was ich zu Anfang umständlich sagen wollte.«

»Danke«, flüsterte sie und küsste ihn zärtlich auf den Mund.

Er drückte sie an sich und genoss die Nähe.

Sie hielten einander, bis sich Miriam räusperte. »Diese Unterlagen«, sie zeigte mit einer ausladenden Handbewegung auf die Dokumente, »sind von Matthias.«

»Warst du in seiner Wohnung?«

»Nein, sein Anwalt hat sie mir ausgehändigt.«

»Sein Anwalt?«

»Jasin Sorinovic heißt her. Ich kannte ihn vorher auch nicht, war ganz überrascht, als er mich kontaktiert hat. Jedenfalls war ich noch vor der Auszeit im Tessin bei ihm. Es ging um Matthias' Testament. Jasin hat mir aber auch noch das Kuvert ausgehändigt.« In den nächsten Minuten schilderte sie ihm die Details dazu. »Es war ein Brief dabei«, sie schluckte, »und der hat mich aus der Bahn geworfen.« Sie suchte in den Unterlagen nach besagten Zeilen und hielt sie ihm hin. »Du kannst ihn lesen.«

Er nahm die Blätter zögerlich an und blickte ihr in die Augen. Sie nickte und deutete mit dem Kinn zum Brief.

Mit jedem Satz dämmerte ihm, dass diese Unterlagen der Schlüssel waren. In jedem Wort konnte er Matthias' Schmerz und die Aussichtslosigkeit spüren. Miriam legte ihre Hand auf seinen Oberschenkel. Mein Gott, wie musste sie sich fühlen, wenn er die Tränen nicht zurückhalten konnte? Er konzentrierte sich auf die letzten Sätze, ließ den Brief sinken und schluckte.

»Miriam«, flüsterte er und drehte den Oberkörper zu ihr. Inzwischen liefen ihm Tränen über die Wangen. Aber das war ihm egal. Er wollte einfach nur für sie da sein, legte die Blätter auf den Clubtisch, nahm sie in die Arme und ließ sich mit ihr nach hinten an die Rückenlehne sinken.

Minutenlang verharrten sie so. Er wusste nicht, was er zu Matthias' Zeilen sagen sollte. Langsam ließ er das Gelesene sacken. Dann atmete er tief durch und schob Miriam sachte von sich, um sie anzusehen. Ihre Augen waren rot und geschwollen. Es zerriss ihm das Herz und er wollte nichts mehr, als ihr den Schmerz zu nehmen, aber das konnte er nicht.

»Dieser Brief ist tragisch und wunderschön zugleich. Er hat dich sehr geliebt. Du warst sein Halt, sein Ein und Alles und darauf kannst du stolz sein. Niemals darfst du dir die Schuld an irgendwas hier geben.« Er machte mit der Hand eine ausschweifende Bewegung über die Dokumente und Matthias' Brief.

Sie nickte und er fuhr ihr über die Wangen.

»Soll ich uns eine heiße Schokolade machen? Seelennahrung?« Wieder nickte sie und er stand auf, nahm die zwei noch vollen Teetassen und machte sich auf in die Küche.

Er stellte die Tassen hin, stützte sich mit den Händen auf der Ablage ab und sortierte seine Gedanken, bevor er auf die Suche nach dem Schokoladenpulver ging. Was waren das für brisante Unterlagen? Und wie wollte Miriam damit verfahren? Dem auf den Grund gehen? Oder wäre es besser, sie würde sie vernichten?

35

Miriam

Seine Tränen zeigten ihr sein Mitgefühl, seine Umarmungen seine Gefühle für sie. Bei aller Trauer, dem Schock über den Brief von Matthias, war Tobi der Lichtblick, der ihr Hoffnung für die Zukunft gab. Eine Zukunft mit weniger Trauer und mehr Freude. Eine Zukunft zu zweit. Sie lächelte und genoss das zuversichtliche Gefühl.

»Hier, die heiße Schokolade.« Er stellte die zwei Tassen auf den Tisch und setzte sich zu ihr. »Du lächelst?«

»Ja.« Sie schaute ihm in die Augen und nahm seine Hand. »Du gibst mir das Gefühl von Heimat und die Sicherheit, dass alles gut kommt und irgendwann der Schmerz um Matthias' Tod weniger und erträglicher wird. Danke.«

Er zog sie in seine Arme und flüsterte ihr zärtlich ins Ohr: »Ich liebe dich.«

Sie erstarrte bei seinen Worten. Hatte sie ihn richtig verstanden? Sie musste es wissen und drückte Tobi etwas von sich weg. In seinen Augen las sie Ehrlichkeit, Sanftheit und eine enorme Portion Unsicherheit.

»Zu früh?«, fragte er mit zittriger Stimme. Wäre sie sich ihren Gefühlen für ihn nicht sicher, dann hätte sich spätestens jetzt der letzte Zweifel verabschiedet. Tobi kniff die Lippen zusammen und atmete flach, als würde er bangen.

»Nicht zu früh. Genau richtig. Ich liebe dich auch.« Sie umarmte ihn und spürte, wie die Anspannung seinen Körper verließ, er sich an sie schmiegte. Sie verharrten in der Umarmung. Sie genoss die Wärme, die Geborgenheit und die Nähe zu Tobi. Und wusste leider auch, dass noch etwas im Raum stand. Etwas Großes in Form von Unterlagen. Sie seufzte und löste sich von ihm.

»Was soll ich damit machen?« Sie zeigte auf die verstreuten Dokumente.

Tobi stand auf, sammelte die letzten herumliegenden Blätter zusammen und drapierte sie aufeinander. Mit dem Bündel setzte er sich erneut neben sie. »Weißt du, was das ist?«

»Ich habe es nur kurz durchgeblättert. Aber die Zahlen, Namen und Kontoauszüge sagen mir nichts.«

»Mhm.« Er schaute auf das oberste Blatt und nahm dann eines nach dem anderen in Augenschein. »Das sind Einzahlungen auf Auslandskonten. Einige Namen der Begünstigten sagen mir etwas. Bei meiner Recherche bin ich darauf gestoßen.« Er schluckte hart, was sie nicht nur an seinem Kehlkopf sah, sondern auch hörte.

»Was ist?« Er schaute sie mit angespannten, schmalgezogenen Lippen an. Sorge strahlte aus seinen

Augen. Es schauderte sie. »Bitte sag mir, was das alles soll?«

»Mein Kollege Xavier und ich sind unabhängig voneinander auf den gleichen Verdacht gekommen. Beweise haben wir nicht gefunden, aber ich denke, ich halte sie hier in den Händen.« Er zeigte darauf.

»Ich verstehe nicht.«

»Geldwäsche und zweifelhaftes, wenn nicht sogar kriminelles Geschäftsgebaren.«

»Aha.« Von dem verstand sie genauso wenig. Aber dass es strafbar war, das war selbst ihr klar. »Und was heißt das konkret?«

»Die Kanzlei wäscht für gewisse zwielichtige Klienten Geld oder unterstützt sie und verdient dabei mit. Denke ich jedenfalls.«

»Was sind das für Klienten?«

»Viel haben wir nicht herausfinden können. Und das auch nur, wenn man mit viel Fantasie kombiniert. Die Klienten, die wir mit der Kanzlei in Verbindung bringen konnten, sind – na ja – keine Menschen, mit denen ich etwas zu tun haben möchte.«

Miriam riss die Augen auf und atmete laut aus. Dann hatte ihre Mutter mit ihren Thriller-Vermutungen vielleicht doch recht. Waren sie in Gefahr?

»Wir haben in ein Wespennest gestochen. Und ich weiß nicht, wie sicher es für uns ist«, sprach er ihre Gedanken laut aus.

»Meine Mutter hat sich heute merkwürdig benommen. Sie hatte Angst, dass wir in Matthias' Wohnung oder meinem Auto abgehört werden und …« Abrupt hielt sie inne und schaute sich um, bevor ihr Blick wieder bei Tobi landete. Könnte das auch in ihrer Wohnung der Fall sein? War ihr Vater so kriminell?

Tobi zuckte erschrocken zusammen und sein Blick flitzte ebenfalls im Wohnzimmer umher. Die Stille würde ihnen nicht helfen. Sie hatten den Verdacht bereits laut ausgesprochen.

Er stand auf, ging zu seinem Rucksack und nahm das Smartphone heraus. Dann setzte er sich zu ihr, öffnete WhatsApp und tippte eine Nachricht. Sie runzelte die Stirn. Was hatte er vor? Als er fertig war, zeigte er ihr den Text.

Tobi: Xavier, ich bin bei Miriam und ich denke, sie hat den Beweis zu unserem Verdacht. Ihre Mutter hat Angst, dass die Kanzlei die Wohnung von Matthias' und Miriams Auto verwanzt hat. Eventuell sogar Miriams Wohnung. Falls dem so ist, wurden wir bereits entlarvt. Kennst du jemanden, der sofort vorbeikommen und die Wohnung überprüfen kann? Kann sein, dass wir überreagieren, aber nach unserem Gespräch heute ist die Vermutung vielleicht nicht so abwegig.

Miriam nickte Tobi zu und er drückte auf Senden.

»Was war heute?«

»Ich wurde überwacht«, flüsterte er.

Ein Frösteln erfasste sie und sie schlang die Arme um sich. »Wann war das?«

Er zog sie zu sich und flüsterte ihr ins Ohr: »Als ich aus dem Büro kam. So nach siebzehn Uhr. Und auch die Tage zuvor.«

»Ich hatte heute Nachmittag das Gefühl, nein, bin mir sicher, dass mir jemand gefolgt ist. Ich habe Angst.«

Tobi drückte sie fester an sich. Leider konnte seine Wärme die Kälte in ihr nicht verdrängen.

Sein Smartphone vibrierte.

Xavier: Wir sind in knapp einer Stunde bei euch. Schick mir bitte die Adresse.

Tobi schickte sie ihm.

»Wollen wir uns einen Film oder eine Doku anschauen?«, sagte er in normaler Lautstärke.

»Gute Idee«, spielte sie sein Spiel mit. Vielleicht würde die Berieselung einer Sendung ihnen die Wartezeit vereinfachen.

36

Tobi

Es war die längste Stunde seines Lebens. Ein Blick auf ihre Wanduhr verriet ihm, dass kurz nach halb acht war. Miriam klammerte sich an ihn und zitterte. Die Sendung über ein indigenes Volk auf Arte hatte sie beide nicht ablenken können. Im Gegenteil. Miriams Zittern wurde stärker. Er nahm die Decke, breitete sie über ihre und seine Beine aus und zog Miriam näher zu sich. »Ich bin bei dir und werde es immer sein.«

»Ich weiß.« Sie schluchzte und klammerte sich wie ein Koala an einen Eukalyptusbaum an ihn.

Angst hatte auch ihn ergriffen. Waren sie ernsthaft in Gefahr? Er würde Miriam beschützen, wusste aber, dass er als Mensch ohne Superkräfte gegen Verbrecher keine Chance hatte. Verdammt!

Als es klingelte, zuckte Miriam zusammen.

Tobi erhob sich vom Sofa. »Ich werde zuerst nachsehen«, erklärte er, ging zum Fenster, öffnete es und sah hinunter. Es war Xavier, also ging er zur Tür und drückte auf den Öffner.

Um sicherzugehen, dass er den richtigen Personen die Tür aufmachte, warf er einen Blick durch den

Spion. Jetzt erkannte er auch den Mann, von dem er zuvor nur die Beine gesehen hatte. Das war Xaviers Bruder, den er während des Studiums ein paarmal gesehen hatte.

»Kommt herein.«

»Meinen Bruder Zian kennst du noch?«, fragte Xavier.

»Ja. Sind ein paar Jahre her, aber ich habe dich erkannt. Hallo Zian.« Er schüttelte seine Hand.

»Hallo Tobi.«

»Zian arbeitet bei der Kantonspolizei Zürich und hat ein Faible für technische Gadgets«, erklärte Xavier leise.

Sie gingen ins Wohnzimmer. Miriam stand sichtlich nervös neben dem Sofa und nickte den beiden zu. Flüsternd stellte Tobi sie einander vor.

Zian packte sofort ein Gerät aus und machte sich auf die Wanzensuche. Nach kurzer Zeit gab er grünes Licht. »Ich habe nichts gefunden.«

Miriam schluchzte erleichtert auf, klammerte sich an Tobi und hauchte Zian ein »Danke« zu. »Kannst du später auch mein Auto kontrollieren?«

»Klar.« Zian nickte.

»Also, dann können wir nun offen reden«, meinte Xavier und sie setzten sich an den Esstisch.

»Möchtet ihr einen Kaffee? Ein Wasser?«, fragte Miriam dazwischen. Kollektives Kopfschütteln.

»Was habt ihr?«, brachte es Xavier dafür sofort auf den Punkt.

Tobi streckte ihm den Stapel Unterlagen entgegen. Den Brief von Matthias behielt er in der Mappe.

Miriam sollte entscheiden, ob ihn jemand zu lesen bekam.

Xavier blätterte sich durch die Papiere und pfiff immer wieder durch die Zähne. Er sah fragend zu Miriam, bevor er die Unterlagen seinem Bruder weiterreichte. Sie nickte und Zian vertiefte sich darin.

Nach unendlich langen Minuten sah er auf. »Hast du einen Anwalt?«, fragte er Miriam.

»Wieso?«

»Ihr müsst mit den Unterlagen zur Polizei und Staatsanwaltschaft. Aber ich würde es über einen Anwalt machen, damit ihr nicht ins Spiel kommt.«

»Du bist doch bei der Polizei?« Tobi war irritiert.

»Ja, aber erstens nicht im Dienst, zweitens nicht in der Wirtschaftskriminalität tätig und drittens, wie ich empfohlen habe, macht es über einen Anwalt. Hinter diesen Namen hier«, er deutete auf die Unterlagen, »stecken – gelinde gesagt – üble Menschen. Sie sollten nichts von euch wissen.«

»Sind wir in Gefahr? Wir wurden überwacht oder beobachtet.« Miriam zitterte noch immer. Tobi ergriff ihre Hand und drückte sie.

»Ja, Xavier hat mir auf der Hinfahrt bereits davon erzählt. Ehrlich gesagt, wenn ihr diesen Verfolger bemerkt habt, dann zeugt das nicht von Professionalität.«

»Was meinst du damit?«, hakte er nach.

»Ich denke nicht, dass ein Klient der Anwaltskanzlei euch an den Fersen klebt, sondern jemand, der über die Kanzlei angeheuert wurde.«

»Mein Vater. Oder Robert. Ihnen wäre das zuzutrauen und nach den Telefongesprächen, die meine Mutter und ich bruchstückhaft mitbekommen haben, nicht abwegig.«

»Was habt ihr gehört?« Zian runzelte die Stirn.

»Wie gesagt, leider waren es nur Wortfetzen. Dass jemand etwas nicht weiß. Er – ich nehme an, damit war Matthias gemeint – ein Hartmeier sei. Ich weiß, nichtssagende Worte. Aber der Tonfall meines Vaters war mehr als unüblich. Als würde sein Selbstvertrauen bröckeln. Meine Mutter hat mehr mitbekommen und von kriminellen Machenschaften gesprochen. Ich dachte zuerst, sie übertreibt. Aber als Tobi mir erzählt hat, dass ihm jemand gefolgt ist und mir heute ziemlich sicher auch ... Ja, seither denke ich, da stimmt etwas gewaltig nicht. Ah, und mein Vater hat das Türschloss von Matthias' Mietwohnung auswechseln lassen.« Sie holte tief Luft und er drückte sie an sich.

»Das ergibt ein Bild von einem Mann, der Panik hat, aufzufliegen. Das wiederum könnte ihn gefährlich machen. Daher nochmals meine Frage: Hast du einen Anwalt?«

»Ja, er heißt Jasin Sorinovic und ist der Anwalt meines Bruders. Ich meine, war ... Jedenfalls wollte Matthias bei ihm als Anwalt einsteigen. Jasin hat für ihn das Testament gemacht sowie diese Unterlagen verwahrt.« Sie atmete wieder tief durch. Miriam war so tapfer und stark. Seine Brust schwoll vor Stolz auf sie an und er griff mit seiner freien Hand nach ihrer. »Und Matthias hat in seinem Brief erwähnt, dass ich mich an ihn wenden soll«, ergänzte sie.

»Welcher Brief?« Zian sah fragend auf die Unterlagen.

Tobi reichte ihr den Brief.

»Er ist sehr persönlich, aber ich denke, ihr solltet ihn lesen.« Sie streckte ihnen die Blätter hin. Die Brüder steckten die Köpfe zusammen und lasen.

Tobi sah den beiden die Betroffenheit an, als Xavier den Brief Miriam zurückgab.

Zian räusperte sich: »Das sind klare Worte. Von einem sehr verzweifelten Menschen. Entschuldige, dass ich das so sage.«

Miriam nickte.

»Er wäre schuldig gesprochen worden. Vielleicht hätte er einen Deal machen können.«

»Das hätte mein Bruder nicht verkraftet. Diese Schuld lastete zu schwer auf seinen Schultern. Das habe ich inzwischen begriffen. Er konnte nicht damit leben. Seine sensible Seele war nicht gemacht für diesen Job. Und da er auch Konflikte scheute, tat er, was unser Vater von ihm erwartet hat. Ich wünschte, ich hätte das schon vor Jahren begriffen.« Mit zittriger Stimme fragte sie: »Wie muss ich vorgehen?«

»Wir«, ergänzte Tobi und nickte ihr aufmunternd zu.

»Wir.« Ihr dankbarer Blick verursachte ein Kribbeln in seinem Bauch.

Zian schaute auf die Uhr. »Meldet euch morgen gleich bei diesem Anwalt. Übergebt ihm die Unterlagen. Er wird wissen, wie er damit verfahren muss. Macht zur Sicherheit Fotos davon.«

»Machen wir.« Tobi nickte.

»Gut, dann sehe ich mir noch dein«, er zeigte auf Miriam, »Auto an, und wenn ihr irgendwann in Matthias' Wohnung seid, komme ich auch da vorbei. Sicher ist sicher.«

»Ich danke dir, ich meine, euch.« Miriam stand auf. Auch Tobi und die beiden Brüder erhoben sich. Erst umarmte Miriam Zian, dann Xavier.

»Ich werde mit euch zum Auto kommen«, sagte Tobi, dann wandte er sich an Miriam. »Bin gleich zurück.«

Schweigend stiegen sie die Stufen hinunter und gingen im Nebengebäude in die Tiefgarage. Wie erwartet, fand Zian keine Wanzen im Wagen. Tobi begleitete die beiden nach draußen und verabschiedete sich von ihnen. Gedankenverloren ging er zurück ins Haus.

Wie konnte man nur so tief sinken? Aus Geldgier? Ansehen? Er konnte sich nicht ansatzweise vorstellen, was in Miriam zerbrochen war. Ihr Vater, ein Krimineller, der ziemlich sicher eine Mitschuld an Matthias' Selbstmord trug. Das konnten sie ihm nicht durchgehen lassen. Hoffentlich würde der Anwalt schnell reagieren. Die Unterlagen mussten so rasch wie möglich zur Polizei. Miriams Vater und den Hubers war es zuzutrauen, in bester Al Capone-Manier das Land zu verlassen.

37

Miriam

Leere erfasste sie, als wäre sie von einem Vampir ausgesaugt worden. Sie hatte keine Kraft mehr zu weinen, konnte sich nicht bewegen und hoffte auf irgendeine Erlösung. Es war noch nicht vorbei. Ihr Vater konnte weiterhin seine miesen Pläne schmieden und verschwinden, wenn es ihm zu heiß wurde. Vorgesorgt hatte er sicher, das sagten die ausländischen Konten. So viel verstand sie.

»Matthias, wieso hast du nicht mit mir gesprochen, alles in dich hineingefressen?« Sie wiegte sich hin und her.

»Schscht.«

»Tobi.« Sie schluchzte erleichtert, als er sie in die Arme nahm.

»Ich bin bei dir.« Er hielt sie und sie wunderte sich, dass ihr Körper doch fähig war, Tränen zu vergießen. Das lag an Tobi, der ihr beistand und Fürsorge gab. Sie konnte loslassen und den Schmerz hinausweinen. Es war befreiend.

»Du bist nicht schuld am Tod von Matthias. Wenn jemand Schuld hat, dann dein Vater und die Hubers.«

Sie wimmerte. »Ja, ich weiß. Aber trotzdem hätte ich schon viel früher eingreifen und Matthias da rausholen sollen.«

»Hattest du Anhaltspunkte dafür? Anzeichen?«

»Nein, außer, dass er immer schon sensibel war.«

»Und wie hättest du wegen dieser Charaktereigenschaft wissen sollen, dass Matthias ernsthafte Probleme hatte? Hat er es dir gesagt?«

»Wenn du mich so fragst, dann nein. Wie hätte ich es wissen sollen?«

»Na also, es war seine Entscheidung. Eine furchtbar tragische, aber seine.«

»Danke. Ich wüsste nicht, was ich ohne dich tun würde. Bleibst du hier?«

»Ja, wenn auch ohne Wechselkleider.«

»Macht nichts, schlafen kannst du nackt.« Sie verzog die Lippen zu einem Grinsen, was ihr kläglich misslang.

»*Schlafen* ist das Stichwort.« Er streichelte ihr über den Rücken. »Und morgen melde ich mich im Verlag ab. Ich werde dich zum Anwalt begleiten.« Tobi runzelte die Stirn.

»Du musst nicht mitkommen, wenn das vom Job her nicht geht.«

»Was? Doch. Weißt du, ich habe ein Angebot bekommen und habe mich gefragt, ob ich zusagen soll.«

»Bist du nicht überzeugt?«

»Doch. Es ging nur sehr schnell.« Tobi erzählte ihr von dem Beraterjob und wieso es dazu kam.

»Du klingst begeistert.«

»Jetzt, wo ich dir alles erzählt habe, macht es Sinn, ja, und es fühlt sich richtig an. Mitverantwortlich sein zu können, in welche Richtung der Verlag sich bewegt, würde sich gut anfühlen. Ich schlafe dennoch ein paar Tage darüber, bevor ich mich definitiv entscheide. Ich hatte irgendwie noch nicht die Muse, mir die Vor- und Nachteile anzuschauen. Aber das Gespräch mit dir hat mir bereits geholfen. Danke.« Tobi strahlte und man sah ihm eine gewisse Erleichterung an.

»Freut mich, wenn ich dir helfen konnte.«

»Das hast du wirklich.« Er küsste sie auf die Stirn. »Es ist schön, mit dir über alles reden und diskutieren zu können. Danke.«

»Ich danke dir, dass du morgen zu Jasin mitkommst.« Sie kuschelte sich an ihn, noch nicht bereit, sofort schlafen zu gehen.

»Hier ist es.« Miriam deutete mit der Hand zum Eingang und Tobi öffnete die schwere Holztür. Einen Halbstock höher standen sie vor dem Kanzleieingang. Der letzte Besuch kam ihr wie aus einem schlechten Traum vor, den sie in die hinterste Ecke ihres Gehirns verfrachtet hatte. Erst beim Eintreten registrierte sie die bekannte Umgebung, die helle Einrichtung und die farbigen Bilder an der Wand.

»Guten Tag«, sprach Tobi die Dame am Empfang an. »Wir haben keinen Termin, könnten Sie Herrn Sorinovic dennoch mitteilen, dass wir hier sind? Miriam Hartmeier und Tobi Kuhn.«

»Guten Tag.« Die Dame zog die Augenbrauen zusammen, zögerte kurz, stand dann aber auf und lief den Korridor entlang. Sie klopfte an, trat ein und schloss die Tür hinter sich. Einige Sekunden später kam sie wieder heraus und nickte ihnen zu.

Tobi nahm Miriam an der Hand und gemeinsam gingen sie zu Jasins Büro.

»Schön, dich wiederzusehen, Miriam. Auch wenn ich an eurer Mimik sehe, dass der Grund nicht erfreulich ist. Setzt euch.«

Miriam wählte die Sitzecke, wie bei ihrem ersten Besuch, als sie wegen des Testaments hier gewesen war, und ließ sich auf das kleine Sofa fallen. Tobi setzte sich neben sie. Jasin nahm im Sessel gegenüber Platz.

»Du bist sicher informiert, dass ich der Anwalt von Miriams Bruder bin«, sprach er Tobi an. »Ich hoffe, es ist in Ordnung, wenn ich dich duze. Ist mir irgendwie rausgerutscht«, fügte er entschuldigend an.

»Absolut kein Problem. Ich bin Tobi Kuhn, Miriams Freund.«

»Freut mich sehr. Und nun zum Grund, wieso ihr hier seid?«

»Miriam, willst du?« Tobi streichelte ihr über den Handrücken.

Sie schüttelte den Kopf und überließ ihm das Reden.

»Miriam hat von dir diese Unterlagen erhalten.« Er deutete auf die Mappe in seinen Händen und legte diese auf den kleinen runden Tisch. »Nun, dies sind ziemlich brisante Dokumente. Ich habe, bevor ich sie gelesen habe, bereits mit einem Kollegen recherchiert. Wir sind auf das Thema Geldwäsche und Urkundenfälschung gekommen. Leider ohne Beweise, aber ich denke, die haben wir nun hier, zusammengestellt von Matthias.« Er umriss kurz das Wichtigste über ausländische Konten, Zahlungen und diverse Namen.

»Das klingt in der Tat sehr brisant. Was gedenkt ihr zu tun?«

»Es ist auch ein Brief von Matthias dabei. Vielleicht liest du ihn dir durch. Die Dokumente brauchen mehr Zeit«, antwortete Miriam.

Jasin nickte, nahm die Unterlagen aus dem Kuvert, schaute sich den Brief und dann Miriam an.

»Lies ihn, bitte.«

Jasin entwich einige Male ein Seufzen, und als er aufschaute, hatte er glänzende Augen. Er räusperte sich. »Das ist … Mir fehlen die Worte. Es tut mir so leid, Miriam. Es schmerzt mich, dass Matthias nicht mein Geschäfts-Partner wurde, wie muss es dir erst gehen? Was kann ich tun?«

»Du hast ja gelesen, dass Matthias es mir überlassen hat, was ich mit den Unterlagen machen möchte.« Sie schluckte schwer und die Tränen liefen ungehindert über ihre Wangen. Tobi legte ihr den Arm um die Schultern und zog sie zu sich. Jasin drängte sie nicht. Dafür war sie ihm dankbar. »Matthias soll nicht umsonst gestorben sein. Natürlich ist er mitschuldig, das hat uns gestern Zian gesagt.«

Jasin zog die Stirn kraus und Tobi erklärte ihm, wer Zian Seiler war.

»Ah, okay.«

»Nun, Matthias wollte etwas ändern. Aussteigen war nicht möglich, dann hätte er seine Anwaltszulassung verloren. Dem war er nicht gewachsen. Geschweige denn der Schuld, die auf ihm lastete. Aber da er das Richtige tun wollte, werde ich sein Vorhaben umsetzen.«

38

Tobi

Miriam hielt sich tapfer, was jedoch nicht über ihren Schmerz hinwegtäuschte. Er sah auf ihren Scheitel — sie hatte den Kopf inzwischen auf seine Schulter gelegt — und drückte ihr einen sanften Kuss darauf. Sie seufzte. Jasin war aufgestanden und stand am Schreibtisch mit dem Telefon in der Hand.

»Ja, Lisa, bitte sag meinen nächsten Termin ab. Genau, wegen eines Notfalls. Und kannst du uns etwas zu trinken bringen und vielleicht auch Gebäck organisieren? Das wäre nett. Ja. Super, vielen Dank.« Er stellte das Telefon in die Basisstation, kam zur Sitzecke zurück und setzte sich. »So, ich hoffe, das ist für euch in Ordnung? Damit meine ich die Getränke, das Gebäck und dass wir Nägel mit Köpfen machen.«

Tobi nickte und Miriam sagte: »Ja, ich will das hinter mich bringen. So schnell wie möglich, um wieder frei atmen zu können.«

»Die Schnelligkeit ist das Stichwort. Wir müssen handeln, denn Hartmeier und Hubers haben die Möglichkeiten und das Geld, sich abzusetzen. Was denkst du, ahnen sie bereits etwas?«

»Ich glaube nicht, denn ich habe mich bei jeglichen Fragen dumm gestellt. Wirklich Ahnung von dieser Materie habe ich eh nicht. Das kam mir zugute.«

»Gut, das verschafft uns Zeit, wenn auch wenig.«

»Zian meinte, dass es über dich laufen soll, damit Miriam nicht in die Schusslinie gerät«, merkte Tobi an.

»Darauf komme ich jetzt zu sprechen. Ich werde die Unterlagen genau prüfen, ob sie als Beweis hieb- und stichfest sind, aber davon gehe ich aus. Dann kann ich das der Staatsanwaltschaft übergeben, ohne dich – Miriam – zu erwähnen.«

»Das beruhigt mich. Ich habe auch Angst um meine Mutter. Muss ich sie einweihen?«

Es klopfte. Jasins Assistentin Lisa trat ein und stellte eine Flasche Mineralwasser, Gläser und einen Teller, auf dem Kekse lagen, auf den Beistelltisch.

»Danke. Bedient euch.« Jasin deutete auf die Gläser und Kekse. »Um auf deine Frage zurückzukommen: Nein, je weniger deine Mutter weiß, desto besser.«

Miriam

Sie nickte und schnappte nach Luft. »Der Verfolger!«

»Verfolger?«, fragte Jasin mit hochgezogenen Augenbrauen.

»Ja, Tobi und ich werden beschattet. Wahrscheinlich handelt der Mann im Auftrag von meinem Vater oder den Hubers. Das ist allerdings nur eine Vermutung, denn Zian meinte, dass wir ihn bemerkt haben, zeugt nicht von Professionalität. Die zwielichtigen Klienten hätten da andere Möglichkeiten, uns nachzustellen.«

»Das hingegen ist ein kritischer Punkt.« Jasin strich sich mehrmals mit der Handfläche über den Nacken. »Also wissen sie, dass ihr bei mir seid.«

»Und ich wette, es wird nicht lange dauern, dann ruft mein Vater oder Schleimer-Robi mich an.«

Jasin runzelte die Stirn.

»Robert Huber Junior, Schleimer und mein Möchtegern-Verlobter.« Miriam gab Jasin einen kurzen Abriss über die Konstellation Hartmeier und Huber.

»Gut, dann wirst du denen erzählen, dass ihr bei mir gewesen seid, weil du dich entschieden hast, das Erbe von Matthias anzutreten und wir das weitere Vorgehen geregelt haben. Was wir im Übrigen sowieso noch machen müssen.«

Nach einer weiteren Stunde hatten sie alles besprochen und Jasin versprach, sich nach der Durchsicht der Unterlagen zu melden.

»Gehen wir zurück in deine Wohnung?«, fragte Tobi, als sie aus der Kanzlei auf die Straße traten.

»Eigentlich hätte ich Lust auf einen Kaffee. Gehen wir ins *Little Sem*?«

»Da war ich noch nie. Klingt gut. Und dann können wir unauffällig schauen, ob unser Verfolger in der Nähe ist.«

»Gute Idee. Es beunruhigt mich, nicht zu wissen, ob der gefährlich ist oder einfach überwacht, was wir machen.«

In der Tasche klingelte ihr Smartphone. »Wenn man vom Teufel spricht. Diesen Piep-Ton habe ich meinem Vater zugeordnet.« Sie kramte ihr Telefon aus der Handtasche, wischte das grüne Telefonsymbol zur Seite, machte sich auf die unvergleichliche Freundlichkeit ihres Vaters gefasst und wurde nicht enttäuscht.

»Schulferien und doch nicht erreichbar. Bereits zweimal habe ich angerufen.«

Nicht wahr, denn diesen aufdringlichen Klingelton hätte sie auch in Jasins Büro aus der Handtasche herausgehört. Wieso ihr Vater dauernd solche Behauptungen anstellte, war ihr schleierhaft. Vielleicht stand er wirklich unter Stress und hatte Angst.

»Dir auch ein Hallo«, antwortete sie verzögert. Dass Projektwoche war und sie sich erneut hatte beurlauben lassen, erwähnte sie nicht. Wieso auch?

»Jaja. Nur kurz, ich habe eine Kanzlei zu führen. Brauchst du Hilfe beim Nachlass von Matthias?«

Völlig neue Töne. Ihr Vater bot Hilfe an. Lächerlich. »Nein, danke. Wie es der Zufall will, war ich soeben mit meinem Freund Tobi beim Anwalt. Wir haben alles besprochen.« Sie konnte Tobi gleich miterwähnen, ihr Vater wurde ja darüber sicher durch den Beschatter informiert.

»Freund«, zischte er halb fragend, halb spöttisch.

»Ja, du kennst ihn von der Beerdigung.«

»Darüber reden wir ein anderes Mal.« Aufgelegt. Miriam starrte ihr Smartphone an und schüttelte den Kopf.

»Dein Vater ist ein richtiger Sonnenschein.«

Sie schaute zu Tobi auf und grinste, trotz der Tragik in dieser Aussage. Aber er besaß die Fähigkeit, sie zum Lachen zu bringen, sie zu beruhigen und sich besser zu fühlen. Er war ihr Anker in dieser schweren Zeit und ihre Zukunft.

39

Miriam

Sie trat voraus ins *Little Sem* und sah nach rechts, ob im großen Raum noch ein Tisch frei war. Geradeaus, im hinteren Teil, war es ebenso gemütlich, aber im vorderen Teil gefiel es ihr besser. Die große Fensterfront ließ die Räumlichkeiten hell und freundlich erscheinen. Es waren einige Tische frei, scheinbar waren die Frühstücksgäste bereits wieder gegangen.

»Setzen wir uns ans Fenster?«, fragte Miriam.

»Ja, gute Idee.«

Sie setzten sich an einen freien Tisch.

Tobi schaute sich um. »Es gefällt mir hier«, schwärmte er.

»Ja, ich komme gern hierher. Habe es auch schon als Arbeitsplatz genutzt und Prüfungen der Kids korrigiert.« Ihr Blick schweifte umher. Auf dem Chesterfield-Sofa – echt oder nicht hatte sie bis heute nicht gefragt – an der hinteren Wand saßen zwei Frauen und unterhielten sich angeregt. Auch ein paar Tische waren besetzt. Die vielen Kissen auf den Sitz-Bänken verliehen dem Bistro einen warmen und gemütlichen Touch.

»Was darf ich euch bringen?«, sprach sie eine Serviererin an und sie wandte ihren Blick der jungen Frau zu. Tobi nickte Miriam zu.

»Für mich ein Café Crème, bitte. Und habt ihr noch Vollkorngipfeli?«

»Ja, Vollkorncroissants sollten wir noch haben.«

»Für mich dasselbe, bitte«, sagte Tobi.

»Okay, bringe ich euch gleich.«

»Und, was meinst du?«

Miriam runzelte die Stirn. »Zu was?«

»Das ganze Drama um deinen Vater.«

»Gute Frage. Irgendwie spüre ich nichts. Kein Bedauern, dass er ziemlich sicher ins Gefängnis kommt. Als wäre er ein Fremder. Klingt das kalt?« Sie hatte ihre Stimme gesenkt, um Zuhörer zu vermeiden.

»Nein, das, was ich von und über deinen Vater mitbekommen habe, bestätigt mir, dass er ein gefühlskalter Mensch ist. Aber er ist dennoch dein Vater.« Er legte den Kopf leicht schief und musterte sie.

»Ich weiß. Aber irgendwie war er es doch nie. In seinen Augen mussten wir immer funktionieren. Da kam nie ein Lob oder eine liebevolle Umarmung. Er hat uns auch nicht getröstet, wenn wir uns die Knie aufgeschlagen haben oder als uns die Zahnspange zwang, nur Joghurt zu essen. Da hieß es, reißt euch zusammen. Wahrscheinlich hat er es auch nicht anders gelernt. Er ist in ärmlichen Verhältnissen mit wenig Liebe aufgewachsen und sein Ziel war immer, ein besseres Leben zu haben. Dieses Ziel hat er definitiv überschossen.«

»Ich kann mir das fast nicht vorstellen. Einmal mehr weiß ich, was ich an meinen Eltern habe, die ich dir gern bald vorstellen möchte.«

»Das wäre schön. Aber erst, nachdem alles geklärt ist.«

»Sicher, so habe ich mir das auch vorgestellt.« Er nickte ihr lächelnd zu.

»So, da wären eure Gipfeli und die Kaffees. Genießt es.«

»Danke, werden wir«, antwortete Miriam und schaute zu Tobi, der aus dem Fenster starrte.

»Was ist?«

»Ist das da drüben unser Schatten?«

»Schatten?«

»Hab unseren Verfolger so getauft.«

Ihr Blick ruckte weg von Tobi auf die Gasse hinaus. »Ja. Eindeutig.« Sie ergriff Tobis Hand, die auf dem Tisch lag. »Was will der schon wieder?« Ihr Herz steigerte die Frequenz und ein Frösteln durchfuhr sie. »Er macht mir Angst.«

Tobi drückte ihre Hand und malte mit dem Daumen Kreise auf ihren Handrücken. »Und er schreibt etwas auf seinem Smartphone.«

»Ja, an sich nichts Ungewöhnliches. Ich möchte einfach, dass diese Ungewissheit, die Bedrohung und weiß Gott noch was alles, vorbei ist.« Sie blickte zu Tobi, der immer noch den Unbekannten beobachtete.

Sie schaute ebenfalls wieder nach draußen. Der Fremde ließ soeben seine Zigarette aus dem Mund auf den Boden fallen, drückte sie mit dem Schuh aus und lief Richtung Stadt-Tore davon. Hoffentlich zum

Bahnhof, und dass er sich auf Nimmerwiedersehen verzog.

Tobi drehte den Kopf zu ihr. »Wahrscheinlich hat dein Vater für heute genug Infos bekommen und hat ihn zurückgepfiffen. Dass er gleich nach dem Termin bei Jasin angerufen hat, bestätigt, dass er diese Beschattung veranlasst hat.«

»Genau. Und siehst du, was ich meine? Das würde ein liebender Vater niemals tun. Ihm geht es nur um Geld, Macht und Kontrolle.«

»Es tut mir so leid, was du mitmachen musstest und musst.«

»Danke. Jetzt habe ich dich und das ist so viel mehr, als ich mir in meinem Leben erhofft oder erträumt habe.«

»Bei mir dasselbe. Wir überzeugten Singles wurden eines Besseren belehrt. Zum Glück.« Sie grinsten einander an. Tobi hob ihre miteinander verschränkten Hände an und küsste ihre Finger, bevor sie sich dem Kaffee und Gebäck widmeten.

»Komm mal her.« Tobi nahm sie an der Hand, als sie die Wohnungstür geschlossen hatte, und zog sie zu sich heran. »Ich habe etwas vor mit dir«, hauchte er ihr ins Ohr.

Sofort stellte sich ein Kribbeln ein, das ihr vom Ohr bis über den Rücken hinunterlief. »Mhm. Schlafzimmer?«

»Nein.«

»Nein?« Was hatte er vor?

Tobi lachte. »Badezimmer«, raunte er.

Sie löste sich von ihm und zog die Stirn kraus.

»Okay, zuerst Schlafzimmer. Dort kannst du dich ausziehen und ich lasse dir in der Zwischenzeit ein Bad ein.«

»Stinke ich?« Miriam schnupperte unter ihren Armen.

Tobi lachte erneut. »Nie, du riechst immer verführerisch für mich. Doch heute sollst du dich verwöhnen lassen.«

Langsam sickerten Tobis Worte bis zu ihr durch. Das war ein neues Level in ihrer Beziehung. Okay, davor war es keine Beziehung gewesen. Aber das Gefühl, füreinander da zu sein, einander zu verwöhnen und Halt zu geben, fühlte sich so riesig an, dass sie nach Luft schnappte.

»Nicht gut?«, fragte er irritiert.

»Doch, sehr, sehr gut. Mir wurde einfach soeben bewusst, dass wir uns gemeinsam auf einer neuen Ebene befinden. Und das fühlt sich so unbeschreiblich gut und wundervoll an.«

Er zog sie in die Arme. »Wenn du nur ein wenig von dem fühlst, was ich fühle, dann verstehe ich dich hundertprozentig.«

»Ich fühle mehr.«

»Nö, gar nicht.«

»Doch, doch.«

Sie kniffen einander zärtlich, rangelten und lachten dabei.

»So, jetzt Kleider weg und ab ins Bad.«

Sie tänzelte davon und hörte kurze Zeit später das Wasser laufen. Bis sie ins Badezimmer kam, war die Wanne schon ordentlich gefüllt.

»Madame, darf ich bitten?« Tobi gab ihr galant die Hand und half ihr hinein.

»Willst du nicht auch mit rein?« Während sie sich vorsichtig hinsetzte, zwinkerte sie ihm zu.

»Eigentlich ja, aber deine Wanne ist für dich schon zu klein bemessen. Also …« Er kniff die Lippen zusammen und zuckte mit den Schultern.

»Stimmt.«

»Aber ich kann von außen auch viel bewirken.«

»Kannst du das?«

Er wackelte anzüglich mit den Augenbrauen, schob sich die Ärmel nach hinten, nahm den Badeschwamm von der Ablage und tauchte ihn ins Wasser. Sanft fuhr er ihr über den Fuß. Erst den einen, dann den anderen, bevor er sich ihren Waden widmete. Miriam schloss seufzend die Augen. Die sanften Kreisbewegungen ließen sie vollkommen entspannen. Tobi wusste einmal mehr, was sie brauchte, und dafür liebte sie ihn. Sie spürte die zärtlichen Streicheleinheiten an ihren Oberschenkeln und wäre die Badewanne größer gewesen, wäre sie tiefer gesunken. Ihre Mitte ließ er bewusst aus und für das hasste sie ihn schon fast ein wenig, dennoch zauberte es ihr ein Grinsen ins Gesicht.

»Was grinst du?«, fragte er leise.

»Du weißt genau, wieso.«

»Weil ich das hier ausgespart habe?« Im selben Moment fuhr er mit seinen Fingern ein paarmal zwischen den Schamlippen auf und ab, was sie zum Stöhnen brachte. Dann hörte er abrupt auf und sie öffnete die Augen.

»Heute geht es nicht um Sex. Zumindest nicht nur«, sagte er und lächelte. »Nur um Fühlen und Entspannen.«

Er hielt Wort und verweilte lange bei ihren Oberschenkeln, bevor er seine kreisenden Bewegungen auf ihrem Bauch fortführte. Das war der Himmel auf Erden. Er baute eine Spannung in ihr auf, die Erregung und vollkommenes Loslassen in einem war. Sie wusste nicht, ob sie über ihn herfallen oder davonschweben wollte. Sachte, mit genau dem richtigen Druck, fuhr er mit dem Schwamm um ihre Brüste. Sie schloss die Augen, genoss seine Berührungen, fühlte jede Bewegung mit. Irgendwann kam er bei ihren Armen und Händen an, was sich nicht minder erotisch anfühlte. Es kam ihr so vor, als wäre sie weit weg in einem Traum. Um sich zu vergewissern, dass er noch hier war, öffnete sie die Lider. Und blickte in Tobis hellblaue Augen, in denen sie so viel Liebe sah.

40

Tobi

Tobi ging auf seinen Bürotisch zu, packte seinen Laptop aus, klickte ihn in die Ladestation und legte sein Smartphone auf den Tisch. Den Rucksack stellte er an die Trennwand.

»Na, wieder fit?« Dave stand neben ihm.

»Ich war nicht krank, hatte ein familiäres Problem zu lösen.«

»Ah, okay. Und, hast du dich bereits entschieden? Die Beratertätigkeit, meine ich.«

»Ich bin geneigt, ja zu sagen. Aber lass mir noch ein paar Tage Zeit. Im Moment ist es privat etwas chaotisch.«

»Klar«, sagte Dave und nickte. »Ich bin mir sicher, dass ich das machen möchte. Eine Veränderung hatte ich schon lange im Hinterkopf, dass sie mir nun hier angeboten wird, nenne ich einen Wink des Schicksals.«

»So kann man das auch sehen.« Dave hatte recht. Bei ihm war es die gleiche Situation. Mit dem Gedanken an die Selbstständigkeit hatte er sich einen Plan B zurechtgelegt, ja fast schon ausgearbeitet. War das Angebot seines Arbeitgebers sein Wink?

»Ich sehe, dein Kopf raucht. Überlege es dir. Ich würde mich sehr freuen, mit dir zusammen diesen Job zu übernehmen. Wollte das nur gesagt haben.« Dave klopfte ihm freundschaftlich auf die Schulter, drehte sich um und ging zu seinem Arbeitsplatz. Er war wohl weiter in seiner Entscheidung. Tobi hatte den Kopf nicht freigehabt für solch weitreichende Überlegungen.

Er setzte sich auf seinen Bürostuhl und drückte auf den Powerbutton seines Computers. Sein E-Mail-Postfach quoll nach einem Tag Absenz über und er fing an, diese abzuarbeiten. Eine Nachricht war von Benjamin Moser, seinem Chef, in der er ihm nochmals die Vorzüge dieser Beratertätigkeit anpries. Tobi schmunzelte. Ja, sie brauchten Dave und ihn.

Sein Smartphone vibrierte und kündigte einen Anruf an.

»Xavier, hallo.«

»Hallo Tobi. Hast du News?«

»Ja, tatsächlich habe ich Neuigkeiten. Ich hätte mich auch noch gemeldet. Wollen wir uns beim Imbiss beim Verlag um die Ecke zum Mittagessen treffen?«

»Klingt gut. Um kurz nach zwölf?«

»Geht klar. Bis dann, tschüss.« Tobi legte das Smartphone zurück auf den Tisch und hoffte, dass die Zeit bis zum Mittagessen schnell verging. Er war nervös und hatte Angst. Es lag immer noch eine Bedrohung in der Luft, nichts war geklärt und das machte ihm mehr zu schaffen, als er sich eingestehen wollte. Daher stürzte er sich erneut auf die E-Mails, um seine abdriftenden Gedanken im Zaum zu halten und die Zeit zu überbrücken.

Lässig angelehnt an einen Laternenpfahl in der Nähe des Imbissstandes wartete Xavier bereits auf ihn. Als er ihn erblickte, stieß er sich ab und kam auf ihn zu.

»Hey Tobi. Holen wir uns etwas und setzen uns auf ein Mäuerchen da drüben?«

»Hi. Einverstanden.«

Mit je einem Kebab bewaffnet steuerten sie die Mauer an und setzten sich darauf. Genüsslich bissen sie in das Fladenbrot samt Inhalt und tranken, jeder aus seiner Flasche, einen Schluck Wasser.

»Erzähl«, forderte Xavier ihn auf.

»Wir waren gestern beim Anwalt.« Er erzählte seinem Kollegen vom Gespräch und den nächsten Schritten. »Und nun warten wir auf Jasins Feedback.«

»Wie lange das wohl dauert?«

Tobis Smartphone klingelte und vibrierte in seiner Gesäßtasche. Er zog es heraus. »Wahrscheinlich nicht mehr lange. Gib mir ein paar Sekunden, ich lese schnell die Nachricht von Miriam.«

»Und?«

»Miriam hat von Jasin Bescheid über das weitere Vorgehen bekommen. Die Sachlage ist eindeutig. Er wird noch heute alles der Staatsanwaltschaft überreichen.«

»Werden Miriam, ihre Mutter und du rausgehalten?«

»Ja, da die Unterlagen direkt von Matthias kommen, auch wenn er sie leider nicht persönlich überreichen konnte. Aber er gab Miriam die Chance, es in die Wege zu leiten. Sie muss sich erst an den Gedanken gewöhnen, dass ihr Vater angeklagt wird. Dennoch weiß sie, dass er es verdient hat, verurteilt zu werden.« Tobi senkte den Kopf und Xavier legte ihm die Hand auf die Schulter.

»Wie geht es Miriam?«

»Besser. Sie ist so stark. Ich bewundere sie sehr. Auch dass sie sich nicht hat manipulieren lassen von ihrem Vater. Einfach wow!«

»Du hast deine Traumfrau gefunden. Das Glitzern in deinen Augen und dein Lächeln sprechen Bände.« Xavier grinste ihn an und nahm die Hand von seiner Schulter.

»Ja, es fühlt sich absolut richtig an.«

»Ich freue mich für dich.«

»Danke dir. Und jetzt müssen wir warten und hoffen, dass die Staatsanwaltschaft schnell Nägel mit Köpfen macht.« Er atmete tief ein und aus. »Das macht mich ganz nervös.«

Xavier nickte. Er schien nicht weniger angespannt. Ohne weitere Worte aßen sie ihr Mittagessen auf. Alles, was jetzt geschehen würde, lag nicht mehr in ihren Händen.

41

Miriam

Sie schlüpfte in den zweiten Ärmel ihrer Jacke und trat ins Treppenhaus. Ihre Nervosität und das Warten setzten ihr zu. Frische Luft erschien ihr vernünftig. Dennoch blieb sie unsicher stehen. Seit der Info von Jasin, dass er die Unterlagen der Staatsanwaltschaft überreichen würde, war ihre innere Unruhe zu einem Wirbelsturm angewachsen. Dass sich ihr Körper noch nicht von selbst drehte, grenzte fast an ein Wunder.

Sie steckte den Schlüssel ins Schloss, hielt dann aber in der Bewegung inne. War das eine gute Idee, allein an die Aare oder sonst wohin zu gehen? Ein Zittern durchfuhr sie. Nein, sie konnte nicht nach draußen. Wütend und ängstlich zugleich zog sie den Schlüssel heraus, trat zurück in die Wohnung, kickte die Tür zu und schloss ab. Miriam schlüpfte aus den Turnschuhen und schmiss sie unter die Garderobe. Sie zog die Jacke aus und blieb zögernd im Korridor stehen. Wie in einem Gefängnis fühlte sie sich, aber da war auch diese Verunsicherung, die sie plagte.

Ach, Matthias! Wenn er nur noch leben würde. Schwere erfasste sie. Hatte sie die richtige Entscheidung getroffen? Oder schadete sie damit ihrer

Mutter? Wobei diese selbst gesagt hatte, sich trennen zu wollen. Hatte sie das ernstgemeint? Es gab nur einen Weg, das herauszufinden, also hängte sie die Jacke auf, ging zu ihrem Sessel im Wohnzimmer, nahm das Smartphone aus ihrer Hosentasche, setzte sich und wählte ihre Nummer. Sie musste nichts verraten, aber auf den Zahn fühlen konnte sie ihr.

»Hallo Miriam, schön von dir zu hören.« Die Stimme ihrer Mutter klang vielversprechend und positiv.

»Hallo Mama. Ich wollte hören, wie es dir geht.«

»Danke, das ist lieb. Es geht mir körperlich sehr gut. Das mit Matthias, na ja, da werde ich länger brauchen, um es zu verarbeiten.«

»Ich auch. Er fehlt mir so sehr.«

»Mir auch. Und ihr standet euch so nah. Du warst immer seine Stütze, sein Lichtblick. Darüber war ich froh, aber es ist unfair. Ich hätte ebenfalls für ihn da sein sollen, auch während seines Studiums. Ich fühle mich so schuldig.«

Ein verzweifeltes Schluchzen war zu hören, das ihr im Herzen wehtat.

»Ach, Mami, du warst ja selbst angeschlagen. Vater sei Dank.«

»Aber ich hätte stark sein sollen. Stark für ihn und für dich. Gott, bin ich eine schlechte Mutter.«

»Wir machen es in Zukunft besser. Matthias hätte es so gewollt.« Sie zog die Beine an.

»Ja, du hast recht. Ich brauche einfach Zeit.«

»Nimm dir alle Zeit der Welt.«

»Wenn ich von deinem Vater loskomme, werde ich in Therapie gehen. Im Moment geht das nicht, ohne dass er es mitbekommt. Und du weißt, was er über die Psyche denkt.«

»Leider, ja. Du hast das ernstgemeint mit der Trennung?«

»Ja. Und es scheint, als sei in der Kanzlei Gras über was auch immer gewachsen. Jedenfalls habe ich keine zweifelhaften Telefonate mehr mitbekommen.«

»Ich bin froh, dass sich die Lage für alle beruhigt. Auch wenn es schmerzt, ohne Matthias das Leben wieder aufzunehmen, es muss irgendwie weitergehen.« Miriam wollte ihr nicht verraten, dass der große Knall erst noch bevorstand.

»Hilft dir Tobi dabei?«

Miriam lächelte. »Ja. Er ist alles für mich.«

»Irgendwann kannst du mir mehr von ihm erzählen.«

»Das werde ich.« In ihrer jetzigen Verfassung wollte auch sie seinen Eltern noch nicht begegnen, um keinen verwirrten oder instabilen Eindruck zu hinterlassen. »Wir holen das alles nach. Sobald unser Schmerz etwas nachgelassen hat.«

»Du findest immer die richtigen Worte. Hast sie auch bei Matthias gefunden. Ich danke dir von ganzem Herzen, dass du für ihn da warst, als ich es nicht konnte.«

»Habe ich gern gemacht. Er war auch für mich da«, antwortete sie mit belegter Stimme.

»Wir hören uns, und danke nochmals.« Ihre Mutter hatte den Anruf beendet. Mit dem Telefon in der Hand saß sie da und starrte auf den schwarzen Bildschirm des Fernsehers. Tränen liefen ihr über die Wangen. Trotzdem fühlte sie eine Leichtigkeit, die sie an die Zeit vor Matthias' Tod erinnerte. Die Unbeschwertheit, die man hatte, wenn das Leben rund lief. Ja, davon empfand sie etwas – nur angedeutet – doch es war da. In Gedanken stellte sie sich das Gefühl bildlich vor und verschloss es wie einen wertvollen Schatz in ihrem Herzen.

Endlich. Das konnte nur Tobi sein, der klingelte. Zur Sicherheit ging sie zum Fenster, öffnete es und schaute zum Eingang hinunter. Er schaute lächelnd zu ihr hinauf. Schnell schloss sie das Fenster, lief zum Öffner, drückte darauf und riss die Tür auf.

»Ich habe dich vermisst.« Sie fiel ihm um den Hals.

Tobi legte die Arme um sie. »Und ich dich erst.« Zärtlich küsste er sie und sie wollte ihn nie mehr missen. Er gehörte zu ihr, so wie sie zu ihm. Tobis Anwesenheit ließ sie zur Ruhe kommen. »Komm herein. Hast du schon etwas gegessen?«

»Nein, ich habe immer noch Hunger nach dir.« Er grinste schief und sie schlug ihm spielerisch auf den Arm.

»Witzbold.«

Im selben Moment knurrte sein Magen.

»Das hast du nun davon. Da ist jemand empört und schafft sich Gehör. Ich kann uns Pasta mit einer Käsesoße kochen und dazu einen Salat machen.«

»Klingt perfekt.«

Tobi stellte seinen Rucksack vor der Garderobe ab und zog seine Schuhe aus. Zusammen gingen sie zur Küche.

»Kannst du den Tisch decken?«

Er nickte ihr zu und holte Teller, Gläser und Besteck aus den Schränken. Da war es wieder, dieses Gefühl von Leichtigkeit. Sie beide gemeinsam in der Küche, Hand in Hand am Arbeiten. Der normale Alltag und doch neu für sie. Sie lächelte vor sich hin, füllte den Kochtopf mit Wasser und gab Salz dazu. Aus dem Kühlschrank holte sie die Zutaten für die Käsesoße und gab alles in eine kleine Pfanne. Tobi trat zu ihr, umarmte sie und sie legte den Kopf nach hinten an seine Schulter. Als das Wasser kochte, löste sie sich widerwillig von ihm und gab die Nudeln in den Topf.

»Du könntest den vorgeschnittenen Salat aus dem Kühlschrank nehmen. Sauce dazu habe ich in einem Messbecher im untersten Fach.«

»Dein Wunsch sei mir Befehl«, witzelte Tobi.

Als die Pasta al dente war, goss Miriam sie ab, leerte sie zurück in den Topf, gab die Käsesauce dazu und vermischte alles miteinander. Die Pfanne stellte sie auf den Untersetzer, den Tobi bereits auf den Tisch gelegt hatte. Sie ging zurück zum Kühlschrank und holte ein Säckchen mit geriebenem Käse.

»So, nun haben wir alles, denke ich.« Sie schaute prüfend auf den Tisch, setzte sich und übernahm das Schöpfen.

»Ich habe heute mit Dave über die uns angebotene Beratertätigkeit, die ich erwähnt habe, gesprochen.

Was ich dir nicht erzählt habe, ist, dass ich mir zuvor schon Gedanken über eine Veränderung gemacht habe. Ich zog eine Selbstständigkeit in Betracht. Als Literaturagent sozusagen.«

»Ist es das, was du willst?«

»Gute Frage.«

»Was spricht dagegen, die Beratertätigkeit anzunehmen und zu sehen, wohin das führt? Du hättest auch die Möglichkeit, irgendwann beim Verlag zu reduzieren und die Selbstständigkeit nebenbei aufzubauen.«

»So habe ich das noch gar nicht gesehen.« Sie sah ihm an, dass er angestrengt nachdachte. »Geniale Idee.« Ein Strahlen überzog sein Gesicht. »Ich will den Job im Verlag.« Er legte das Besteck weg, bückte sich schräg über den Tisch und drückte ihr einen Schmatzer auf die Wange. »Danke. So eine Beziehung hat etwas Gutes.«

»Nur etwas?«

»Nö, mir kommt da noch mindestens etwas anderes in den Sinn.« Er wackelte anzüglich mit den Augenbrauen, zog sie auf seinen Schoss und küsste sie, als gäbe es kein Morgen.

42

Miriam

Sie schaute über ihre Klasse, die den Buchstaben Q vom Großbildmonitor abschrieb, als ihr Smartphone, das auf dem Schreibtisch lag, vibrierte. Da sie seit Tagen auf eine Nachricht von Jasin wartete, hatte sie es nicht in der Schublade deponiert. Natürlich hoben die Kinder die Köpfe. Ein Blick auf die Wanduhr zeigte ihr, dass es in wenigen Minuten zur Mittagspause läutete.

Sie stand auf und ging durch die Reihen, um sich abzulenken. Die letzten Tage waren eine Zerreißprobe gewesen. Die Angst, ihr Vater könnte etwas ahnen, verschwinden oder Schlimmeres tun erfasste sie oft in ruhigen Minuten.

Endlich ertönte die Pausenglocke. Leben kehrte in die Klasse und in Rekordgeschwindigkeit hatten ihre Schülerinnen und Schüler ihre Rucksäcke gepackt und warteten auf ihr Zeichen, das Zimmer verlassen zu können.

»Die Aufgaben habt ihr ja bereits ins Aufgabenheft eingetragen, ihr könnt also in die Mittagspause.«

Die Kinder jubelten und verließen das Klassenzimmer. Miriam schloss die Tür hinter ihnen und eilte zum Schreibtisch. *Anruf in Abwesenheit von Jasin,* stand auf ihrem Telefon. Sie wählte die Rückruftaste und setzte sich auf den Bürostuhl.

»Hallo Miriam, danke für den Rückruf. Es gibt Neuigkeiten.«

»Hallo Jasin. Ich hoffe, gute.«

»Auf jeden Fall. Hast du die aktuellen News im Internet schon gelesen?«

»Nein, sollte ich?«

»Du solltest. Gib den Kanzleinamen ein und es wird dir angezeigt. Ruf zurück, wenn du Fragen hast oder darüber sprechen möchtest. Allerdings darf ich dir wegen des laufenden Prozesses keine Einzelheiten verraten. Okay?«

»Ja … okay. Bis nachher.«

Miriam beendete den Anruf und öffnete den Browser ihres Smartphones. Auf ihre Suchanfrage hin wurden sofort erste Schlagzeilen angezeigt. Sie hielt sich die Hand vor den Mund.

Polizeiliche Durchsuchung bei renommierter Zürcher Anwaltskanzlei

Die Szene heute Morgen um und im Geschäftshaus der dort ansässigen Anwaltskanzlei Hartmeier und Huber erinnern an einen Kriminalfilm.

Die Anwaltskanzlei, bekannt dadurch, dass sie immer wieder schillernde Persönlichkeiten in Prozessen vertritt, bekam heute Besuch von Staatsanwaltschaft und Polizei. Leserreporter berichten, dass kistenweise Dokumente und Ordner sowie

Computer aus dem Geschäftshaus getragen wurden. Was die Sache äußerst brisant macht, ist die Verhaftung der Inhaber. Johan Hartmeier sowie Robert Huber Senior und Junior wurden in Handschellen abgeführt. Es gilt die Unschuldsvermutung. Der Tod von Matthias Hartmeier, Sohn von Johan Hartmeier und Teilhaber, setzt diesen Geschehnissen ein großes Fragezeichen auf. Hat der Tod von M.H. etwas mit der Durchsuchung zu tun oder handelt es sich um zwei voneinander unabhängige Ereignisse? Auf unsere Anfrage hin bestätigte die Polizei, dass morgen früh eine Pressekonferenz stattfindet.

»Wow …«, rief sie in den leeren Klassenraum hinein. Ihr Herz sprang ihr fast aus der Brust und sie durchfuhr Kälte und Hitze zugleich. Sie legte das Telefon auf den Schreibtisch, stützte mit einer Hand ihren Kopf auf, mit der anderen scrollte sie durch die Nachrichtenportale. Die Berichte waren ähnlich. Mehr Antworten würde hoffentlich die Pressekonferenz liefern.

Sie wählte erneut Jasins Nummer, der sich sogleich meldete.

»Miriam, wie fühlst du dich?«

»Ich bin dezent überfordert.«

»Inwiefern?«

»Ich habe Angst, mein Vater könnte mich in Verdacht haben.«

»Da kann ich dich beruhigen. Ich habe nur Matthias erwähnt, und dass er die Unterlagen vor seinem Tod zusammengestellt und mir im Falle seines Todes aufgetragen hat, diese zur Polizei und Staatsanwaltschaft zu bringen.«

»Okay, das beruhigt mich. Danke. Aber wird sich mein Vater nicht aus der Untersuchungshaft kaufen können? Geld, um eine Kaution zu hinterlegen, hätte er genug.«

»Nein. Weder dein Vater noch die Hubers werden sich freikaufen können. Zu groß ist die Gefahr, dass sie sich absetzen könnten.«

»Mehr darfst du mir wohl nicht sagen?«

Er lachte. »Da vermutest du richtig. Aber es kommt alles gut.«

»Du hast mich schon sehr beruhigt. Oh, meine Mutter. Ich muss sie anrufen.«

»Mach das. Vielleicht braucht sie dich.«

»Danke nochmals und bis bald.«

Sie verabschiedete sich von Jasin und wählte sofort die Nummer ihrer Mutter.

»Miriam, hast du gehört, was passiert ist?«

»Ja, ich habe soeben mit Matthias' Anwalt telefoniert. Geht es dir gut?«

»Na ja. Es war befremdlich. Die Polizei war hier. Das ganze Haus haben sie auf den Kopf gestellt.«

»Soll ich vorbeikommen?«

»Lieb, dass du fragst, aber nein danke, es geht.«

»Matthias hat das in die Wege geleitet. Er hat mir einen Brief hinterlassen. Den zeige ich dir bei Gelegenheit. Er konnte mit dieser Schuld nicht mehr leben und wäre nun ebenfalls im Gefängnis. Er wollte aussteigen, aber Vater hat ihn wohl erpresst. Matthias hat die Kanzlei zu Fall gebracht. Für sich selbst hat er keinen anderen Ausweg gefunden als den Tod. Ich konnte dir das nicht früher sagen. Entschuldige.« Sie schluchzte ins Telefon.

»Miriam … das … das ist … Ich weiß nicht, was ich sagen soll. Aber mein Gefühl sagt mir, dass Matthias das Richtige getan hat. Damit meine ich nicht seinen Selbstmord, aber die Kanzlei zu melden, war sehr mutig. Ich bin so stolz auf meinen Sohn. So resultiert aus seinem Tod auch etwas Sinnvolles. Klingt das schlimm?«

»Nein, Mama, das ging mir auch durch den Kopf. Er war tapferer, als er von sich angenommen hat. Wenn ich ihn nur noch einmal in den Arm nehmen könnte.«

»Geht mir genauso, Kind. Wenn Ruhe eingekehrt ist, möchte ich gern mehr Zeit mit dir verbringen. Ein Wellnesswochenende oder so. Was meinst du?«

»Sehr, sehr gern.«

Miriam hörte ein Klingeln.

»Ich muss zur Tür«, sagte ihre Mutter sogleich. »Wahrscheinlich ist das die Polizei. Die wollten noch mal vorbeikommen.«

»Brauchst du meine Hilfe?«

»Ich komme klar. Irgendwie ist mir durch das Aufdecken der Machenschaften um die Kanzlei leichter geworden. Bis dann.«

»Bis dann«, wiederholte Miriam und beendete den Anruf. Ja, diese Leichtigkeit kannte sie auch. Sie musste sie sich nicht einmal mehr vorstellen, sie war da und füllte ihr Inneres. Getrübt wurde sie nur durch den Verlust ihres Bruders. Aber sie musste lernen, damit zu leben. Sie wollte ihn in ihren Gedanken behalten, auch wenn das mit gelegentlichem, schmerzlichem Ziehen in der Brust einherging. Er hatte seinen festen Platz in ihren Erinnerungen und in ihrem Herzen.

43

Tobi

Die News überschlugen sich. In den Fluren des Verlags wurde darüber diskutiert und spekuliert. Heute stand die Pressekonferenz an und nahezu die ganze Schweiz wollte wissen, was Hartmeier und Huber zur Last gelegt wurde.

Tobi mischte sich nicht in die Gespräche ein. Niemand wusste von seiner Beteiligung an diesem Skandal und so sollte es bleiben. Gestern hatte er lange mit Miriam telefoniert. Sie war gefasst gewesen, fast gelöst und dasselbe berichtete sie über ihre Mutter.

»Hey, die Pressekonferenz beginnt«, rief ein Arbeitskollege über die Trennwände hinweg.

Praktisch ohne Ausnahme starrte jeder im Büro auf seinen Bildschirm. So auch er. Was er da hörte, überstieg seine Vorstellungskraft und war weit mehr, als er gemäß den Unterlagen von Matthias angenommen hatte. Er hörte die bekannten Wörter *Geldwäsche* und *Urkundenfälschung*. Da wurde aber auch von Steuerhinterziehung, Insolvenzverschleppung und Kapitalanlagebetrug gesprochen. Wow! Ein Raunen ging durch das Großraumbüro, als verkündet wurde, dass die Verdächtigen in Untersuchungshaft blieben.

Gott sei Dank. Er hätte Angst um Miriam und sich gehabt. Auch um Xavier und Jasin. Inzwischen traute er den feinen Herren Hartmeier und Huber so einiges zu. Er schaltete den Live-Stream ab, hatte genug gehört, nahm das Smartphone vom Tisch und rief Miriam an.

»Hallo Tobi.«

»Oh, hallo. Bist du nicht im Klassenzimmer? Ich habe mich auf ein Gespräch mit deinem Anrufbeantworter eingestellt.«

Sie lachte auf. »Nein, ich habe den Kindern eine Aufgabe gegeben und mich rausgeschlichen. Unglaublich, welche Straftaten sie da in der Pressekonferenz erwähnen, auch wenn ich nicht die Hälfte davon verstehe.«

»Hauptsache, die Verantwortlichen wissen das. Wie fühlst du dich?«

»Gut. Sehr gut sogar und erleichtert.« Sie klang tatsächlich befreit, was auch in seiner Brust ein warmes Gefühl hervorrief.

»Darüber bin ich froh. Wenn du dich dennoch schlecht fühlst oder darüber reden willst: Ich bin wirklich immer für dich da«, flüsterte er. Die Zuneigung zu Miriam, die in seiner Stimme deutlich zu hören war, musste ja nicht jeder im Büro mitbekommen, obwohl die meisten noch auf ihre Bildschirme starten und dem Nachrichtensprecher zuhörten.

»Das weiß ich. Ich bin dir so dankbar dafür. Ich gehe noch bei meiner Mutter vorbei. Kann ich auf dem Rückweg zu dir kommen?«

»Immer. Und ich hoffe, nicht nur kurz vorbeikommen.«

»Ich kann auch länger vorbeikommen.« Inzwischen flüsterte auch sie, was wahrscheinlich an den Stimmen lag, die er im Hintergrund hörte.

»Solange du willst.«

»Bis dann. Ich freue mich und liebe dich.«

»Und ich dich erst.« Er unterbrach die Verbindung und lächelte selig vor sich hin.

Kaum hatte er das Smartphone auf den Tisch gelegt, vibrierte es.

Xavier: Mittagessen um 12 Uhr?

Tobi: Perfekt. Vor dem Verlag?

Xavier schickte ihm ein Daumen-hoch-Emoji. In dem Trubel hatte Tobi ihn fast vergessen. Ein schlechtes Gewissen erfasste ihn. Das Mittagessen würde auf ihn gehen. Das war das Mindeste, was er ihm als Dank zurückgeben konnte. Eigentlich viel zu wenig.

Er schaute im Großraumbüro umher. Überall hatten sich Grüppchen gebildet und es wurde rege diskutiert. Sogar die Vorgesetzten nahmen es heute nicht so genau mit der Arbeit.

»Na, hast du die Pressekonferenz gesehen?«

Tobi drehte den Kopf. Dave stand neben seinem Schreibtisch und schaute auf ihn hinab.

»Natürlich. Unglaubliche Affäre. Und dann hat man immer das Gefühl, in der Schweiz gibt es solche

Sachen nicht.« Er schüttelte den Kopf, um sein Unglauben zu unterstreichen.

»Du hast als ehemaliger Journalist sicher eine andere Sicht auf die Dinge.«

»Na ja, ich war ja nicht sehr lange auf diesem Gebiet tätig. Aber ich treffe mich gleich mit einem Studienkolleg. Da haben wir sicher Gesprächsstoff. Und übrigens, bevor ich es wieder vergesse, ich werde für die Beratertätigkeit zusagen.«

»Wow, das freut mich sehr. Wir werden ein Dreamteam sein.« Dave strahlte ihn an.

Das gab Tobi die Gewissheit, dass er sich richtig entschieden hatte. »Ich freue mich auch auf unsere gemeinsamen Projekte. Das wird super.«

»Da war ich mir schon sicher, als du dich noch nicht dafür entschieden hast.« Dave grinste.

»Gut Ding will Weile haben.«

»Stimmt. Dann geben wir denen da oben«, er zeigte mit der Hand Richtung obere Etage, »Bescheid?«

»Ja, ich schreibe eine E-Mail.«

»Mach ich auch gleich. So, ich muss dann auch wieder. Wir sehen uns.« Dave drehte sich um und lief zu seinem Arbeitsplatz.

Tobi lehnte sich im Bürostuhl zurück. Eine Leichtigkeit nahm von ihm Besitz. Ein Gefühl, dass sich alle Puzzleteile an ihren richtigen Platz geschoben hatten, und ein fertiges, schönes Bild ergaben.

»Hallo Xavier.«

Xavier stand auf, umrundete den Betonhocker vor dem Eingang und machte einen Schritt auf Tobi zu. »He Tobi. Schön, dass es geklappt hat.«

Sie klopften sich freundschaftlich auf die Schultern.

»Zum Italiener?«

»Unbedingt.«

»Ich lade dich ein, als Dank für deine Hilfe.«

»Da sag ich nicht nein.«

Das Restaurant befand sich drei Häuserreihen weiter und war über Mittag sehr beliebt. Beim Eintreten schlug ihnen lautes Stimmengewirr entgegen. Der Pizzaiolo rief soeben quer durch den Raum einem Kellner zu, die Pizzen für Tisch fünf abzuholen. Tobi grinste. Typisch italienisch. Laut und voller Leben. Da er sich heute auch so fühlte, passte diese Stimmung perfekt zu seinem Gemüt. Xavier lief bereits quer durch den Raum auf einen freien Zweiertisch zu.

»Glück gehabt mit dem Tisch. Nächstes Mal reserviere ich.«

Xavier nickte, zog seine Jacke aus und legte sie auf die hölzerne Fensterbank. Tobi tat es ihm gleich und sie setzten sich auf die Holzstühle. Der dunkle Plattenboden, die italienische Flagge und unzählige Bilder, mit ihm unbekannten Fußballern darauf, rundeten das urige Ambiente ab.

Sie hatten die Speisekarte kaum aufgeschlagen, da stand auch schon ein Kellner neben ihnen und nahm die Getränkebestellung auf. »Soll ich fürs Essen nochmals vorbeikommen?«, fragte er.

»Ich weiß es. Xavier?«

»Ich auch. Das Menü eins mit der Suppe.«

»Für mich Menü zwei, auch mit der Suppe.«

»Benissimo, grazie.« Der Kellner verschwand zur Theke.

»Da ging heute ein Raunen durch Zürich, wenn nicht sogar durch die ganze Schweiz. Echt schockierend. Diese Unterlagen waren wohl nur die Spitze des Eisberges«, sprach Xavier das Thema Nummer eins an.

»Schreibst du über diesen Skandal?«

»Nein, ein Kollege. Zum Glück. Ich hätte mich dabei nicht wohlgefühlt. Jetzt, wo ich Miriam persönlich kenne.«

»Ein Journalist mit Ehre. Bin beeindruckt.«

»Depp«, erwiderte Xavier und lachte.

Der Kellner, der die Bestellung aufgenommen hatte, brachte ihnen das alkoholfreie Bier, ein anderer stellte ihnen die Suppe hin.

»Und wie läuft es im Verlag?«

Tobi erzählte ihm vom gemeinsamen Beraterjob zusammen mit seinem Arbeitskollegen, während sie die Suppe löffelten.

»Das klingt toll. Wie geht es Miriam?«

»Momentan sehr gut. Sie fühlt sich erleichtert. Wobei es gut sein kann, dass der Schock über die ganzen Ereignisse noch über sie hereinbricht. Was ich nicht hoffe.«

»Ich nehme an, du bist für sie da. Halte sie fest, wenn du das Gefühl hast, dass sie deine Seelenverwandte ist.«

»Ist sie.« Das konnte er ohne Zögern, ohne Wenn und Aber und mit einer immensen Überzeugung in der Brust sagen.

Ein Kellner trat zu ihnen und nahm die Suppenteller mit. Da kam auch schon ein anderer, der ihnen die Hauptspeise servierte.

»So, einmal Menü eins, Penne all' arrabiata, und Menü zwei, die Pizza Nonna. Buon appetito.«

»Danke.«

»Lass es dir schmecken«, sagte Tobi.

»Mache ich. Danke für die Einladung. Übrigens, die Tickets für das Konzert von Jann Dannion habe ich reserviert. Sobald der Vorverkauf startet, bekomme ich sie. Wir konnten einige für unsere Zeitung, für einen Wettbewerb, erwerben. Die restlichen durften wir Mitarbeiter kaufen. Da viele diesen Newcomer noch nicht kennen, war der Andrang auf die Tickets nicht sehr groß. Ihr Pech, unser Glück. Ich schick dir noch die Infos zu.«

»Danke dir. Und gib mir bitte den Preis für die Tickets durch, damit ich dir den Betrag überweisen kann.«

»Klar. Ich freue mich. Wie in alten Zeiten.«

Tobi nickte mit vollem Mund. Ja, wie in alten Zeiten und dennoch viel besser, weil er nun zusätzlich Miriam an seiner Seite hatte.

Epilog

Miriam

Der leichte Wind zerzauste ihre Haare und wehte sie ihr ins Gesicht. Kurzerhand nahm sie das Haarband vom Handgelenk und band sich einen lockeren Pferdeschwanz, ihren Blick weiterhin auf den See gerichtet, auf dem sich leichte Schaumkronen gebildet hatten. Erinnerungen prasselten auf sie ein. Sowohl schmerzliche als auch freudige Gefühle durchfuhren sie. Sie schloss die Lider und konzentrierte sich auf ihre Atmung, sah Matthias' Gesicht vor ihrem inneren Auge. Er lächelte ihr zu. Sie öffnete die Augen und richtete den Blick Valerie zu, die genauso gedankenverloren in die Ferne schaute.

»An was denkst du?« Sie spürte Elviras Hände auf ihren Schultern, die sie kurz drückten. Danach setzte sich ihre Freundin neben sie an den Holztisch.

»An alles.«

»Das ist ja mal ein detaillierter Beschrieb. Danke.«

Miriam stupfte sie mit dem Ellenbogen in die Seite. »Mir gingen die letzten, turbulenten Jahre durch den Kopf. Kaum zu glauben, was wir sechs alles erlebt haben.« Sie schnaubte.

»Ja, kaum zu glauben. Gut haben wir alle unser Glück gefunden.«

»Wie geht es dir? Ich habe fast ein schlechtes Gewissen, noch nicht danach gefragt zu haben.« Miriam kniff die Lippen zusammen. Elvira strahlte von innen heraus. Das hingegen hatte sie bei ihrer Ankunft bemerkt.

»Sehr gut. Gemäß Frauenarzt ist alles in Ordnung. Ich bin erleichtert und dennoch schwingt da unterschwellig die Angst mit.«

»Es wird gutgehen. Ich möchte in knapp fünf Monaten Patentante werden.«

»Genau und als diese hast du regelmäßig hier zu erscheinen.«

»Aber sicher doch. Das Leben ist zu kurz und Tobi und ich haben uns vorgenommen, uns oft eine Auszeit bei euch zu gönnen – im besten Bed & Breakfast des Kantons Tessin.«

»Das freut Andy und mich. Und ihr taugt sicher auch als Babysitter.« Sie wackelte mit den Augenbrauen.

»Aha, dass ihr euch zu zweit was auch immer widmen könnt.«

Elvira grinste und sie schauten alle drei schmunzelnd aufs Wasser.

Der Wind hatte etwas nachgelassen und der See lag nun ruhig vor ihnen ausgebreitet. Die Wolken, die um die Sonne tanzten, gaben dem Lichtspiel auf dem See etwas Mystisches. Auch die gegenüberliegende, bewaldete Seite kam in den Genuss des Farbenspiels. Alle Farbnuancen im grünen Spektrum waren vorhanden. Es war schlichtweg faszinierend und beruhigend.

»Wie geht es dir in Bezug auf Matthias?«, unterbrach Valerie die Stille.

»Weißt du, ich vermisse ihn wahnsinnig. Es tröstet mich, dass sein Tod nicht umsonst war. Durch ihn wurde einigen Leuten das Handwerk gelegt. Nebst Hartmeier und Huber scheinbar auch einigen ihrer Kunden. Wahrscheinlich nur ein Tropfen auf den heißen Stein, aber dennoch.«

»Da hast du recht. Und sein Tod ist auch erst etwas über zwei Monate her. Du brauchst Zeit zu heilen. Und wie geht es deiner Mutter?«

Ein Lächeln stahl sich auf Miriams Lippen. »Sie ist wie ausgewechselt. Befreit und voller Tatendrang. Durch den Verkauf des Hauses hat sie keine Geldsorgen. Ich war so erstaunt, als ich erfahren habe, dass das Haus auf sie eingetragen war. Das war das einzig Gute, das mein Vater in der Vergangenheit getan hat.«

Eine Gänsehaut erfasste sie. Alle drei hatten sie eine schwierige Zeit hinter sich. Zuerst Elvira wegen ihrem stalkenden Ex-Freund, in der Zeit, in der sie das Bed & Breakfast eröffnet hatte. Dann war Valerie von ihrer Vergangenheit eingeholt worden, als sie während Elviras und Andys Flitterwochen die Seeoase geführt hatte. Und zuletzt sie selbst. Mit dem Tod ihres Bruders und einem kriminellen Vater.

»Es war eine harte Zeit für uns alle«, sprach Valerie ihre Gedanken aus. »Dafür haben wir unsere besseren Hälften gefunden und somit hat alles auch etwas Gutes«, sinnierte sie weiter und schaute zu besagten Männern, die soeben mit dem Dessert zum Tisch zurückkamen.

Letztes Jahr, als sie so beieinandersaßen, war ihr nicht nach Feiern zumute gewesen. Ihr kam es vor, als wäre das aus einer anderen Zeitrechnung, aus einem anderen Leben. Valerie war damals gerade ihrer persönlichen Hölle entkommen und hatte Matteo gefunden. Elviras psychische Wunden waren so weit geheilt, wie das möglich war, und sie … Ja, sie hatte nicht geahnt, dass ihre Welt erst noch auf den Kopf gestellt werden würde. Sie schlug die Arme um sich und rieb sich die Oberarme, um die Kälte, die sie zu erfassen drohte, zu verdrängen.

»Ist dir kalt?«, flüsterte Tobi ihr ins Ohr.

»Nein, ich habe nur daran gedacht, dass ich mir letztes Jahr, als wir hier saßen, große Sorgen um Matthias gemacht habe.«

Tobi drückte sie an sich. Es brauchte keine Worte von ihm, seine Umarmung war Trost genug.

»Und ich habe da schon Valerie, Matteo, Elvira und Andy um ihre Beziehungen beneidet. Konnte aber mit diesem Gefühl nicht viel anfangen, es nicht einordnen.«

»Und jetzt?«

»Weiß ich, dass du mir gefehlt hast, dass mir unser Arrangement schon lange nicht mehr genug war.«

Sie kuschelte sich an ihn und richtete ihr Wort an Valerie.

»Sag mal, wie geht es deinem Bruder Claudio?«

Sie seufzte. »Es geht ihm besser. Jedenfalls sehe ich ihn öfters lächeln und lachen. Und er wird in Kürze eine neue Stelle in der Deutschschweiz antreten. In irgendeinem teuren Hotel. Der Name ist mir entfallen. Ich schreibe es euch in den Chat, wenn er mir in den Sinn kommt.«

»Wieso der Stellenwechsel?«, fragte Tobi nach.

»Abstand, denke ich. Zudem macht es sich in der Hotelbranche sehr gut, wenn man nicht immer im selben Hotel bleibt. Ich werde ihn vermissen, verstehe ihn aber.«

»Je nachdem, wo er arbeitet, können wir ein Auge auf ihn werfen«, sagte Miriam.

»Das wäre großartig, danke.«

»Hat er etwas von Leo gehört?«

»Nein, und ich konnte leider auch nichts in Erfahrung bringen. Er ist verschwunden oder untergetaucht, oder will einfach nichts mehr mit meinem Bruder zu tun haben, weil es für ihn doch nur eine kurze Affäre gewesen war. Ist vielleicht besser so, auch wenn Claudio noch nicht darüber hinweg ist.«

»Dabei schien Leo auch so verliebt«, murmelte Matteo. »Aber was nicht ist, kann ja noch werden.« Keiner widersprach. Jeder hing seinen Gedanken und Hoffnungen nach.

Eine angenehme Stille legte sich über sie. Die Glut in der Feuerstelle war nur noch durch einzelne orange Punkte zu erahnen. Die Sonne hatte sich schon länger verabschiedet, nur die Wolken standen weiterhin am Himmel. In der Ferne grollte ein Donner. Gemäß Wetter-App würde das Gewitter im Norden durchziehen. Etwas Regen hätte gutgetan, aber ein warmer Sommerabend auf der Bootshausterrasse der Seeoase mit den besten Freunden war besser.

»Und dein Vater, Miriam?«, fragte Matteo. »Oder willst du nicht darüber reden?«, krebste er zurück.

»Nein, ist schon in Ordnung. Bis zum Prozess kann es dauern. Scheinbar sind unzählige Bundesordner gefüllt mit all diesen Dingen, die ihm und seinen Partnern und Kunden zur Last gelegt werden. Das aufzudröseln, um Anklage zu erheben, ist zeitintensiv. So hat es mir Jasin Sorinovic – Matthias' Anwalt – erklärt. Ich habe nicht viel bei der Polizei nachgefragt.«

»Wieso hattest du mit denen zu tun?« Elvira riss die Augen auf. »Ich dachte, Ziel wäre es, dich da rauszuhalten?«

»Ich als Tochter wurde natürlich auch befragt. Aber zum Glück habe ich von diesen Dingen keine Ahnung, was sie auch sehr bald bemerkt haben.« Sie grinste. »Meine Schulkinder sind mir lieber als Paragrafen.« Tobi küsste sie zärtlich auf die Schläfe. »Zudem habe ich ihnen gesagt, dass wir beschattet wurden. Ich hatte Angst, dass uns dieser Verfolger doch noch gefährlich werden könnte. Wie es der Zufall will, ist es ein Bekannter von Schleimer-Robi, der wie die Jungfrau zum Kinde zu diesem Job gekommen ist und sich nicht sehr geschickt angestellt hat. Daher haben wir ihn fast jedes Mal bemerkt.« Sie schüttelte den Kopf über die Dreistigkeit von Robert und ihrem Vater, der zweifelsohne über den Verfolger informiert war.

»Wer möchte einen Grappa?« Andy schaute fragend in die Runde und sein Blick blieb an Elvira hängen. »Außer für dich.« Er drückte seine Frau liebevoll.

»Schon gut, damit kann ich leben, solange es unserem Krümel«, sie strich sich mit der Hand über den gerundeten Bauch, »gutgeht.«

»Aber für die anderen?«

Einstimmiges Nicken.

Inzwischen waren nur noch Tobi und sie auf dem Bootshaus. Elvira hatte ihnen zwei Decken gebracht, da es merklich abgekühlt hatte. Sie nippten an ihren Grappas und genossen die Stille. Vereinzelt sah man Lichter auf dem See von Booten auf dem Heimweg. Miriams Körper vibrierte angenehm und sie spürte ihr Herz, das vor Glück zu hüpfen schien. Sie schmunzelte ins Glas, nahm nochmals einen Schluck und kuschelte sich noch näher an Tobi. »Wenn ich Italienisch könnte, würde ich hier eine Stelle suchen und mich in der Seeoase einquartieren.«

Tobi lachte. »Ja, aber dann sind es ja keine Ferien mehr, wenn du zwischendurch arbeiten musst.«

»Auch wieder wahr. Belassen wir es so, wie es ist. Wie ging eigentlich deine Besprechung am Freitag?« Sie war etwas früher angereist. Seit Tobi angekommen war, hatten sie noch keine freie Minute zusammen gehabt.

»Sehr gut. Ich glaube, das ist wirklich eine Chance. Der CEO, Benjamin Moser, ist gegen alle Erwartungen ein toller Typ. Er hat uns sogleich das Du angeboten und ist mit uns die nächsten Schritte durchgegangen, die Dave und ich in den letzten Wochen – nach unserer Beraterzusage – erarbeitet haben. Einige Autoren konnten er und ich bereits abgeben und somit haben wir Zeit für unseren neuen Job. Es tut gut, für seine Erfahrungen, Ideen und Vorschläge ein offenes Ohr zu finden. Auch in unserem Großraumbüro hängt wieder eine lockere Atmosphäre in der Luft. So macht Arbeiten Spaß.«

»Das freut mich sehr. Vielleicht hat sich nun doch alles so gefügt, wie es sein muss. Auch wenn ich Matthias immer vermissen werde, hoffe ich, dass es ihm, da wo er jetzt ist, gutgeht.«

Er stellte das Grappaglas auf den Tisch und schlang die Arme um sie. »Davon bin ich überzeugt. Ich hätte ihn gern kennengelernt.«

»Ich werde dir oft von ihm erzählen. Das brauche ich, um ihn nicht zu vergessen, und so wirst du ihn auch kennenlernen.«

»Das ist eine wunderbare Idee. Apropos kennenlernen. Wir sind nächstes Wochenende bei meinen Eltern eingeladen. Sie sind sehr gespannt auf dich. Und wir sollen auch deine Mutter mitbringen.«

»Sie wird sich freuen.« Miriam legte ihren Kopf an seine Schulter. Sie genossen das Glitzerspiel auf dem See, welches dem Mond zu verdanken war und in die Stille hinein murmelte sie fasziniert: »Hier in der Seeoase hat alles begonnen. Für uns, unsere Freunde und hoffentlich für viele weitere Menschen auch.«

Vorschau

Liebe Leser:in

Hat dir mein Buch gefallen? Dann freue ich mich über eine Rezension bei Amazon oder auch auf weiteren Buchhandelsplattformen. Wir Selfpublisher sind über jede Unterstützung unendlich dankbar!

Wie es der Titel Vorschau verspricht, verrate ich euch hier, wie es nach der Seeoasen-Trilogie weitergeht. Ich hole etwas aus, für die, die Seeoase 2 – Geheimnisse im Bed & Breakfast (noch) nicht gelesen haben. Keine Angst, es ist kein elementarer Spoiler. In Seeoase 2 spielen in den Nebenrollen zwei heiße Jungs mit. Na ja, was soll ich sagen, äh schreiben … einige Testleser:innen, Blogger:innen und Leser:innen waren der Meinung, dass Claudio und Leo eine eigene Geschichte brauchen. Und sie erhalten diese! Sie ist bereits geschrieben und geht im Herbst 24 ins Lektorat. Da mein Kopf unendlich viele Ideen kreiert, beginnt mit Claudio und Leo eine neue Trilogie – unter dem Projektnamen NTLC – bei der später auch Xavier und Zian Seiler, Dave Helfenstein sowie Jann Dannion vorkommen. Ich wage mich mit dieser m/m-Romance-Suspense-Trilogie in neue Gewässer. Doch das macht diesen Job besonders spannend. :-)

Wenn ihr euch auf dem Laufenden halten möchtet, dann meldet euch für meinen Newsletter an: https://www.enyaleander.com/

Vielen Dank!

Eure Enya

Danksagung

Liebe:r Leser:in, ich freue mich, dass du mein Buch, vielleicht sogar die gesamte Seeoasen-Trilogie, gelesen hast. Ohne eine Leserschaft gäbe es keine Autorinnen und Autoren und ohne uns keine Geschichten. Und was wäre eine Welt ohne Geschichten, in die man eintauchen kann? Nicht vorstellbar, oder? Daher schreibe ich fleißig weiter und hoffe auf dich. Vielen Dank!

Mein Dankeschön geht wie immer auch an meine Familie, meine vier Männer. Ich liebe euch!

Meine Lektorin Alex hat wieder Wunder vollbracht. Mit Hinweisen, Vorschlägen und manchmal auch einer grammatikalischen Lehrstunde hat sie maßgeblich zum Gelingen von Seeoase 3 beigetragen. Liebe Alex, ich danke dir und hoffe auf eine weitere tolle Zusammenarbeit für meine geplanten Buchprojekte.

Im Korrektorat wurden noch die letzten Fehler gesucht und gefunden. Danke dir, liebe Sara, für die professionelle, schnelle und unkomplizierte Zusammenarbeit.

Liebe Florin, die Mammutaufgabe, ein drittes, passendes Cover zu designen, ist dir perfekt gelungen. Die Trilogie kommt einheitlich und wunderbar ansprechend daher. Ich hoffe auf eine weitere Zusammenarbeit bei meiner nächsten Trilogie. Danke!

Ein großer Dank gebührt meinen Alpha- und Beta-Testleser:innen. Sie haben mich auf Ungereimtheiten hingewiesen, mich auf fehlende Infos und Hintergrundwissen aufmerksam gemacht und mir Mut gemacht, das Buch zu veröffentlichen. Ein riesengroßes Dankeschön an Euch.

Triggerwarnung

Obwohl dieses Buch ein Wohlfühlroman ist, sind Selbstmord, Trauer und Trauerbewältigung Themen in dieser Geschichte. Des Weiteren hat es explizit beschriebene Liebesszenen.

Über die Autorin

Enya Leander (Pseudonym) lebt mit ihrem Mann und den drei Söhnen in der Schweiz. Bereits in ihrer Jugendzeit war Lesen und Schreiben ihre Passion. Beruflich hat Enya Leander lange im Marketingbereich gearbeitet. Nach der Ausbildung zur Berufs- und Fußreflexzonenmasseurin sowie zur Fußpflegerin, eröffnete sie 2011 erfolgreich ihre eigene Praxis. Gesundheitshalber musste sie 2019 beruflich zurückschrauben und der Wunsch reifte, einen Ratgeber für die Beauty- und Gesundheitsbranche zu schreiben. Im Mai 2022 war es dann so weit, und ihr Ratgeber erschien unter ihrem bürgerlichen Namen. Während der Entstehung des Ratgebers erinnerte sie sich an ihre Jugend-Schreibanfänge und dachte, wenn nicht jetzt, wann dann? Und so entstand Seeoase 1 (2023) und Seeoase 2. Auch Seeoase 3 ist bereits in den Startlöchern. Nebst dem Schreiben reist, näht, walkt und liest sie gern.

Webseite:
https://www.enyaleander.com/

Instagram:
https://www.instagram.com/enya.leander.autorin/

Facebook:
https://www.facebook.com/100083085081112/

E-Mail:
enya.leander@gmx.net

Seeoase 1

Ferienfeeling, eine Prise Kriminalität und starke Gefühle garantiert!

Elviras Exfreund entpuppt sich als fieser Stalker und macht ihr zunehmend das Leben schwer. Als ihre Großeltern beabsichtigen, das geliebte Ferienhaus im entfernten Tessin zu verkaufen, nutzt Elvira die Gelegenheit, baut das Anwesen zu einem heimeligen Bed & Breakfast um und führt es als geborene Gastgeberin.

So idyllisch sich Elvira das Leben in der Seeoase vorgestellt hat, so turbulent erlebt sie die ersten Wochen. Neben Albträumen, verursacht durch ihren Exfreund, beunruhigendem Vandalismus, mysteriösen Botschaften und unverhofften Begegnungen, bringt Andy Elviras Welt gehörig durcheinander.

Auch er reist mit anderen Absichten ins Tessin und findet sich in einem Gefühlschaos wieder, das seinen Entschluss, ein wichtiges Detail aus seinem Leben für sich zu behalten, gefährlich ins Wanken bringt.

Finden die zwei Herzen zueinander oder steht ihnen ihre Vergangenheit im Weg?

Erhältlich als E-Book bei Amazon oder Taschenbuch in allen Online-Buchhandlungen.

Seeoase 2

Der zweite Band der Seeoasen-Trilogie verspricht Ferienfeeling, eine Portion Kriminalität und starke Emotionen.

Valerie freut sich, die Flitterwochenvertretung für ihre Freundin Elvira im Bed & Breakfast zu übernehmen. Doch seit der Ankunft von Elviras Bruder Matteo gleichen ihre Gefühle einem Tornado. Als sie von ihrer Vergangenheit eingeholt wird, schwebt sowohl das Leben ihres Bruders Claudio als auch ihr eigenes in Gefahr.

Matteo hat zwei Ziele: Sich in der Seeoase seiner Schwester zu erholen und Valerie näher kennenlernen. Schon bald merkt er, dass Valeries Vertrauen zu gewinnen einem schweißtreibenden Aufstieg zum Matterhorn gleicht. Aufgeben ist keine Option, auch wenn er spürt, dass Valerie ihm etwas Wichtiges verschweigt.

Kann Valerie Vertrauen in Matteo fassen oder drängt sich ihre gefährliche Vergangenheit zwischen die beiden?

Erhältlich als E-Book bei Amazon oder Taschenbuch in allen Online-Buchhandlungen.

Ratgeber

Dieser Ratgeber ist ein Beauty-Treatment für dein Business

Er enthält alles, was Selbstständige aus der Beauty- und Gesundheitsbranche wissen müssen, um erfolgreich zu sein. Lass dich von den leicht umsetzbaren und wirkungsvollen Tipps inspirieren.

- Werbung für dich ganz einfach gemacht
- So werden deine Kunden zu Stammkunden
- Wie deine Räume zur Wohlfühloase werden
- Du bist deine wichtigste Visitenkarte
- Selfcare, dein Erfolgsfaktor

Dieses Buch vermittelt dir ehrlich, humorvoll und mit viel Charme das »gewisse Etwas«, das dein Business erfolgreich macht.

Erhältlich als E-Book oder Taschenbuch in allen Online-Buchhandlungen.